国家出版基金项目
NATIONAL PUBLICATION FOUNDATION

青春中国
QINGCHUNZHONGGUO

曾 散 著

二十一世纪出版社集团
21st Century Publishing Group

▲ 2008年8月，王斌（后排右五）和西南科技大学心理救助志愿者分队的伙伴们在一起。他们作为5·12汶川地震之后，第一支进入受灾群众安置中心开展心理救助工作的专业团队，为受灾群众努力撕开笼罩在心头的地震阴霾，用爱和温暖抚慰受伤的心灵。

▲ 2019年11月，扎根山区的医生彭伟（中）上门为困难群众问诊送药。

▲ 2017年7月，马小娇（中）在拉萨北京实验中学和参加大学生志愿服务西部计划的学弟、学妹一起，右边是两度进藏，同样扎根高原的志愿者马超。

▲ 2017年10月，康胜美（右一）夫妇带着刚刚出生没多久的女儿到武汉看望徐本禹老师（右二），他们在华中农业大学校门口合影留念。徐本禹手中的照片是他给当年小学五年级在读的康胜美系红领巾。

▲ 2017年12月，孟得宁（前排左二）和同事带着拉萨市特殊教育学校的聋哑学生去北京参加中央电视台"百花迎新春网络春晚"后和学生参观人民大会堂。

▲ 新疆且末县第二中学的李桂枝老师（右）和她的学生依利米努尔·艾麦尔江合影。2019年中央广播电视主持人大赛，依利米努尔·艾麦尔江（小米）以优异的成绩进入总决赛，并最终收获铜奖。

▲曾经的大学生志愿服务西部计划志愿者杨运大,如今扎根湘西大山。2020年中央文明办发布"中国好人榜",杨运大被评为"助人为乐好人"。

▲支农志愿者安文忠(中)在果园为农户讲解猕猴桃种植技术。

▲工作中的谈海玉。她是第一批来到西藏那曲市的大学生志愿服务西部计划志愿者，当选为中国共产党第十九次全国代表大会代表。

▲从河北省到新疆维吾尔族自治区且末县扎根的侯朝茹老师（右二）和学生一起包饺子。

▲作者曾散(右三)在青海省湟中县第一中学采访清华大学第二十届研究生支教团成员林晓雪、王一茗、杨波、冯梦迪、刘淙(从左至右)。

▲王贵正在给贵州省遵义市正安县脱贫攻坚夜校的群众学员讲授禁毒知识。

▲ 2019年12月,作者曾散(左四)在华中农业大学采访"本禹志愿服务队"的成员,习近平总书记曾回信勉励这些青年志愿者。

序

青春之歌

何建明

  人最宝贵的青春时期如何度过，将决定他一生的辉煌是否实现。我相信曾散是一位值得期待的优秀作家。他是中国报告文学界非常年轻的作家，而且很勤奋、出众。所以2019年12月"金长城"中国作家创作室成立时，我推荐了他。这个阵营基本上都是国内当代一流的报告文学作家，曾散能进入这个阵营本身就是对他的肯定。这些年，我一直关注着他的创作，并且对他的创作成绩感到欣慰。得知他又一部长篇报告文学《青春中国》即将付梓，特别高兴。

  《青春中国》写的是当代一群知识青年的故事。作品以全景式的写作方式记录了21世纪以来，一个庞大的青年志愿者群体，他们在大学毕业后选择到西部、到基层，到祖国最需要的地方去从事志愿服务工作。这些青年志愿者从城市出发，大部分都去了西部基层地区的农村，进行支教、支医、支农，以及支援汶川地震灾后重建等。其中尤以支教的人数最多，为西部地区的孩子带去了新的知识和教育理念，带去了用知识改变命运的信念和力量，给他们多开启了一扇感知外面世界的窗。窗外有阳光、雨露，也有无限可能的未来。

青年群体是最富有朝气、最富有活力、最富有创造力的群体。书中徐本禹的故事让我印象深刻，而且我曾经见过他，了解他的故事。他在2003年从华中农业大学本科毕业之后，为了兑现一句诺言，只身一人毅然去往贵州毕节大方县的偏远农村小学支教，一待就是两年。无论是教学上还是生活中的重重困难，他都能坦然面对。站在"感动中国2004年度人物"的领奖台上，徐本禹泪流满面，质朴如初，他说："我愿做一滴水，当爱的阳光照射到我身上的时候，我愿意毫无保留地再反射给别人！"徐本禹一个人的力量固然有限，但是在他的带动下，华中农业大学以他的名字命名成立了一支志愿服务队，数以万计的"徐本禹们"在全国各地从事志愿服务，微光聚集在一起，越聚越多，终成了一束永不熄灭的火炬。

青年就是一团火炬，他们的朝气、热情很容易感染其他人。

清华大学研究生支教团在青海、西藏、湖南等地二十多年接力支教的事迹也令人称奇。如青海省湟中县一中的毛雯芝，她是清华大学研究生支教团支教老师教出来的学生，她以优异成绩被清华大学录取，大学毕业后选择回到母校接力支教一年，而她教过的学生又考进了"清华园"，形成一种非常好的良性循环，这也是一种精神的传承。

有数据统计，很大比例的大学生西部志愿者在一至三年的志愿服务期满之后选择留在基层，扎根在了西部，他们的举动让我尤为感动。陈晓明从南京中医药大学毕业来到贵州榕江的月亮山里支教，最终扎根大山。河北保定学院的一群毕业生踏上西行的列车，分别去往西藏南木林县、新疆且末县支援边疆地区教育，如今已经扎根西部二十余年，他们如同雪山格桑花和大漠红柳，即便柔弱，其生命力也顽强。他们有句话说得好——"只有荒凉的沙漠，没有荒凉的青春。"

谈海玉、莫锋、黄贵军、吴文昌、周国华、彭伟……这是一串白衣天使的名字，他们从医学类高校毕业后选择报名参加大学生志愿服务西部计划，去西藏、内蒙古、贵州、新疆、广西等地的基层医疗机构从事志愿服务工作，很多人选择扎根下来，对相对落后的西部基层地区的医疗资源而言是极大的专业人员补充。通过这些年的锻炼，他们基本上都成长为西部地区各医院的骨干。

一代人有一代人的青春责任。党的十八大以来，扶贫是我们国家最重要的工作之一。西部地区、基层地区是"精准扶贫"的主战场，大学生志愿者们自然也成了打赢这场"脱贫攻坚战"的一支"生力军"。安文忠学农出身，带领贵州省水城县青林乡的老百姓种植猕猴桃，帮助他们走上致富道路。杨运大是湖南省龙山县的驻村扶贫工作队队长、杨发贵是四川省乐至县的大学生村官，他们曾有一个共同的身份——大学生志愿服务西部计划志愿者，他们放弃留在城市工作的机会，来到基层农村，带着理想和追求，奉献青春和热血，为当地的扶贫工作贡献了青春力量。

20世纪90年代，我创作长篇报告文学《落泪是金》的时候也采访过很多大学生，真实反映了那一代中国年轻人实现梦想的奋斗历程。这部《青春中国》书写的是新时代的青春之歌，是"青春"加"志愿者"之和，所以内容更丰富多彩。青春是永恒的话题，也是每个时代的起点。而"志愿者精神"提倡"互相帮助、助人自助、无私奉献、不求回报"。这两个关键词碰撞出了当代青年群体的价值取向和人生追求，他们在人生中最美好的年龄选择用自己的双手、头脑、知识、爱心，去往西部、去往基层帮助那些需要帮助的人，同时，他们也在这个过程中收获了成长，如书中所讲——西部在成长，在西部成长。

　　青年作家写关于青年的题材，应该是一种相得益彰的文学活动。青年作家和采写对象的年龄相仿，所处的生长环境相似，也更容易与之产生共鸣，对青春题材文本创作的把握相对更得心应手；反过来说，青春题材作品折射出的时代意义，以及作品中优秀青年所表现出的崇高品质，对青年作家的为人、为文都是一次难得的提升，对全社会也具有典型示范作用。为了创作好这部长篇报告文学，曾散前后历时几年，行程几万千米，独自前往新疆、西藏、青海、贵州、四川、广西、内蒙古等西部省区的基层一线，跑遍了大半个中国，采访四百多人，数易其稿，最后完成这本书稿。每一个人物、每一个事件的写作，其实都是一项重新梳理、构思，最终动笔、修改、定稿的独立工程。合格的作家，可以在写作对象身上得到启发和反思。报告文学中人物的塑造，是在尊重事实的前提下，写作者自身素养与人物故事的再融合、再创作；是人物自身经历的再现，也带有作家的主观思考——但在主观叙述服从客观事迹的写作逻辑下，报告文学作家的每一次创作，都是一次学习、提升自己的机会。创作，自然也就变得更有意义了。

　　期待曾散以青春的激情和青春的干劲，继续创作更多青年题材的优秀作品。

目 录

引　子　两封回信 / 001

第一章　为了西部的明天

奋斗是青春最亮丽的底色，行动是青年最深刻的磨砺。用一年不长的时间，做一件终生难忘的事。

从清华园出发 / 007

爱的接力 / 026

大漠红柳 / 043

美丽格桑花 / 060

第二章　边疆需要我

这片滚烫的沙漠腹地，注定是一个放飞青春的地方。跨越时代的青春梦想在这里放飞，跨越时代的青春力量在这里凝聚。

我们不是"临时工" / 069

孔雀西北飞 / 090

青春与高原一同生长 / 100

让雪山做证 / 114

第三章　最美的天使

> 我不去想是否能够成功，既然选择了远方，便只顾风雨兼程。

信念的种子开花结果 / 133

美丽草原我的家 / 145

大山深处的健康使者 / 152

第四章　毁灭与新生

> 救灾，是我们在帮助受灾的人；但是救灾，又何尝不是对自我的一种救赎？王斌这样思考着，同时也这样践行着。

让阳光抚慰受伤的心灵 / 163

飞翔的梦想 / 172

报答春光知有处 / 179

第五章　脱贫路上的希望

> 既然选择了西部志愿者这条路，就已经想到了会遇到的艰难险阻，做好了应对一切困难的准备。在有限的时间里去做意义重大的事，在服务的道路中收获成长。

致富路越走越亮堂 / 189

丰盈的不只是收成，还有内心 / 195

将青春热洒西部 / 206

扶志与扶智 / 221

第六章　成长的力量

岁月倏忽，西部在成长，这些支援西部的青年也在支援的过程中不断得到历练，他们伴随着西部一起成长，他们的青春因为奉献而更加精彩。

与孩子一起成长 / 237

格桑花开 / 248

那些感动花开不败 / 257

西部在成长，在西部成长 / 262

尾　声　青春之中国 / 268

引　子　两封回信

　　5月初的西藏自治区日喀则市气温还非常低，岳刚所在的南木林县第一中学，因为大雪的影响已经断电几天了，手机关了机，电脑也断了网，他与外界联系只能靠那部固定电话机。

　　"丁零零……"电话声响起，岳刚拿起了电话还没开口，话筒里便传来了一个激动的声音："回信了！回信了！"

　　"啥？啥回信了？"岳刚的头脑是蒙的，一时间没反应过来。

　　"习近平总书记给我们回信了！"

　　这个消息，仿佛一股电流瞬间传遍了他的全身。

　　放下电话，岳刚透过窗子望着外面还未融化的积雪，眼前浮现起2002年刚刚进藏的那个夏天，天高云淡，阳光和煦。

　　习近平总书记的回信带给岳刚温暖，岳刚和他的伙伴们给这片雪域高原带来的爱与关怀也温暖了一届又一届藏区学子。从参加支教那年算起，岳刚已经到西藏16个年头了，他的母校河北保定学院如今已有近200名像岳刚一样的毕业生自愿到西部工作、生活。他们在雪域高原、大漠戈壁教书育人，把一腔赤诚和师者大爱献给边疆，把青春与梦想安放在西部。

2014年3月，岳刚和其他扎根西部的校友给习近平总书记写信汇报情况，也提及了困难和困惑。信，在4月初寄了出去，不到一个月后的五四青年节前夕，习近平总书记给岳刚和其他扎根西部的校友回信，向青年朋友致以节日的问候：

> 你们响应国家号召，怀着执着的理想，奔赴条件艰苦的西部和边疆地区，扎根基层教书育人，十几年如一日，写下了充满激情和奋斗的人生历程。你们的坚守、你们的事迹，令人感动。

习近平总书记还在信中回忆起他青年时代在西部的生活场景，并鼓励像岳刚他们这样扎根西部、奉献西部的全体时代青年：

> 我在西部地区生活过，深知那里的孩子渴求知识，那里的发展需要人才。多年来，一批批有理想、有担当的青年，像你们一样在西部地区辛勤耕耘、默默奉献，为当地经济社会发展、民族团结进步作出了贡献。

时代向前，青年向上。这群追梦青年，他们如戈壁红柳、雪域格桑花扎根在祖国西部边陲，生根开花，枝繁叶茂。他们热爱着脚下的土地，追逐着共同的梦想，为祖国的西部，为西部的明天，为明天的希望。他们作为志愿者在西部，在边疆，在山区，在基层奉献着自己的青春，书写着新时代青年志愿者大写的人生。

2013年12月5日是国际志愿者日，这个专属于志愿者们的日子，也是共青团中央实施中国青年志愿者行动20周年的日子。这一天，华中农业大学2万多名志愿者收到了一份来自中南海的沉甸甸的礼物。习近平总书记给华中农业大学"本禹志愿服务队"亲笔回信：

> 得知你们在徐本禹同志感召下，积极加入青年志愿者队伍，走进西部，走进社区，走进农村，用知识和爱心热情服务需要帮助的困难群众，坚持高扬理想、脚踏实地、甘于奉献，在服务他人、奉献社会中收获了成长和进步，找到了青春方向和人生目标，感到十分欣慰。值此中国青年志愿者行动实施20周年之际，我向你们以及全国广大青年志愿者，致以诚挚的问候和崇高的敬意！……

"本禹志愿服务队"像一团火温暖人心，点燃这团火的"火柴"，无疑应该是徐本禹。1999年，徐本禹考入华中农业大学农林经济管理专业，他的成长从感受别人温暖开始。家境贫寒的他在成长过程中得到了许多善良的温暖，让他在心底升腾出一种强烈的愿望："别人帮助了我，我也要去帮助别人。"

徐本禹这根"火柴"点燃的爱心之火不断燃烧，幸运的是，这些初期的"火柴"燃烧的时间够长，照亮的爱心历程够远。十多年来，有更多来自华中农大的"火柴"用青春和生命相继燃起了跳动的"火苗"。从"火柴"到"火苗"再到"火团"，至此，爱心之火已熊熊燃烧，广泛传递着爱与温暖。

"本禹志愿服务队"在爱的能量场中诞生，用无悔的青春传递着爱的火把。追梦需要激情和理想，圆梦需要奋斗和奉献，这群敢于有梦、勇于追梦、勤于圆梦的青年志愿者在西部贫困山区扎根坚守，默默付出……"中国青年志愿者行动""青年志愿者扶贫接力计划""研究生支教团""大学生志愿服务西部计划"，共青团中央引导着无数有志青年奋进在志愿服务的道路上，习总书记回信中的寄语也让更多的青年志愿者坚定了理想信念，找准了青春方向和人生目标，在接力坚守的志愿服务中绽放青春！

每个时代有每个时代的历史使命，一代青年有一代青年的历史际遇。今天，我们比历史上任何时候都更接近民族复兴的伟大梦想。行百里者半九十，距离这个目标越近，越要求当今青年一代勠力奋斗、持续奋斗，大有可为、大有作为。这是"长江后浪推前浪"的历史规律，也是"一代更比一代强"的青春责任。

当代青年是同新时代共同前进的一代，广大青年既拥有广阔发展空间，也承载着伟大时代使命。青年一代的理想信念、精神状态、综合素质，是一个国家发展活力的重要体现，也是一个国家核心竞争力的重要因素。

青年兴则国家兴，青年强则国家强。正如习总书记在给"本禹志愿服务队"的回信中所说："青年一代有理想、有担当，国家就有前途，民族就有希望，实现中华民族伟大复兴就有源源不断的强大力量。"

第一章 为了西部的明天

奋斗是青春最亮丽的底色,行动是青年最深刻的磨砺。用一年不长的时间,做一件终生难忘的事。

从清华园出发

1

在著名的"清华园"门楼下面,我第一次见到回归清华大学攻读研究生的吴彦琦。对比支教之前的照片,她如今的肤色略微黑了一点,也显得更加清瘦,但褪去学生气之后,看起来成熟了许多。

"每次改作业对我而言都是酷刑!"结束支教已过去一年了,吴彦琦依然这样调侃自己最初给学生批改作业时的场景。

因为这样一句玩笑话,我们之间略微拘谨的气氛一下子被打破了。吴彦琦带着我在校园里一边散着步,一边讲述着在那一年里发生的点点滴滴。

吴彦琦去支教并没有太多缘由。保研后的一天,她忽然厌倦了一直以来波澜不惊、一帆风顺的求学之路,也为了去学校外面看看,走出象牙塔,让自己有更多的锻炼机会,她选择申请报名加入清华大学第十八届研究生支教团。

2016年7月，吴彦琦来到湖南湘西支教，成为吉首市民族中学的一名高中数学老师。

吴彦琦第一次走进教室，教室里一个男生站了起来，嬉皮笑脸地问她："老师，数学40分怎么办？高考还有救吗？"

她本以为这是句玩笑话，翻了成绩单才知道，这就是她面前坐着的很多学生的真实水平。

讲台上毫无经验的她只能尴尬地搪塞过去。那节课，她都不知道是怎么上完的。当下课铃声响起，她抓起教案一路小跑，逃也似的离开教室。

去之前，吴彦琦已经做了充分的准备，但不到一个星期她就发现，她所做的一切算是白费了。课堂上讲了多次的总复习方法、调整心态、保证基础、攻克难题……一瞬间在这群学生面前变得苍白无力。

有些学生把"减区间"写成"咸区间"，有的学生算不清10除以1/2是多少；同类型的题目讲了三次，作业里只变个数字还是不会……更让她崩溃的是，即使她强调多次后，学生作业里大片空白和抄袭仍是屡见不鲜……

第一次月考，班级和年级平均分都只有20多分。拿到汇总成绩的吴彦琦产生了深深的无力感。

大部分孩子完全没有学懂，让第一次当老师的吴彦琦深感挫败。学生大多来自附近的乡村，基础相对薄弱，尤其是理科学习比较吃力。学生作业本上打下的那一个个鲜红的问号，在她看来是那样的刺眼。她自己能念好书，却教不会学生。那一刻她对自己产生了怀疑，甚至经常想，她会不会来错了。

同去的几名支教老师都碰到了相似的情况。几个人一合计，决定调整教学思路，慢慢地试着先走进同学们的内心。

要走近学生的内心，必须先了解他们。一番调查后，吴彦琦发现，班上至少有三分之一孩子来自离异和重组家庭，他们缺乏安全感、关注和肯定。班上有个长得高高大大的男孩子，在和老师谈心后突然吼出一句"我爸我妈离婚了"，随之泪如雨下。

随着接触加深，吴彦琦发现，学习之外，自己与学生们在生活习惯和处事方式上差异巨大。学生们上课或考试时嗑瓜子、嚼槟榔，在老师面前吹泡泡、吐口香糖的现象时有发生。

在这些少男少女的处事思维中，还夹杂着单纯的江湖义气和哥们儿情谊。吴彦琦在监考时发现了一个递纸条的男同学，问他为什么要这么做，那个男同学理直气壮地回答："他是我发小，我拒绝不了。"班上最老实的孩子开始抽烟，因为哥们儿围在一起，别人递烟给他，为了融入群体，他只能接过来抽。是非曲直，不如"兄弟"一两句话。

面对这样一群孩子，吴彦琦一个头两个大。从小，她就是"别人家的孩子"，学习没让父母操过心，而她教的这群学生，很多想法与行为却一遍又一遍地刷新她的认知。

但艰难又枯燥的教学中，吴彦琦也会常常收到惊喜。

学完数学课"算法"一节后，班上几个成绩并不算太好的孩子跳出课本，自己试着写出了循环几十万次的小程序；艺术节上，几个老是偷着化妆的女孩子用几个晚上排练出了像模像样的歌舞节目；两个班长能把班级事务管理得井井有条；下乡调研时，学生们熟练地给村小的小朋友洗脸扎辫子，甚至还站上小学讲台客串了一次数学老师，在班会上和大家分享了对公益活动的深刻看法。

这些事，让吴彦琦更加确信，这些孩子都有自己的专长，只是这样的专长，无法通过学习成绩体现；这样的专长，可能无法应对高考，无法为这些孩子获得传统意义上的成功加码，却更符合这些大山深处孩子们日后安身立命的需要。对这里大多数的孩子而言，他们很可能考不上大学，高中毕业后会直接工作，或去上职业学校。吴彦琦所教的年级，有100多人因各种原因退学，他们有的已经在网吧做网管，在小区做保安，也有的打算去读中专学技术。学校的毕业生大多留在吉首，做服务员、修理工，或开小店，成为建设家乡的中坚力量。

吴彦琦第一次开始思考：长久以来，社会习惯于用统一标准衡量学生，仿佛考出好成绩才是正途，高考就是唯一出路；或许，并不应该仅仅只用考试这把尺子去衡量他们，去不断地否定、打击他们，而应该设立和重点中学不一样的标准和目标。

在排绸乡的一次调研中，吴彦琦遇到一个三年级的小女孩。她瘦小、内向，不愿回陌生人的话，平时和残疾的继父及两名老人生活。这个家庭没有劳动力，低保户的补助都不足以支付他们的生活费用，需要借钱过日子。吴彦琦上门时是冬天，很冷，小女孩的衣服破旧，还没有穿袜子。

这样的家庭，在这里并不鲜见。千百年来如此，观念的改变并非一朝一夕，只在此支教一年的吴彦琦也是有心无力。在这有限的时间里，快速提高学生成绩不太现实，她能努力的，就是在一年里，帮助孩子们树立走出大山、走出贫困的目标和理想。

她开始改变，尽自己所能给学生们带去不一样的知识，让他们提前打开一扇了解外界的窗口。

她尝试着给高一的学生们讲经济学原理。她用学生们听得懂的语言，把她在大学里学到的专业知识讲得头头是道、趣味横生。几节课下来，高一的学生就能用刚学会的供求理论有板有眼地分析房价，分析人们在决定是否留在大城市时所面临的权衡取舍。

在大山里的乡村小学，吴彦琦给高年级的孩子讲科技发展对社会经济的影响，讲物联网、人工智能，孩子们畅想以后各种机器人代替人们进行工作的场景，这些天马行空的想象常常给她带来意外的惊喜。

在教学之外，由于是学金融的，吴彦琦常利用周末时间到附近的村落调研，对普惠金融和金融扶贫有了深入思考。

2013年11月3日，习近平总书记在湘西州花垣县十八洞村考察时首次提出"实事求是、因地制宜、分类指导、精准扶贫"的方针，湘西成为"精准扶贫"的首倡地、全国脱贫攻坚的主战场，政府在各个贫困村派了驻村工作点，根据各村的实际情况帮助村民规划经济发展路径，解读政策，提供支持。

全国脱贫攻坚战打响了，身处湘西的吴彦琦试着从自身专业出发解读。她认为，精准扶贫的要点在于根据每家每户及每个人的情况精确匹配资源，如给青少年提供教育补助，给希望发展农业的家庭提供小猪、小鸭等物资帮助，为打算出去打工的年轻人提供职业培训，如果家里没有劳动力、特别贫困，则给予兜底保障补助。理想的扶贫除了补贴"输血"，更重要的是在当地找到能够长期发展的方式，金融扶贫能在其中发挥重要作用：村民如果符合基本的贷款授信条件，能够获得贴息扶贫小额信用贷款，直接投入合作社中获得分红。

这些来自大地的种种思考，吴彦琦整理后一一写进了论文里。

每个周末，她都会到处走走。有时候是一个人，更多时候是和驻村工作人员一起。她发现，有的村子以老年人为主，脱贫意愿不强，只想获取更多的实惠；也有一些村民没有长远的规划，没有理财意识，拿到扶贫款和家禽牲畜并不发展生产，转眼就花掉或卖掉，等着下一拨补助到手，很多很好的政策实施起来却遇到很多困难……在一次次的走访中，吴彦琦渐渐体会到，政策是好的，但最终能否落实还要考虑许多别的因素。

脱贫，还有很长一段路要走。

这些实际情况，让这名清华的金融专业大学生开始思索如何更加有效地进行金融扶贫。

随着调研和思考的深入，吴彦琦愈发觉得，"行万里路"和"读万卷书"同等重要。她在大学里学的知识，只有贴近现实，才是真正的学问，只有深深融入脚下这片土地，才是真正地发挥了最本质的价值。教育，本身就是一种投资，选择支教是因为她相信今天在孩子们身上投入的心血和关爱能够让他们在将来成为更负责任、更独立自强的人。这是一种信念，也是身为年轻人对时代发展肩负的使命。

下乡的时候，吴彦琦走在蔬菜大棚中间，走在湘西青山绿水包围的田埂上，她思考普惠金融可能给乡村发展带来的新机遇，愈发感受到作为一名金融从业者的责任担当。

一年的时间转瞬即逝。学期快到尾声时，吴彦琦在课堂上说起课程进度，提到课讲完了马上就要期末考试了，班上的气氛一下子变得很沉重、安静。不知道是谁低声说了一句："然后你们就要走了。"吴彦琦故作轻松地说："是啊，我们就要说再见了。"

一个孩子抬头说："老师，讲慢一点咯。"

好像课上慢一点，这些支教的老师就可以晚走一样。

吴彦琦的幸福感来自学生的改变。一年下来，当原本不理老师的学生大方地喊"老师好"，当被没收手机后理直气壮地讨要变为"对不起"时，她蓦然发现，学生们一个个微小的改变，在她心里累积成了一份踏实的成就感……

这一年，过得真值。

每一个孩子背后，都隐含一个家庭，一个村落，一种经年累月形成的难以改变的文化习俗和思维方式。一年里，从北京到湘西，从清华大学到乡村学校，吴彦琦看到了隔离与撕裂，也感受了变化与惊喜。

临别时，班上学生自发组织了送别会，用苗鼓、自己写的苗歌，还有模仿老师的小品和讲述这一年自己变化的视频送别他们。这些学生确实长大了，不再是让人放心不下的小孩子。

离开湘西回北京的那天，天空也适时地煽情起来，山区的雨说来就来。大半个班的孩子都从家里赶到了火车站，有的带了一大袋自己家种的玉米棒子，有的写了长长的信，他们争先恐后地替老师们拿行李，一步一停，一次一次地拥抱。踏进车站的一瞬间，身后响起了从零落到整齐的歌声："长亭外，古道边，芳草碧连天……"吴彦琦泪如雨下，不敢回头。

当车轮缓缓滚动，吴彦琦看着窗外的青山绿水，不由得想起了千里之外的北京。城市纵有千般不好，"逃离北上广"的嚷嚷声再响，人们却还是迷恋着城市的便捷光鲜，挤破脑袋往里冲。而城市千里之外，村落四周被山川环绕，一湾碧水在山间穿行，人们在河滩上洗衣服，身后是几十栋古老的木房子，宛如世外桃源。这里就是湘西，是吴彦琦奋斗过、感受过的土地。

在这一年，她看到了分隔在北京与湘西的两重人生。虽在同一个国度、同一片土地上，但生活有时就像《北京折叠》中所写，是几个平行、互不干扰的层，让人感到虚幻，虚幻的真实。

我们在校园里找了个长凳坐下。吴彦琦拨了拨头发，垂着头，回忆着那一年里让她至今难以忘怀的人和事。

"我不敢说自己给他们带来了多少影响，也不知道我们带来的改变在环境作用下能支撑多久。但长时间参与进去就会发现，做出一点实际的工作，带来一点帮助，虽然很艰难，但也是可贵的。"吴彦琦抬起头，望着远处幽幽地开口。

"常常在社会新闻里出现的留守儿童成了我的学生，农民工就是孩子们的爸爸妈妈。我发现他们其实和我们一样，都有着共同的对美好生活的期许。"

吴彦琦拿出手机，给我看分别时的场景。一张张笑脸翻过，仿若一段段明媚的时光，集结又迅速退去。我看得出来，在每个笑容里，都有着深深的眷恋，甚至，还带着一丝丝迷惘。

是啊，支教的老师走了，回到了属于她的世界，往后或许再也没有见面的机会。而这些孩子，仍然还要待在大山里，踏着自己的轨迹，一步步向前走。他们人生的路，在大山起步，最终走向哪里，谁也不知道。

和支教老师分别的那些学生是怎样的心情，我想我是可以感同身受的。20多年前，我所在的湘南大山深处的小学也来了一名支教的老师。当那个说着普通话、长发飘飘的地理老师要离开的时候，我们一大群孩子也是一边哭一边唱着《送别》。"天之涯，地之角，知交半零落……"我们追着老师搭乘的班车，直到只能看见一路飘扬的尘土。

就如同湘西的那些孩子一样，我们时常会想念那些支教的老师，那些带来外面世界的气息、朝气蓬勃的老师，他们给大山里的我们插上理想的翅膀，告诉我们山的外边就是远方，是理想。

2

我时常会想起我的那名支教老师，只是苦于20世纪90年代通信的不发达，老师离开后便从此天涯遥远，音信全无。如今通信不可同日而语，当湘西的那些孩子想念他们的吴彦琦老师时，即便她远在北京，也能随时取得联系。

电话让人与人之间的距离变得近在咫尺。青海有群孩子每隔段时间总会给他们的"尕数学"打去电话。

"尕"是中国西北地区方言中普遍使用的爱称，在青海方言中有"小"的意思。刘燕玲在青海湟中一中支教一年，成了那一届学生心中至今难忘的"尕数学"。

见到刘燕玲是在一个秋日的午后，我也像她的学生们一样喊她"孖数学"。她一怔，继而灿烂地笑起来，一如当时北京午后的阳光。"这样听起来很亲切。"她半眯着眼睛，像是回忆过往。

尽管离开那群学生已有 7 年时间，她仍时常会接到那些学生的电话。刘燕玲拿出手机给我翻看通话记录，微信里面那些逢年过节学生发来的祝福，她一直舍不得删。

刘燕玲说，每当接到他们电话，电话那头传来的声音总是以"孖数学，我们想你了"开头，她的心里满是感动和怀念。闭上眼睛，她能清晰地回忆起当年那一张张纯真的笑脸。

刘燕玲的支教从 2013 年开始。那一年，她还是清华大学经济管理学院的一名学生，无意间听到一个消息：清华研究生支教团成员支教的甘肃武威六中有一名受教学生考入清华大学，湟中一中有两人考入清华大学，一人考入中国人民大学。

刘燕玲被震撼了。她自己就是一名土生土长的青海人，对于西部地区的落后她深有感触。当年，她用尽了全力，从高考独木桥走进了清华大学，成为家乡的传奇。而今不过 4 年时间，清华研究生支教团竟让那两所受教学校的教学质量发生如此巨大的变化。

清华研究生支教团，在刘燕玲心里无疑是强大的，能"化腐朽为神奇"的。

本科毕业之际，刘燕玲放弃受推荐读研究生的机会，加入清华大学第十五届研究生支教团，回到家乡青海进行为期一年的支教。

和其他志愿者不同的是，对于刘燕玲来说，支教不是去远方，而是回家。

初到湟中一中，刘燕玲教的是英语。三天后，她正在上课，教导主任把门推开，问正在上课的她："刘老师，我们缺数学老师，你可不可以教数学？"

听到这莫名其妙的问题，刘燕玲竟然莫名其妙地点了点头。两天后，她开始教起了数学。

湟中一中是一所省重点高中，同学们的学业负担和升学压力都比较大。一般来说，在这样的学校里，抓紧每分每秒学习是每个学生的常态，但她发现，这里有不少孩子性格叛逆、学习懈怠，不认真听讲、不按时交作业等情况时有发生。甚至有一次，整个班级的绝大多数同学都没按时交作业。看着讲台上摆着的一沓薄薄的作业本，一瞬间，委屈和无奈充斥着刘燕玲的心间。她想要说几句话，却发现喉咙堵得厉害，转眼泪水就流了下来。

教室里鸦雀无声，没交作业的学生一个个垂下了头。

刘燕玲深吸几口气，低着头抹了抹脸上的泪水，看着那些作业本，说："我从那么远的地方来到这里，每天努力备课，无时无刻不盼着你们进步，可是换来的却是你们的无动于衷。我感到失望、愤怒……"

刘燕玲抱着教案走下讲台，走出了教室。一直教导学生们要轻声关门的刘燕玲，第一次把教室门摔得砰砰作响。

回到教师休息室，刘燕玲为自己的冲动感到自责。她洗了把脸，对着镜子闭着眼大口呼吸着。平静下来后，刘燕玲想再去教室上课，拉开门，却又顿住了脚步。她不知道怎么面对那些学生。可不去上课，又觉得心里不踏实。

犹豫着，纠结着，下课铃声响了。

到了下午，课代表抱着一大摞作业本找到了刘燕玲，怯生生地说："刘老师，全班同学的作业全都补交上来了……"

刘燕玲数了数，一份不少。翻开作业本，里面赫然放着一份检讨书。打开另一本……

每一本作业里，都附着一份检讨书。

刘燕玲跑到教室，她愣住了，许多孩子的眼睛红红的，黑板上还写着几个大字："老师，我们错了。我们让你失望了。"一向坚强的刘燕玲，眼泪瞬间夺眶而出。

自那之后，孩子们总是抢着回答问题，即使并不知道准确答案，也不再低着头、睡觉、看小说，孩子们愿意举手到黑板前写两笔，理由很简单："想让老师给看看对不对。"

刘燕玲完全没有想到，她在课堂上的一次情绪失控，让孩子们懂事了不少。

但学生越听话越懂事，刘燕玲心里越不是滋味。她心里清楚，学生们这样，只是因为把老师气哭了，心里愧疚，觉得对不起远道而来的支教老师。而作为一名要对学生负责的教师，光凭脆弱唤起学生的"懂事"是不够的，这也是弱者的行径。要学生们爱上学习，只能是靠他们自身的自律和对学习的热爱。

要做到自律和热爱，规矩是不可少的。

刘燕玲"变凶了很多"。

第二学期，刘燕玲在开学第一节课上写了一黑板的课堂规矩。抄写这些规矩，就是新学期第一堂课要交的作业。每个学生都规规矩矩、工工整整地抄写一遍，交到了她手里。

规矩之外，刘燕玲也定了新的规矩——不交作业，要受处罚。刘燕玲尽自己所知地笑着列举了不少处罚方式，底下的学生静静地听着，没一个人起哄。

这样的"严管"下，班级整体的学习风气有了提升，连一些几乎从不提问、不爱听课的孩子也开始举手了。

交上来的作业，里面经常也会夹着小纸条。有的学生写着"不抛弃不放弃"，有的是一张画，画的是他们心中的"尕数学"。刘燕玲骄傲地展示给其他老师看，告诉他们，这样的纸条，比一万句"老师我爱你"，更让她欢喜感动。

将心比心，以心换心，这群还未成年的学生，有些事你以为他们不理解，但出人意料的是，他们是真的懂。

一个曾经数学考 9 分的少年，期末的时候考到了 110 分，还立下了考清华的志向。刘燕玲在他的试卷上写了一行"老师在清华园等你哟"，从此，那张试卷成了那个少年的珍宝，折得整整齐齐，塞到他的床铺板下。

班上有一个性格叛逆的男孩，来自单亲家庭，不爱学习，上学打架，时常和妈妈吵架。然而，每当这男孩回家与母亲谈到"尕数学今天说了……"，他的语气态度就会一下子温和下来。他母亲经常跑到学校来和刘燕玲倾诉，或者在电话里一聊就是一个小时。刘燕玲与男孩认真谈了心，也严肃批评了他。他站得笔直，低着头，连连保证。

结束支教回到清华大学读研究生后，刘燕玲依然与这个家庭保持联系。通过电话，"尕数学今天说"的每一句话，依然帮助着几千里外的这对母子化解矛盾，一点点改善关系。

2014年元旦，刘燕玲送给她所带班的学生们一份新年礼物。那是一本新年台历，每一页上都印着学生们的照片，全班每个学生的照片都印了上去，一个都不少。孩子们爱不释手，当成宝贝。

一年的时间过去了，"尕数学"要和孩子们分别了。

2014年的4月，距离支教结束还有八周，一次外部采访要求模拟刘燕玲支教的最后一天。虽然已经事先通知了学生，这只是配合视频需要的"假离别"，推开教室门准备和同学们"说再见"的刘燕玲还是被惊呆了。

孩子们都站起来，捧着蛋糕，张震岳的《再见》在耳边响起。"他们知道这是假的，但我早晚要走却是真的，孩子们哭得特别伤心。"刘燕玲见状，又想哭又想笑。她没法儿一个个地安慰，只好也抹着眼泪，"嗔怪"孩子们："你看你们哭的样子，这节自习课又上不成了。"

"我觉得我好对不起你们，我总是批评你们，没能看到你们的优点，而且我也没有跟你们道歉。你们永远不会理解如果一个老师一生只有一批学生，她会有多么想做到完美。"

刘老师，燕玲老师，燕玲姐，一年支教下来，刘燕玲有了许许多多的称呼。

然而，她最钟爱的还是"尕数学"这个外号。

这么多年过去，刘燕玲在青海老家的时候，每次走在路上有人喊她"刘老师"时，她的耳旁就会回响另外三个字——"尕数学"。

"支教一年，是我迄今做的最有意义的一件事！"刘燕玲说，经过一年的支教，自己好像变了，细究起来却又不知道改变何在。"没变的是自己的初衷，变了的是我的努力中承载了更多人的期望吧。"刘燕玲给自己一年的支教经历做了这样的总结。

回到北京后，刘燕玲在不少场合分享自己支教的经验和感悟。她说的最多的一句话就是："我们每一个支教队员，其实都是一面窗，外面的人，从你身上看到了山沟沟里的模样；山里的人，从你的身上看到大山外面的风光。"

刘燕玲的手机屏保，是两个大写的英文字母：QH。她说，她来自青海，考上了清华。青海、清华，这两个词的拼音开头字母都是QH。

她从一个QH出发，来到另一个QH，又回到了最初的QH，一年后再次出发。不管哪一个QH，对她来说，是出发，也是返程。

不变的，永远是她的初心，以及热爱。

3

"愿意用一年青春的时光，换取一生的留恋向往；愿意奔向心仪的讲堂，点燃故乡未来的希望。"这是清华大学研究生支教团团歌《与你西行》中的歌词，也是这个青年团体20多年来不断从象牙塔奔赴祖国西部支教的真实写照。

"什么是有意义的生活？"考上清华大学经济与管理学院会计系后，黄成几乎每天都要问一遍自己这个问题。2014年，毕业后的黄成放弃直接留校攻读金融硕士的机会，申请加入清华大学第十六届研究生支教团，选择去青海支教一年。

一年后，支教期满，风尘仆仆归来的她找到了答案：如果你有一个丰富精彩的人生，怀揣理想做自己喜欢的事情，那么一定是有意义的；如果你还能够帮助更多的人过上这样的生活，那么你就是一个值得尊敬的人。

黄成寻到的答案，是清华大学研究生支教团中大多数成员奔赴西部的初心。自1998年以来，清华大学研究生支教团共向西藏、青海、湖南、甘肃等省区的贫困县、乡输送了322名支教志愿者。清华大学研究生支教团成员在祖国和人民最需要的地方支教接力，用自己的青春和力量服务当地教育、科技、文化以及经济建设与发展，给当地带来了深刻变化。2014年，在"寻找最美乡村教师"活动中，清华大学研究生支教团荣获"最美乡村教师支教团体"称号。

清华大学研究生支教团人员的选拔模式也逐渐成熟、完善。清华大学研究生支教团辅导员孙凯丽介绍，近年来，每届清华大学研究生支教团成员约为20人，他们不仅要经过严格的选拔，出发前还需在学校培训一年。随着志愿者团队不断壮大，越来越多优秀学子渴望成为其中的一员。

支教的接力棒，从一届传向下一届，带着上一届的余温，消融下一届接力者最初的彷徨和摇摆，也温暖着受教地区那片向往知识的大地。

每名志愿者前往支教地服务的时间是一年，但这支队伍的力量却在20多年间不断壮大。20多年来，志愿者们努力成为中西部贫困地区点燃希望的火种。

许震宇在西藏职业技术学院工作了10多年，是这段时光的"见证者"。10多年来，对曾经来过这所学校的60多名清华学子，他都印象深刻。他曾和志愿者一起办过校报、内刊，又在志愿者的帮助下建起了微信公众平台，推出了原创品牌，启动了公益行动……"可以说，历届清华大学研究生支教团成员用接力棒的方式，帮我们塑造了一整套校园文化。"他说。

地处武陵山连片特困地区的湖南省吉首市民族中学，曾经一度缺乏优质教育资源。在清华大学研究生支教团的成员帮助下，学校高中语文、数学、外语、物理等课程的教学质量得到了明显提高。校长谢开旺说："虽然志愿者们年轻，但是他们虚心勤奋、严谨负责的品格在当地师生中影响很大。"

在脱贫攻坚的大会战中，清华大学研究生支教团也不曾缺席。

在清华大学研究生支教团的牵线搭桥下，清华大学帮助青海湟中一中建立起了图书室，成立了学校首支民乐队，清华校友"清泉"基金会确立了帮扶对象。

在西藏自治区日喀则市定日县拉木堆村，清华大学研究生支教团与西藏职业技术学校一起发起了"珠峰下的阳光浴室"项目，用众筹的方式建造了一间太阳能公共浴室，为当地44户、200多口人提供洗热水澡的机会。

在行走中思考，在逆境中磨砺，是一年的支教生涯给志愿者们的宝贵回馈。

清华大学团委书记邴浩介绍，近年来，回到学校后，每年有近70%的志愿者担任学生政治辅导员的工作。一些同学毕业后通过考村干部、选调、报考公务员等方式回到西部，进入公共部门或重点行业。如清华大学第十三届研究生支教团成员李博洋毕业后赴贵州选调,清华大学第十五届研究生支教团成员普布多吉、次旺拉姆回到西藏回报家乡。

在西部基层支教是一件严肃而又艰苦的工作,很锻炼人,让人成长。为了给孩子们带去高质量的教学内容,清华大学研究生支教团除了在志愿者选拔上十分严格之外,还会让他们参加学校青年教师教学基本功大赛培训、教师资格考试来提升教学技能。为了最大限度地发挥支教作用,志愿者们为教学方案讨论得面红耳赤;为了家访能覆盖每一名学生,志愿者们常常在高原上跋山涉水。

十年树木,百年树人。教育,是人类文明不断延续和传承的一种手段,也寄托着人类社会特别美好的希望。而在相对落后的西部地区,这种对教育的希望,不仅是由支教志愿者所带来的,更是来自受助者对教育的渴望。

来自汶川地震灾区的"全国抗震救灾英雄少年"王佳明加入清华大学第十四届研究生支教团赴西藏职业技术学院支教一年;曾在湟中一中受到清华大学研究生支教团帮助的毛雯芝,在四年后成为其中一员,返回了让她梦想开花结果的母校。

支教地区的孩子们,送别支教老师后,哪怕时隔多年,大都仍然保留着和老师的合影,能快速、准确地背出老师的联系方式。他们有的将人生路延伸向了更高的学府,通向了更加精彩、宽广的天地;有的仍留在家乡,用自己的方式建设家乡。但他们都记得,在自己由懵懂走向成熟的时刻,他们的生命中划过了那样一道别样的光芒。

这道光芒,是责任,是爱,教给了他们知识,教会了他们感恩。

传承,是支教路上永恒的精神力量。爱、感恩是刻在师生心中不变的信念。

　　支教老师和他们曾经或正在教着的学生们，让这一道道光芒，在祖国的大西部一点点亮起来，耀眼起来。

　　2016年12月28日下午，"青春有信仰、脚下有力量"——第十一届中国青年志愿者优秀个人奖、组织奖获奖代表访谈在北京举办，志愿者们汇聚一堂。他们有的互相从未谋面，也可能志向迥异，但这一刻，他们的心里都流着同一阵暖流。"奉献、友爱、互助、进步"的新时代风尚，沁润得每个人的笑容明媚而美好。

爱的接力

1

2019年12月28日，我在武汉见到了回母校参加纪念活动的彝族姑娘康胜美。

康胜美是"感动中国2004年度人物"徐本禹教出来的第一名大学生。在武汉职业技术学院念完大学后，她踏着恩师昔日的足印，毅然返回大山义务支教。

和所有受教地区的孩子一样，康胜美艰苦而又幸运，她生于"地无三尺平，天无三日晴"的毕节，却在接受教育的阶段遇到对她影响至深的好老师。

毕节，曾经以"苦甲天下"而闻名，是贫困的代名词。康胜美出生在毕节大方县的一个小山村。20年前，那里的人均年收入不足千元。适龄学童辍学率很高，有些孩子因为家庭贫困离开了课堂，有的则是升学无望而辍学。女孩子在十几岁的时候就嫁人在当地司空见惯，男孩子则早早地外出打工。

康家有 6 个孩子。11 岁那年,康胜美小学五年级没读完就主动放弃了学业,跟着邻居到省会贵阳市打工。她的第一份工作是帮人卖臭豆腐,每月工资 200 元。

一头是烤炉,一头是简易的桌凳,瘦弱的康胜美挑着跟她体重差不多的担子,走街串巷地叫卖。每逢上学或放学,碰到背着书包蹦蹦跳跳的同龄人,她会停下脚步看着,半天也挪不开脚。

扁担时常把康胜美的肩膀磨破,疼得她眼泪直流。但是越疼,她就越想念读书的日子,想念班上的同学们。担子压在她的肩膀上,更压在她的心里。

雇用康胜美的老板家有两个和她年龄相仿的孩子,总是把作业交给她代写,报酬是请她吃雪糕。对于这个"副业",一开始康胜美本能地拒绝,因为以前老师教过的,这样不对。但书本的诱惑,她拒绝不了。翻着书,写着作业的时候,她像是又回到了课堂上。吃了一个学期的雪糕后,一个念头在原本成绩不错的康胜美心里生长:为什么他们能上学,我却要打工?

那时,康胜美从来没奢望过还能够返回课堂。这样的想法,她甚至都不敢有。读书要钱,家里没钱,这个简单的道理她懂。每个月老板发工资的时候,她都是抿着嘴,接过钱,紧紧地攥在手里。平时一分钱她都舍不得花,全部攒起来寄给家里。

小小年纪的康胜美,懂得了什么叫心酸。

2003 年夏天,康胜美继续挑着担子卖臭豆腐。单薄的身影,终于不再颤颤巍巍了,汗水湿透了脸庞,她抬起手擦掉。背着书包的学生从她身边走过时,她已习惯性地退在一旁,低着头不去看。

也是这个夏天，在1000多千米之外的湖北武汉，华中农业大学的毕业生徐本禹放弃读研，来到贵州毕节的大山深处，来到为民小学支教。

名牌大学的大学生来到村小当老师，成了当地的重磅新闻。大山淳朴的村民们奔走相告。

外面来了好老师，康胜美的父亲喜出望外，当即决定让女儿复学。

康胜美终于回到了久违的课堂。翻开课本，康胜美比班上任何一个人都小心翼翼。讲台上的"大学生老师"徐本禹，透过镜片，注意到了这个比其他同学大几岁的小女孩，也看到了她的勤奋和坚毅。由于康胜美落下太多课程，徐本禹几乎每天都为康胜美补课，56分，68分，75分……渐渐地，不断上升的成绩使康胜美对学习恢复了自信。康胜美看到讲台上徐老师日渐消瘦的背影，看到他苦口婆心地教课，看到他着急流泪，就默默发誓：一定要好好读书，走出大山，将来像老师那样去帮助他人。

那年期末，她数学考了全班第一。

一年后，徐本禹去更艰苦的大石小学支教。临别时，徐本禹把康胜美拉到一旁，告诉她："你千万不能放弃学业，有什么困难都跟我说。"徐本禹留下了自己的手机号码和家庭地址，并塞给她200元钱作为生活费。

那天，载着徐本禹的车渐渐远去，康胜美和同学们追着、哭着，直到老师消失在山路的拐角。

这一别，就是6年。在此期间，康胜美以全村第一名的成绩考上初中,又考上重点高中——毕节民族中学。每学期,她都会收到徐本禹寄来的500元学费以及学习资料和衣物。

高三那年,康胜美的母亲被确诊为肺癌晚期。康胜美跑到医院楼顶,双膝跪地,哭着拨通了徐老师的电话。在电话的另一头,徐本禹也流着泪,一字一句地告诉她,人生总有意外,只有坚强才能翻过一道道坎。

挂断电话后,徐本禹筹集了1000元钱寄给康胜美。

康胜美牢记老师的话,一边准备高考一边带着母亲求医,天天学校、家里两头跑。床上,躺着日益消瘦的母亲;床边,康胜美强迫自己静下心来,轻轻翻着书,却总是忍不住时不时地抬头看一眼。短短一个月里,康胜美瘦了一圈。母亲终究没能战胜病魔,懂事的康胜美想再次放弃上学出去打工。

那段时间,徐本禹打来电话的频率明显增加,老师的一声声鼓励绊住了康胜美外出打工的脚步。

2011年夏,康胜美考入武汉职业技术学院,成了村里第一个女大学生。徐本禹又资助她5000元作为学费。

在武汉求学期间,她主动加入学校的志愿服务队,每逢周末,如果没有去勤工俭学,就会去盲校或者福利院做义工。

她和徐本禹的联系一直都没有中断。一有时间,康胜美就会给老师打电话或者发短信,向老师问好,告诉老师自己的近况。在武汉这座徐本禹曾经求学4年的城市里,她走遍了老师提到过的所有地方。每到一处,康胜美都要给老师发个信息:老师,跟着您当年的足迹,我来到了这里……

2014年，康胜美大学毕业后，悄悄回到大山里的为民小学进行为期一年的支教。

那是她再熟悉不过的大山。她像她曾经憧憬的那样，当了一名支教老师。她爬上高山寻找手机信号，下载学习资料给孩子们阅读；她把戴着耳环的叛逆男孩、不愿学习的女孩拉回了课堂；她像徐本禹老师当年一样，翻山越岭挨家走访……

自己的亲身经历，让她能更深刻地体会到大山里的孩子坚持上学的困难和重要。她一遍遍地讲述着自己的经历，告诉这些家乡的孩子：知识能改变命运。

山里条件艰苦，没有工资和补助，康胜美的生活全靠大学期间的奖学金和勤工俭学挣的钱维持。学生放了寒假，她又赶到湖北打工，挣来的钱一部分留作生活所需，其余的全部用于开学后奖励班上品学兼优的学生。

每当天晴的日子，放学后，康胜美喜欢带着孩子们在山路上快乐奔跑。看着他们奔跑如风，欢声笑语此起彼伏，康胜美畅想着，希望有那么一天，这群孩子都能跑出大山，奔向外面的世界。

学校的一面墙上，用鲜红的油漆刷了几个大字"为中华之崛起而读书"。每个星期一的升旗仪式后，康胜美都会带着学生来到这面墙下，带着他们高声朗读这九个大字。高远如斯的壮志，学生们或许不懂，康胜美也从不讲大道理。她站在墙下，反复讲着自己的经历，学生们昂着头一遍遍地听着。在那一双双亮晶晶的眼睛里，康胜美看到了当年的自己。

孩子们在一点点进步，康胜美从他们身上看到了自己曾经努力的样子,她的心像花儿一样绽放。

一年的支教生活很快就结束了。康胜美难以割舍那里的一切,她有太多的牵挂。那里山路崎岖,不通网络,学校食堂还没有餐桌椅……她多么想让孩子们接受远程教育,通过电脑看到外面世界的精彩;多么希望孩子们能坐在食堂里,安心地吃着营养午餐……

康胜美义务支教的事迹,引起了华中农业大学的关注。该校团委当即向团中央申请,新增为民小学为华中农业大学研究生支教团服务地,每年选派两名支教志愿者,接过康胜美手中的接力棒。

2

"从繁华的城市,他走进大山深处,用一个刚刚毕业大学生稚嫩的肩膀,扛住了倾颓的教室,扛住了贫穷和孤独,扛起了本来不属于他的责任……"在央视"感动中国"2004年度人物颁奖晚会的现场,徐本禹泪流满面的样子,一直让人难以忘却。

2019年12月底,我在北京见到了进京出差的徐本禹。

跟许多报道中一样,也跟我想象中一样,徐本禹高高瘦瘦,鼻梁上架着一副宽大的眼镜。任凭岁月淘洗,他依然朴实如邻家大哥一样,笑容灿烂,语调铿锵,也充满着力量。

徐本禹的成长从他感受到别人的温暖开始。1999年,徐本禹考入华中农业大学农林经济管理专业,家境贫寒的他在大学获得了周围人太多的温暖和关怀。接过他人赠予的玫瑰,徐本禹的手中也留下了余香。

大三的暑假，在学校支持下，他聚集了一帮志同道合的朋友，组织了一支大学生支教队，来到贵州省大方县猫场镇狗吊岩村的一个岩洞小学支教。原本计划两周的支教，在当地学校的挽留下，最后变成了两个月。告别时，面对依依不舍的孩子们，徐本禹哽咽着脱口而出："毕业了我会回来教你们的。"

2003年，徐本禹本科毕业，以372分的高分考取了本校的研究生。他没忘记在贵州许下的承诺。在那一段时间里，狗吊岩村岩洞小学的孩子们纯真稚气的面庞时常浮现在他眼前，出现在他的梦里。

徐本禹做出了去支教的决定。当时的他没想到，因为这个决定，在下一年里他感动了中国。

华中农业大学对他这一决定非常支持，时任华中农业大学党委书记的李忠云在多个场合强调，徐本禹的行动是大学生主动承担社会责任的体现，要全力支持。学校党委宣传部、研究生处、学工处、经管学院、校团委等分别以不同方式给予徐本禹热情鼓励和支持，研究决定为徐本禹支教开"绿灯"，破例为其保留两年研究生入学资格。

当年7月，徐本禹再次来到贵州大方县支教。

比起上一次为期两个月的支教，这一次徐本禹才真正体验到了这里的艰苦。教室设在岩洞里，非常昏暗。上课时，老师的讲课声、学生的说话声交织在一起，在岩洞中共鸣，显得十分嘈杂。学生们年纪小，绝大部分没去过县城，对外面世界一无所知；底子也差，一篇200多字的作文里有几十个错别字是普遍现象。

既来之，则安之。徐本禹静下心来，耐心地一点一点从基础开始教。他把自己的课时安排得满满当当，一个星期上6天课，每天上课

8个小时。不光是教语文、数学，徐本禹还兼着英语、体育、音乐等课程的教学。

学生的记忆力和理解力都很差，一个简单的问题讲了一二十遍他们还是不懂，徐本禹牛脾气上来了，那就讲上二十遍、三十遍。他满脑子只有一句话：没有教不好的学生，只有不会教的老师。

一个星期，两个星期……

这个岩洞中的小学因徐本禹的到来开始迅速发生变化。渐渐地，孩子们可以听懂普通话了，甚至可以操着半生不熟的普通话与人交流；学习成绩也有了明显提高，作文的篇幅长了，语句顺了，错别字也少了很多。期末全县统考，数学最高分由原来的83分提高到了99.5分。更让他开心的，是孩子们在懂事的同时，有了越来越强烈的求知渴望，只要他走上讲台，教室里就立刻安静下来，一个个坐得笔直，一双双清澈透亮的眼睛一眨不眨地望着他。

学校里的学生让他逐渐放下心来，但那些旷课和辍学的孩子，还是压在徐本禹心里的一块石头。

贫困使乡村小学的入学率极不稳定，孩子们随时可能辍学。每到课余或周末，他就挨家挨户动员那些旷课和辍学的孩子回到课堂上去。12月的贵州，阴冷多雨。这一晚，下了一夜的雨，崎岖不平的小路变得更加泥泞。从起床开始，徐本禹就在忧心学生路上的安全问题。他匆忙吃完早餐，走进教室一看，却发现有大部分学生没有来上课。徐本禹临时决定停课一天，按照学生名单一家一家地走访。

走到黄绍超家时，小绍超一看到老师就哇的一声哭了。徐本禹劝了一个多小时，黄绍超还是不肯去上学，只是一个劲儿地哭。徐本禹才知道，黄绍超的爸妈都外出务工了，家中只有爷爷奶奶，老人很少过问孩子的学习。徐本禹搂着小绍超，使出浑身解数轻声安慰着，小绍超这才止住了哭声，点点头答应去学校。

徐本禹回来统计后发现，像黄绍超这样的家庭，在当地普遍存在。学校对此有心无力，这样一来，督促学生学习的任务全部落在了教师的身上。

第二天，在徐本禹来到教室之前，黄绍超已经早早地坐在了自己的座位上。徐本禹把他叫进了办公室，送给他两本本子，平和地说："以后要好好学习，不要再旷课了！"从此以后，黄绍超总是早早地来到教室，再也没有旷过课。在他交上来的一篇作文里，他这样写道："我不知道徐老师的生日是哪一天，如果我知道的话，我要向我爸要点钱，给徐老师买他最喜欢吃的夹心饼干。"当徐本禹看完这句话的时候，眼眶湿润了……

其实，徐本禹并不喜欢吃夹心饼干。只是因为课程负担很重，中午要忙着给学生批改作业和试卷，没时间动手做饭吃，就给学生一块钱，让学生帮他到离学校不远的小卖部买一包夹心饼干。一包饼干自己吃一点，给学生分一点。整个下午他就全靠着这点饼干撑着，有时候课刚上了一节，肚子就已经饿了。

学生们也不知道，徐本禹其实讨厌吃甜食，但小卖部商品有限，选来选去也只能买到夹心饼干充饥。之所以感动，是因为学生的话让他明白：当你把真心给了学生时，学生也会把他的真心送给你！徐本禹很欣慰，他感叹道："虽然一滴水所反射的微弱的光实在照不了多远,但还是能收到学生反馈的温暖。"

徐本禹一家一家地走访,一个一个地联系,来上学的学生也多了起来。两个月后,学校的学生由他刚来时的140人增加到了250人。

学生多了,徐本禹的事情也更多了。一天连轴的课上下来,徐本禹累得头昏脑涨,他匆忙扒上几口晚饭,在门口走上几圈,就急急忙忙进屋,开始批改学生作业。每个学生的作业情况他都心中有数,这一次是进步还是退步,有什么问题或是有哪些亮点,他都会在作业上标记得清清楚楚。

改完作业已是晚上9点多,徐本禹还不能歇,明天的几门课程正等着他去备课。手边参考书只有带过来的那几本,早已翻得皱皱巴巴的。等备完课就是凌晨了,他起身洗漱,顺便活动活动筋骨。有时候睡意未到,就走到门外,抬头看看夜空。大部分时间里,是可以看到星星的,徐本禹看着看着就入了神。

时间,在徐本禹一个个挑灯的夜晚、一堂堂的课中悄然流过。他给了自己两年的时间,但在这短短的两年时间里,究竟能给孩子们带来多少改变,这个问题他不敢去想,也没时间去想。

2005年8月8日,是徐本禹结束两年的支教生活,离开华农大石希望小学的日子。

上午,徐本禹给学生上了最后一节英语课。他压下心头万千思绪,还是和从前许许多多节课一样,耐心讲解着。讲着讲着,他渐渐沉浸在这两年来已经熟悉的情境中,暂时抛开了离别的愁绪。孩子们也根本不知道即将发生什么,像往常一样听课、举手。

这一堂课,徐本禹控制自己不去看台下那一双双明亮的眼睛。他恨不得把自己知道的所有知识在这个课堂上全部教给他们。

下课铃声响起，正准备吩咐孩子们好好预习明天的功课时，徐本禹猛然一怔，这才意识到自己在这里的最后一堂课已经结束了。

徐本禹终于可以认真地看着底下的学生了。他站在讲台上一动不动，目光扫过每一张面孔，千言万语涌上他的心头，却又不知从何说起。

尚不知情的孩子们看着台上奇怪的徐老师，一时间也愣住了，以为老师还有什么作业要布置，本已走出教室的几个学生突然觉得不对劲，也悄悄退了回来。几十双眼睛齐刷刷地望着他。徐本禹回过神来，干涩着喉咙说："今天，是我给大家最后一次上课了。我走后，你们要听新老师的话，要保持好学校的卫生，要随手把校园里的纸屑捡起……"

话还没有说完，就有几个孩子趴在桌子上哭了起来。渐渐地，教室里哭声越来越响，几个平时比较调皮的孩子，竟然号啕大哭起来。

看着孩子们耸动的肩头和伤心的啜泣，徐本禹再也控制不住内心的伤感。在眼泪夺眶而出之前，他狠下心来，大声说了一句"下课了"，便快速走下讲台，头也不回地走出了教室。

下午，学校为他举办欢送会。

学生王敏哭着唱了徐本禹最喜欢的歌——《在我生命中的每一天》。

看时光飞逝 / 我祈祷明天 / 每个小小梦想 / 能够慢慢地实现 / 我是如此平凡 / 却又如此幸运 / 我要说声谢谢你 / 在

我生命中的每一天。

徐本禹听她唱着,想起从前一句一句教他们唱歌的情景,当时的欢声笑语仿佛又在耳边响起。

在离别最终来临的那一刻,学生们把自己摘来的野花送给自己的老师,这个一束,那个一把,徐本禹抱也抱不完。还有学生给徐本禹画了画,在画的背面写着"我舍不得您走"。

徐本禹记不清那天他是怎样坐上乡里来接他的车。只记得当车开动后,孩子们还跟在车后面奔跑,哭着喊:"徐老师!徐老师!"他探出窗外,使劲挥手,嘶哑着喉咙喊:"回去吧,回去吧!要认真学习!我还会回来看你们的!"

当车越驶越远,再也看不见孩子们的身影时,徐本禹把头埋在臂弯里抽泣。司机在反光镜里看着这个大城市来的大学生肩膀一耸一耸,也渐渐红了眼眶。

在这两年里,徐本禹先后在为民小学、大水乡大石小学支教,他在物质条件极其匮乏、精神世界极度寂寞的处境下坚守自己的信念,就像乌蒙山区漫山遍野的红杜鹃,执着地扎根在那片贫瘠的土壤中。

3

徐本禹离开后,大石小学迎来了一批又一批的华中农业大学毕业生。原先破败不堪的学校,如今也已焕然一新。

被改变的,不仅仅是大石小学,越来越多的乡村学校、越来越多的乡村教师，受惠于徐本禹所带来的爱心效应。

徐本禹不止一次地说，支教，是双向的给予，既是向基层的孩子们教授知识，也是对自己心灵的一种洗礼。爱心，就是有爱才有心，有爱，才能用心付出，有心才能收获爱。支教志愿者们正是通过这样的方式，找到了生命的真正意义。

徐本禹像一根火柴，点燃了爱心之火，幸运的是这火柴燃烧的时间够长，照亮的爱心历程够远。2005年，徐本禹即将完成支教任务返校继续研究生学业，华中农业大学发布了招募在校大学生赴贵州大水乡开展为期一年的志愿服务工作的通知，延续这缕初燃的火苗。

经过严格筛选，经济管理专业学生曹建强和法学专业学生田庚接过徐本禹手中的那支"接力棒"。当年7月12日，曹建强和田庚踏上南下的列车，奔向贵州省大方县大石希望小学。

在2006年，当华中农业大学首届研究生支教团与红杜鹃爱心社成立时，"本禹志愿服务队"的主要框架已完全形成。学校的每个单位、部门，包括附属小学，都对服务队给予了许多支持和帮助。华中农业大学"本禹志愿服务基金"也在后勤集团捐资20万元的助力下得以成立，服务队的活动开始走上了项目化运作的道路。

"本禹志愿服务队"的服务范围和对象不再局限于西部地区的教育事业。成立至今，志愿者们的足迹完全发散开来，从沿海城市社区，到中部广袤乡村的稻田，再到西部大山褶皱深处的课堂，处处都有他们活跃的身影。他们出现在了南方冻害、汶川地震、北京奥运、上海世博、西南大旱的现场，甚至走出了国门，延伸到了非洲。

"本禹志愿服务队"成了华中农业大学这所百年高校的又一张鲜亮的名片。学校原党委书记李忠云接受采访时说:"以'本禹志愿服务队'为主体的青年志愿服务活动,已成为我校富有校本特色的文化,是我校育人环境最活跃、最绚丽的构成要素,也是中国青年志愿者行动20年发展历程的生动写照。"

志愿者秦丽带的班级里有个叫何安飞的女孩,学习成绩比较差,又爱说谎,让她头疼不已。秦丽曾经跟徐本禹说,"孩子教不好了"。徐本禹听后有点生气:"没有教不好的学生……"秦丽虽然嘴上这么说,但并没有放弃。她时常去何安飞家坐坐,与何安飞聊聊天,送她一些简单的学习用品,在以后的学习日子里对她要求更加严格,同时也尽可能找各种机会表扬她。一段时间后,何安飞期末考试的成绩有了很大的提升。在秦丽结束支教要离开大石的前一天,学校已经放假了,安飞一个人返校跑到秦丽的办公室,从鼓鼓的口袋里掏出五个桃子,说道:"这是给你的。"然后就走到门外,趴在窗台上,隔着窗户看着秦丽。秦丽喊她进来坐坐,她却害羞地扭着身子,小声说道:"我就在这站着陪陪老师……"何安飞家离学校很远,需要翻过一座大山。天色渐晚,秦丽怕何安飞摸黑走崎岖的山路不安全,便催她早些回家。何安飞知道以后再难以见到秦老师了,她多么希望这些支教的老师以后还能回来看望她们啊。于是,她用祈求的眼神望着秦丽说:"老师,你们能不能每年回来看我们4次?如果不行,3次也可以!"

苗族小女孩杨杰是大石希望小学六年级的学生,她唯一的哥哥在一次交通意外中不幸离她而去。按照当地的习俗,杨杰需要在外面认一个亲人,以保佑平安。于是她的家人想起了支教老师罗欢。杨妈妈特地来找罗欢，支支吾吾地讲明来意，罗欢听完后爽快地答应了。

这天上午，罗欢走访杨杰家。那是一栋位于半山腰的破旧房屋，只有一间还算是客厅的正屋。一进门，罗欢看到坐在一旁的杨杰的父亲杨朝荣略显不安地搓着手，目光凝滞地望着他，张着嘴巴嗫嚅着半响说不出话。罗欢轻轻走过去，把小杨杰拉到跟前，给她在头发上系一根红绳，一直坐在门台阶上吧嗒吧嗒抽着旱烟的爷爷湿润了眼眶。

杨妈妈盛上满满一碗香气扑鼻的苞谷饭，递给罗欢。看着桌上摆的几个家常菜，罗欢想，那些在平常人看来很普通的菜，可能他们在过年的时候才会吃到。一顿简单的午饭，没有大鱼大肉，却也情意满满。

那天中午吃过午饭，罗欢和杨杰并肩坐在家门口。看着对面的大山，罗欢说："小杰，以后我就是你大哥。"

晚上，回到学校的罗欢拿出手机，拨通了母亲的电话，讲明了事情原委。他恳求道，如果初中毕业后杨杰没有如愿进入高中学习，无奈外出打工，希望母亲可以尽力帮帮她。得到母亲的爽快答复后，罗欢这一晚睡得无比踏实。

2012年7月支教结束，罗欢离开大山，离开杨杰。此后的每一年，罗欢都会抽时间至少回一次贵州，看看那里的孩子。杨杰每次都早早地等着，一见到他就高喊着"大哥"朝他飞奔而去。

2014年国庆节，华中农业大学"本禹志愿服务队"第九届研究生支教团组织黔西北地区10名留守儿童赴上海开展以"大手牵小手·笑眼看世界"为主题的爱心活动，让孩子们度过了一个充实、难忘、快乐的十一长假。

在上海世纪公园，志愿者们给孩子们布置了一项任务：与同龄的上海小朋友合影一张——志愿者们在考验这些大山深处孩子的沟通能力。任务开始，孩子们的脸上浮现出扭捏、焦虑的情绪，他们有的若有所思，有的窃窃私语，有的干脆跑开了……志愿者们不断为孩子们打气加油："你可以的，他们和你一样大！""去吧，跟他们说'你好'！"孩子们有的跃跃欲试，有的依旧愁眉紧锁、牙关紧闭、十指握拳。

"其实也没有你想象得那么难，就简单地做个自我介绍，相互询问下学习状况、生活状况就好。"志愿者周静玉微笑着给予他们最大的鼓励。

第一个孩子合影成功，其他的孩子受到了鼓舞，纷纷走向那些陌生的小朋友。

"老师，我跟外国人合影了，我成功了！"六年级的高维维灿烂的笑容绽放在脸蛋上，兴冲冲地跑到老师身边报告。

有了第一次大胆的尝试，孩子们胆子大了起来，走向第二个、第三个朋友。虽然会有拒绝、失落，但这是每一个孩子成长必经的过程。活动结束后，孩子们的内心激动澎湃，难以平复，相互"炫耀"着与几名上海小朋友的对话。

第六棒支教者宗明绪说："选择了志愿服务，实质上是选择了一种感恩的生活方式，我们想汇聚众多的微力量，组成爱的大家园。"

第七棒支教者刘小庆说："支教生活朴素简单，只是做想做的事，做好想做的事。人生大概也如此，明确想做的事，再做好想做的事，这样的人生也是简单而丰富的。"

…………

一棒一棒的接力者,将"本禹精神"践行于实际行动中。

"本禹志愿服务队"先后荣获"中国最美志愿者""全国志愿服务示范团队""全国社会扶贫先进集体"等荣誉。

不管是徐本禹本人,还是"本禹志愿服务队",这么多年来无不受到社会各界的赞誉。尽管光环耀眼,但徐本禹一如既往地谦逊低调。他说:"这些外在的光环啊,名气啊,客观上对我提出了更高的要求。"

如今,在湖北已建立了省、市、县三级"本禹志愿服务队"联创体系,形成了完整的创建机制,累计评选、命名182支省级"本禹志愿服务队"、367支市县级"本禹志愿服务队",13.2万名青年志愿者在全省开展志愿服务,服务领域涵盖脱贫攻坚、关爱农民工子女、阳光助残、环境保护、社区服务、医疗卫生、金融安全宣讲、交通文明劝导、应急救援等。

2013年12月5日,在中国青年志愿者行动实施20周年暨第28个国际志愿者日之际,中共中央总书记、国家主席、中央军委主席习近平给"本禹志愿服务队"亲切回信,对服务队做了高度肯定。几乎在同一时间,"本禹志愿服务队"的志愿者们都看到了这封信的内容。在他们心里,所有的艰苦、委屈因为这份荣光,似乎都变得普通而又珍贵起来。

聚是一团火,散是满天星。

徐本禹曾说:"希望像根火柴,点燃千千万万人的爱心。"

"本禹志愿服务队"接过了这根"火柴",在960万平方千米的上空,点燃了一处又一处的光亮。

大漠红柳

1

保定学院西部支教毕业生选择边疆,缘起于20多年前的一场招聘。

1999年,党中央刚刚启动西部大开发战略,"到祖国最需要的地方去"——这个口号令不少即将走出校门的保定学院2000届毕业生激动不已。

2000年春天,因师资严重短缺,且末二中前往保定学院招聘老师。招聘"双选"会上,且末二中的招聘条件只有一个——能吃苦。他们对所有的应聘者只问了两个问题:是否农家子弟?有无兄弟姐妹?

这年8月,保定学院毕业生辛忠起奔赴新疆。和他一起出发的,还有侯朝茹、李桂枝、庞胜利等15名保定学院2000届毕业生。他们是清一色的农家子弟,其中有6人是学生党员,有3人是当年的河北省优秀毕业生,还有2人放弃了专升本机会去支援新疆。

在疾行的列车上，辛忠起翻开笔记本，写下一行字："带着山里人的坚韧和年轻人的追求，我要去大西北丈量人生。"

20年过去了，他们依然全部坚守教育一线。像一株株红柳，在无垠的塔克拉玛干沙漠中深深扎下了根。

沿着他们的足迹，我来到"天边小城"且末采访他们这群追梦青年。

且末县是新疆最艰苦的地方之一，县城与塔克拉玛干沙漠只有一河之隔。在巴音郭楞蒙古自治州所属的"八县一市"中，地处新疆与西藏交界处的且末最偏远，与巴州州府库尔勒市仅有一条沙漠公路相连。这个全国面积第二大的县，到2018年人口也不过10多万人，其中近73%是维吾尔族同胞。由于紧靠塔克拉玛干沙漠，且末的年降水量不足20毫米，气候干燥——曾经全年风沙、扬沙天气高达196天。

从巴音郭楞蒙古自治州首府库尔勒出发，我搭乘大巴穿过塔克拉玛干沙漠，历经17个小时到达且末县城。在且末玉都宾馆，我见到了辛忠起，他是我在且末见到的第一个保定学院的毕业生。他给我的印象是踏实和稳重，皮肤有些粗糙，看起来比实际年龄偏大。

辛忠起来自革命老区，出生在河北省涞源县太行山脉一带，是抗日战争的前线，白求恩、王二小和狼牙山五壮士、地道战的故事他从小听到大。在抗日战争北岳区反"扫荡"战役中，八路军晋察冀军区部队在涞源县三岔口、黄土岭地区对日军进行了伏击战，日本侵略军的"名将之花"阿部规秀和"山地战专家"常冈宽治就是被八路军在涞源打死的。

我想，辛忠起最终选择教师这个职业，特别是选择来到西部扎根教育一定还离不开涞源一个人的影响。从事教育工作的人也许大部分都知道,中国"希望工程"资助的第一人张胜利就是涞源县人,1997年8月,他从上海第一师范学校毕业后,选择回乡任教,以涞源县桃木疙瘩小学校长的身份走上乡村教育的逐梦路,一直扎根于乡村学校,向一代一代的学生传递着希望工程的精神火炬。

在辛忠起读高中那会儿,他就知道张胜利的事迹,最终他也走上了教书育人的道路。辛忠起说,他们读书时,《长大后我就成了你》这首歌传唱度非常广,歌曲视频中教室教学的场景就拍摄于他老家涞源县。他们经常听这首歌,潜移默化中,当老师的想法逐渐在他心里扎了根。

刚到且末那年,简单的培训过后,他们不到一个星期就都站上了讲台。初一年级有七个班,他们中有六个人担任班主任。这些刚出大学校门的年轻人,匆匆忙忙地完成了由学生到教师的角色转换。

当地的恶劣气候,也考验着这群初来乍到的年轻人。嘴唇干裂、嗓子肿疼、流鼻血……每个初到且末者的遭遇,他们一样也没能幸免。传说中的沙尘暴,也在他们的猝不及防中袭来。

侯朝茹至今还记得第一次遭遇沙尘暴的情景。"天毫无征兆地一下就暗下来了!"当时正在上课的她下意识地想打开教室的灯,却发现停电了。下面的学生对她大喊:"老师,沙尘暴来了!"

侯朝茹心里一紧,下意识地扭头往教室外望去。外面光线越来越暗,能见度不足两米,教室里的空气弥漫着一股呛人的尘土味儿。

学校通知马上停课,由老师护送学生回家。

第一次遇到这样恶劣的天气,难免让人心生恐惧。但送完孩子回到宿舍，侯朝茹却为孩子耽误的课程担起心来："沙尘暴一来学校就停课，这对孩子是多大的影响啊！"

到了晚上，几名支教老师不约而同地来到辛忠起的宿舍。没有像往常一样讨论教学，大家都沉默了。想着白天的经历，几名女老师似乎还心有余悸，皱着眉，坐在椅子上无意识地抖着腿。

辛忠起坐在自己的床上，扭头看着窗外。

刚来的时候，他们见过且末县教育局局长廉春喜。廉春喜告诉他们，且末的气候差，风沙大，要做好思想上的准备，还半开玩笑半认真地说，且末二中以前也来过几名大学生，实在受不了恶劣的天气，沙尘暴一刮，就刮跑了几名。当时的他们听完只是笑笑，觉得自己能应付，却不想今天一场不大不小的沙尘暴，就让他们体会到了当年那几个被沙尘暴"刮跑"的老师的心情。

围在一起的几个人最终谁也没开口。有人长长地叹了口气，站起身往外走。一个，两个……当宿舍里只剩下辛忠起一个人时，他像是才回过神来，往后一躺，睁着眼怔怔地盯着天花板。

那时的支教老师，不同于以往的援疆干部，也不同于后来的"西部志愿者"，带着户口到且末的这些保定学院2000届毕业生，既没有享受相关单位为他们量身打造的优惠政策，也没有获得对未来的美好承诺。

第二天，辛忠起照常去带早自习。路过别的班级，发现同伴们早已来到了教室。

在且末的日子，就这么一天天过去了。风沙、干旱、酷寒、炎热，他们都一一领教，久而久之，也就这么习惯了。

2002年初春，一名同来的老师最终还是决定离开。车站里，孩子们在寒风中自发排好整齐的队伍为老师送别。望着朝夕相处两年的老师，纯真善良的孩子哭成一片。孩子们一次又一次地挥手，一句又一句地说着："老师一路顺风！"

"只为孩子们真诚的泪水，两年的付出今生无悔！"这名老师最终带着在且末的欢笑和泪水离开了。

其他14个人选择留下。留下，就意味着要继续忍受这里的极端气候，意味着要接受东部和西部的差距。

在跟支教老师的多次谈话中，且末中学[①]校长王琦无奈而又坦诚地告诉他们："与东部发达地区相比，且末至少落后50年！那么，且末教育凭啥留住人才？"王琦的回答干脆得让人有些"泄气"："啥优势也没有！"

支教老师们听了，脸上虽然风平浪静，心里却已经汹涌澎湃，默默地为自己，也为所教的这群孩子积攒一股力量。

2003年，保定学院2000届毕业生执教后带出的第一批初中毕业生，中考成绩在全巴州名列前茅。要是在一年前，这是想也不敢想的。王琦记得，在2002年巴州召开总结中考成绩的教育工作会上，他坐在最后面，听着兄弟单位在台上讲得眉飞色舞，会开了多久，他的头就低了多久。散会后，领导朝他走过来，没等对方开口，他便尴尬地、急匆匆地表了态："且末且末，我们不能总当老末！"

他的底气，就是14名保定学院2000届毕业生。

"每一个西部教育工作者都有属于自己的传奇。"作为土生土长的

[①]2001年且末县一中和二中合并为且末中学。

"老教育",王琦这样形容:北京上海年薪百万的成就感也难敌这样一次"从倒数第一到名列前茅"的成功逆袭!

谈到这么多年在且末的感受,辛忠起说:"最开始的目的是来教书,这些年过去也一直坚守这个初心。但现在教书的目的有所升华,逐步转变为影响、传承了。希望我们用实际行动影响一部分老师,影响一部分青年,他们再去影响其他人,一代代这样传承下去。这是一种志愿者精神。从社会的价值取向来看,我们应该宣扬志愿者精神。"

"每个时代的青年担负的责任和使命都不一样,比如我们现在的年轻人都只去北上广,那么农村和基层就将没有未来,精准扶贫和乡村振兴就更加无从谈起。我们十几年前来到且末,就是来西部、来基层当老师,我们干的工作没有多么伟大,很普通,很平凡,但是我们都觉得很值得,一些普通平凡的事情总要有人去做。"辛忠起说。他们不像沙漠中的胡杨那么挺拔,那么高大,更像是大漠中的一株普普通通的红柳。

是啊,他们就像是沙漠红柳,扎根守护一方水土,开枝点亮一抹绿色。

2

见到李桂枝是在且末中学的小会议室里。在我打开采访本时,李桂芝说了一个小故事。

她班上有一个名叫艾尼江的孩子,2006年新学年开始后,班里大部分孩子都交齐了学杂费,而艾尼江迟迟没有交。每次见到李桂枝，他总是显得有些不安，一副欲言又止的样子。一天，他鼓起勇气对老师解释："我阿那[①]还没有来。"

艾尼江家所在的村庄距离且末县城很远，家庭也不富裕。孩子这么一说，李桂枝就明白了。她对艾尼江笑着点点头，转身悄悄拿出300元替孩子把学杂费先垫上。

不久，艾尼江的母亲走了很远的路从乡下赶来看儿子。一见到李桂枝，这个维吾尔族母亲就急急忙忙地从口袋里拿出三个香梨给她。李桂芝兜着三个梨，一时间不知所措，一抬头，只见那位母亲正一脸热切地望着自己。

那位母亲真诚、信任、感激的眼神，李桂枝直到今天都记得："虽然我听不懂她全部的维吾尔语，但我明白她是要我务必收下这份礼物。"

李桂芝轻轻地说："是那位维吾尔族母亲的三个香梨，让我真切地感受到这里的真诚和情谊，最终决定留下来。"

在且末县工作的保定学院2000届毕业生，绝大部分曾经也是贫困生，有的甚至还是特困生。来自河北省阜平县大山深处的化学老师周正国，上大学时为了减轻父亲和哥哥的负担，争取到了打扫教学楼男厕所这个勤工俭学的岗位；直到今天，侯朝茹都记得，上高三时一大早父亲给住校的她送干粮，看到女儿在吃长了霉点的馒头，父亲哭着回了家……

作为清一色的农家子弟，他们最知道农民的孩子上学有多难，农家供一个孩子上学多么不容易。

[①] 维吾尔语"妈妈"。

在他们并不漫长的人生经历中，总有老师在关键时候伸手拽他们一把：高一面临失学时，侯朝茹就给班主任老师写过求助信；为帮周正国救急，保定学院教师马淑珍从原本打算给儿子买挖掘机的钱中拿出 5000 元……

在且末扎根的青春岁月里，和学生们在一起的日子，如今成了他们最美好的回忆：到且末后带的首届初中生，整个年级的课程几乎全部被他们这些新来的老师包揽，当时他们任何一人都可以准确无误地叫出全年级 7 个班所有孩子的名字；前些年教育主管部门安排他们带着学生外出勤工俭学摘棉花，晚上他们就和学生一同睡在软软的棉垛上，临睡前学生总是围着他们好奇地问这问那，那感觉别提多惬意……

每当说起这些，谁都能看得出，身为教师的他们对且末孩子的纯真感情。

2000 年到保定学院读书时，被 15 名到新疆执教的学长学姐的事迹所感动的荀轶娜，2003 年一毕业就追到了且末中学。

登上西行列车前，她在火车站打电话通知父母时，强调：这不是商量，而是决定！

作为父母最小女儿的荀轶娜，从小到大没有做过一顿饭。这个当年的"刁蛮"女孩，如今在且末已为人妻为人母，连续 10 年当选优秀班主任，对"蜡烛的眼泪也是咸的"这句话，有了最深切的切会。

这个学期开始后的第一周，荀轶娜在课堂上又一次失声了。她撕扯着沙哑的声音，用夸张的嘴型把课上完。"当时课堂上特别安静。"这名且末中学的初三英语教师说这话时表情欣慰。

这已经是她第二次在课堂上出现这样的状况了。第一次是上一年5月，上着课的她一下子说不出话来。由于突然失声，她不得不到库尔勒市的医院检查。医生诊断结果为声带小结、声带不闭合，而病因是：天气干燥、用嗓过度。

其实，荀轶娜嗓子的问题早已出现。

刚来时，她一人要带3个班的英语课，最多时一周上18节课。按规定，初中英语老师一周10至12节课就达到满课时。但由于3年之内且末中学走了2名英语老师，实在没人给孩子们上课了，她只能咬牙坚持。嗓子哑了，就多喝水，吃点响声丸；说不出话来，就戴上麦克风。

医生要求她静养一个月。怎么可能?! 学生马上就要期末考试了。只休息了一个礼拜，荀轶娜就上班了。

学校为了照顾她，本打算新学年给她减掉一个班的教学任务，在担任初三班主任的同时只上一个班的英语课。

"那个初三班级也带了两年了，学生和家长还是希望我能带下来。"她想或许能再坚持一下，谁知不堪重负的声带又出了问题。"还是没能带下来。"她语气中透着歉意。

身高1.54米的且末中学语文老师井慧芳，初到且末时，由于个子娇小，领导认为她缺乏"气场"，同来的同学大都担任班主任，而她却没能如愿。这个倔强的姑娘很不服气。

2007年，她终于成为高一理科实验班的班主任。就在那届学生2010年的高考中，她所带班级共29名学生，有18人考上了本科院校，创造了且末县历史上最好的高考成绩！

现在，井慧芳已经连续三届担任高中实验班班主任。再提起她，连且末县教育局的领导都为这个娇小的女老师竖起大拇指："别看个子小，管理班级有一套！"

艰苦的环境让人成长，且末就是这样的地方。

李桂枝说，身处偏远闭塞的且末，他们最害怕的是跟不上时代。

在中共且末县委党校担任教员的苏普，2000年一到且末，就给自己立了一个规矩：只要到库尔勒、乌鲁木齐或是回保定探亲，一定至少逛一次书店，带一本书回来。这么多年下来，苏普家里已经俨然是个小型图书室。

在且末工作的保定学院2000届毕业生中，这样的"规矩"并非个例。苏普的好友，且末中学政治教师庞胜利自费订阅《南风窗》等杂志也已10多年了。在人口仅10多万的且末，这应该是独一份。

因为在教学中发现孩子们在心理上出现问题，自己却不能为他们提供专业的帮助，侯朝茹便从2006年开始通过网络远程培训等途径，学习心理学专业知识。2009年，侯朝茹如愿取得国家心理咨询师二级职业资格证书，成为且末教育系统取得这一专业资格认证的第一人，且所有的费用都是她自己承担的。

只有自己不落伍，且末的孩子才能跟上时代的脚步。但相对外面世界的快速发展，回且末任教似乎对从这里走出的大学生也缺乏说服力。

"你看看这么好的教学楼，又刚刚给新来老师盖了周转房。"采访期间，在且末县阔什萨特玛乡小学，校长吐尔逊·肉孜一边带着我参观，一边说出了自己的困境，"别的困难都没有，就是老师来不了！"

阔什萨特玛乡双语幼儿园就是由于师资缺乏，"两教一保"的标准难以落实。由于幼师紧俏，大学生通常都留在了北疆等条件更优越的地方。

就在去年，侯朝茹的学生周文绯从新疆师范大学学前教育专业毕业后，来到了这所幼儿园任教。这样的人生选择前，周文绯和"最懂她"的侯老师在电话中讨论很多次。

高三时，为了给近视的周文绯配眼镜，侯朝茹花了1000元，这让家境困难的周文绯内心深感不安。侯朝茹就安慰她："等你挣钱了再还给老师！"

因为害怕侯朝茹会生气，这钱周文绯可能永远都没法还。"但这个约定会永远记得。"22岁的她如是说。

和周文绯一样，2000年侯朝茹来且末时也是22岁。也许，正是"侯朝茹们"的坚守，给了"周文绯们"回且末任教的理由。

临走时，李桂枝送给我一本她写的书，名字叫《大漠支教日记》，里面写的都是她在且末的点滴日常。我双手接过，沉甸甸的，又恍惚触手生温。

我忽然记起库尔勒到且末的沙漠公路边上的巨幅标语："只有荒凉的沙漠，没有荒凉的人生！"一片无边的苍黄之中，这14个巨大的红底黄字突入眼底，是那样豪迈、壮观。

22年前，这一群从保定学院奔赴而来的年轻人，怀着新奇和梦想，在前往且末的途中与这14个字不期而遇时是一番怎样的心情，我无从揣测。我唯一能确定的，就是他们的青春和热血，安放在了这个远离家乡的沙漠之城；他们的人生，也由此注定了不会荒凉。

3

到位于塔克拉玛干沙漠边缘的治沙站植树,是且末师生每年都必须参加的活动。20多年来,他们种下的沙漠植物,已经"手拉手"将塔克拉玛干沙漠逼退了至少5000米。

在侯朝茹、庞胜利带领下,我来到了与且末县城一河之隔的治沙站。且末小学体育教师张丽和且末县委党校教员杨广兴这些保定学院的老同学也闻讯赶来。

"这里是我们的骄傲!"看着一排排红柳、梭梭等沙漠植物延绵至远方,自豪之情溢出几个人的眼角眉梢。

庞胜利望着一排排红柳、梭梭说:"沙漠植物有个特性,它们的根不但扎得深,而且互相连接在一起。当一棵植物缺水了,其他植物就会通过根系为它输水……"

我想,这些沙漠植物的特性,和这些老师能够在且末扎下根来,是何其相似。

且末中学校长王琦说过,群体间的互相帮助和鼓励,是支教老师们扎根于此的一个重要原因。

2001年,张丽选择到且末工作,是因为同班同学王建超告诉她:且末缺少体育教师。王建超早一年来且末,张丽初来乍到没有宿舍,王建超就把丈夫王伟江"赶"到了男教师宿舍,让张丽搬了进来。2003年,荀轶娜到且末时身上揣着侯朝茹寄给她的照片——刚启用的新学校、新建成的县城广场,还有当地独特的自然风光。侯朝茹还特意为这名保定学院的学妹提前粉刷了宿舍墙壁，购买了格调温馨的窗帘……

这二十几年里，陆续有24名保定学院毕业生带着户口来到这里，做了且末人。

谁要是加班晚了，他们的孩子自然会去那些叔叔阿姨家找饭吃；谁把钥匙锁在屋里了也不用担心，放在同学家的备用钥匙不止一把。

2002年正月初九，王建超的儿子顺利出生了，辛忠起早早赶来看望。见到老同学，和王建超血型一样的他快人快语："我昨天晚上哪儿都没去，怕你需要还等着给你输血呢！"

且末县医院没有血库，妇女生孩子如有需要都是临时找血型相同者来救急。如今，儿子已经19岁了，但老同学的这句话，王建超依然记得。

2000年，15名保定学院2000届毕业生一到且末，且末县的领导就鼓励他们在当地买房子，学校领导也忙着帮他们介绍对象——在这些"老且末"看来，早点安个家，他们的心可以尽快沉下来，就能把根扎下来。

来且末工作的保定学院20多名毕业生中，先后成就了7对夫妻。2000年到且末二中工作的4个女教师，就有3个嫁给了同去的男同学。

爱情总是在艰苦的环境中悄悄萌发。

2001年结伴回保定探亲时，站了十几个小时，井慧芳晕倒在拥挤的火车车厢里，同学加同事的陈荣明一路照顾，让她认定了这个淳朴善良的小伙子。

2003年，初到且末的荀铁娜对当地饮食不习惯，作为先到且末的学长，朱英豪跑了几条街为她买回两个馒头，赢得了姑娘的芳心。

或许，有了共同吃苦的经历，才能感受共同吃苦的幸福。荒凉的塔克拉玛干沙漠，盛产至纯至真的爱情传奇。

2007年，周正国在且末中学工作，刘庆霞在河北阜平县任教。两人是老乡又是校友，以前却从没见过面。通过朋友撮合，他们通过电话、短信聊了半年多。尽管隔着3700多千米，但忠厚的周正国用一个个电话、一条条短信的温情，渐渐走进了刘庆霞的内心。

半年多的交往，刘庆霞也找到了嫁给周正国的理由：从贫困山区走出的穷孩子，买房子没要家里一分钱，说明他有担当；年纪轻轻就担任了教研组长，表明他有能力。

至于人品，刘庆霞相信自己的内心。那一个个嘘寒问暖的电话，一条条关怀备至的短信，没半点花哨，靠着真情，一点一点地悄然融化了这个细心而又敏感的姑娘。

同年7月，周正国去乌鲁木齐接受专业培训，忽然收到了刘庆霞发来的短信："你要是7月13日回来，我就和你结婚；你要不回来，我们的事就算了吧！"

周正国只觉得瞬间幸福从天而降，赶忙请了几天假。

2007年7月13日，在阜平县汽车站，刘庆霞第一次见到周正国；第二天，周正国便和父亲到刘庆霞家提了亲；提亲不到24小时，姑娘就和周正国领了结婚证，登上了回新疆的火车，一起到且末安家落户去了。

几天时间，周正国和刘庆霞的相亲、提亲、成亲"一气呵成"，成了校友们之间一段广为流传的佳话。

在且末不仅有"闪婚",其实支教老师当中,绝大部分都是"裸婚"。

2001年,王建超和王伟江结婚时,一间宿舍当新房,两张单人床拼在一起做婚床,桌上放的是工会送来的暖壶,床上铺的床单是演讲比赛的奖品。

井慧芳和陈荣明结婚时连结婚照都没拍,孩子1岁多时,还是婆婆提议去补拍了婚纱照。

他们的小家安在了且末,而遥远的父母,成了绝大多数人心中一辈子魂牵梦萦的牵挂和无奈的痛。

张丽一次探亲回到且末后,给父亲打电话问起母亲,父亲一时没忍住,哭着埋怨女儿:"以后你们还是别回来了,每次你前脚刚走,你妈都难过得大病一场。"

不久前,辛忠起还特意拜托准备探家的老同学侯朝茹,顺便看看远在河北涞源县的爸妈。辛忠起的母亲身体不好,最近连续几次跟父亲视频聊天,他都说母亲不在……直到侯朝茹回来告诉他:"老太太好着呢!"辛忠起悬着的心才落了地。

对于父母,他们总感觉回报得太少。

母亲生病住院,辛忠起的父亲给他打电话,问他能不能"备下些钱"。这是这些年来父亲第一次开口要求支援,辛忠起连声说:"没问题!没问题!"知道儿子也不富裕,父亲竟有些不好意思:"这钱以后还不还你?""爸,你说啥呢!"放下电话,辛忠起这个全家合力供出的唯一一个大学生失声痛哭。

但趁着父母健在,能回就要回——是他们一致的想法。

三口之家探望父母一次,路上吃住花费不小。即使到了现在,只要孩子不随行,他们就坚决不坐卧铺,省下的钱,都留给父母。

即使微不足道,杯水车薪,他们仍以这样的方式,小心翼翼地弥补心中的亏欠。

刚来且末时,庞胜利曾给父亲写信表达自己的愧疚和不安。父亲回信说:"你以后不要提'不孝'二字。你是到了祖国需要的地方。现在不是号召全国人民到那里去开发吗?你们是祖国的排头兵,是好样的!爸爸为你自豪,为你骄傲!你别忘记常给爸爸来信,这就是最大的孝!"

庞胜利一直保存着这封信,想家了就拿出来念一念。尽管信上有些字已被滴落在上面的泪水泡得模糊不清,他还是视若珍宝。

相比其他人,赵艳菊姐弟已经没有了这种遗憾。2002年,从保定学院毕业后,赵艳菊来到且末中学当了一名语文教师;三年后,弟弟赵国宝从保定学院毕业后,也追随姐姐到且末中学;七年后,父母卖了家乡的房子来到且末,一家人终于齐齐整整地团聚在一起。如今,位于南疆沙漠边缘的且末,就是他们的家。

这些支教老师,在且末扎下根之后,无一例外地喜欢上了这里的红柳。

昆仑山脚下,塔克拉玛干沙漠边缘,一株株红柳傲然挺立着,站在自己的岗位上,风沙中守望相助。扎根在且末的辛忠起、李桂枝、侯朝茹以及和他们一起来的支教老师们,二十年来在西部教书育人,奉献青春,默默地矗立成戈壁上的一棵棵红柳,为广袤贫瘠的土地带去无尽的希望与憧憬。

2020年1月,在中央电视台主持人大赛中有精彩表现的依利米努尔·艾麦尔江就是他们所教的学生,大家亲切地喊她为小米。李桂枝是小米初中的班主任,侯朝茹是她高中班主任,辛忠起是她的语文老师。小米从天边小城且末走上了中国主持人最高的舞台,最终进入全国十强。我想,看到自己的学生一步一步成长得这么优秀,也许就是支教老师们最欣慰的事吧。

美丽格桑花

1

辛忠起、李桂枝、侯朝茹选择到新疆且末县任教两年后，一批品学兼优的同样来自保定学院的年轻学子受到他们的感召，选择到西藏日喀则任教，在高寒缺氧的高原深深扎下支援边疆教育的根。

2002年毕业季，完成大学学业的岳刚、徐建旺、闫俊良、王俊娟背着行囊来到了海拔4000多米的南木林。南木林用来迎接几名年轻人的，是难以适应的高原反应，是满目的荒芜与悲凉。

西藏南木林县地处日喀则市东北部，平均海拔4400米。岳刚几人刚到西藏南木林县时，整个县城的人口才百十来户。没有宿舍，初来乍到的他们在学校河对岸一个废弃的车队院里安了家，两个人一组，挤在五六平方米的狭小空间内。

从日喀则乘坐中巴车往东北方向出发，沿318国道行驶转203省道上艾玛大桥，跨过雅鲁藏布江就进入南木林县境内。在南木林县第二中学我见到了岳刚，湛蓝的天空下，我们漫步在校园中，听他讲述进藏的点点滴滴。

19年过去了,但当时的场景岳刚记忆犹新。

岳刚记得,刚到的时候,几个人都被这里的荒凉震惊了,县城全是一层或两层的藏式房屋,沿公路排开,房屋外侧就是田野和高山。他们在车队院里的家,每间屋子不足5平方米,屋顶是压了泥的树枝和茅草,无论白天还是晚上,胆大的老鼠穿行其间。雨季来临,到处漏雨,他们就得拿出所有能装水的东西一一铺开,锅碗瓢盆就这样摆满了整间不大的屋子。

当地物资匮乏,很多日用品都得去日喀则买,由于交通不便,70千米的路程往返至少要两天,横渡雅鲁藏布江还得乘坐渡船。王俊娟每次上船,看着湍急的江水,都会吓得哇哇大叫。

最让他们难以接受的,是这里还没通电,手机成了摆设,晚上只能点蜡烛听收音机、读书。这样的日子过了3年,县城才架起了高压电线。

恶劣、艰苦的生活环境,给了这些年轻人一个狠狠的下马威,有人开始慌乱,有人打起了退堂鼓,但谁也不好意思先提出来,就这么熬着,等着其他人先开口。

但在这里一天,日子总要过下去。

晃晃悠悠的铁索桥每天走几次,不久就从颤颤巍巍变得健步如飞;从不会点牛粪炉子,到做出一桌色香味俱全的饭菜;没有电,就借着摇曳的烛光读书批改作业;没有自来水,就用自制的扁担到学校附近的湘河挑水……

久而久之,大家想走的心思也就淡了。每个人似乎都已经接受了这里的现实，一门心思扑在教学上，尝试着把根扎下来。

岳刚和闫俊良、王俊娟教语文，徐建旺教数学。走上讲台的第一天，面对一张张红扑扑的脸和一双双渴求知识的眼睛，他们这才真正意识到，自己是一名老师了，顿时觉得身上的担子很重。当时正好赶上南木林"两基"攻坚，学校办学规模成倍增长，办学条件亟待跟进，他们每个人都是连轴转，下了课，放下课本就抄起工具安装床铺和桌椅，或者搭建临时当教室用的塑料大棚。忙碌了一整天，晚上还要带领学生到校外的宿舍去住。

闫俊良为了尽快进入角色，一下课就找学生聊天，了解他们的生活和学习状况，半个学期后，他成了班上所有学生的朋友。有个叫扎西次仁的学生学习特别刻苦，闫俊良买了几根蜡烛奖励给他，一到晚上，温暖的烛光下，师生两人经常一起学到夜深人静。班上的顿珠加布和曼拉普琼家庭困难，闫俊良就利用周末带着他俩去日喀则市，给他们买衣服和学习用品。

徐建旺的数学课不仅讲得清楚，而且富有激情。刚走上讲台时，他带着方言口音的普通话让藏区孩子们听得一愣一愣。徐建旺下定决心苦练普通话，还狠学藏语，凭着一股子拼劲成为全校最优秀的数学教师，他的数学课也成了学生们最期待的课程。徐建旺是个多面手，后来担任了教务处副主任，每当有同事病倒了，他都会顶上去。在他的心里，最不能耽误的就是孩子们的学习。

王俊娟的第一堂课，也是败给了语言。第一节语文课后，她便向藏族老师请教如何学习藏语，课上跟学生们开展辩论会促进交流，既加深了感情，还带动了学生的积极性。在王俊娟的带动下，藏族学生们不仅学会了普通话，还掌握了不少成语典故。

藏区生活的苦和累，让他们身心俱疲。但只要面对可爱的学生，望着孩子们求知若渴的眼睛，他们就会忘掉疲惫，又全身心地投入到教学中。

一名叫格桑央吉的学生性格内向，整天沉默寡言，上课时总低着头，岳刚便主动找她谈心。经过几次交流，小女孩怯生生地表达了自己的想法："老师，我不想去职校，我想读高中、考大学，您帮帮我吧！"岳刚一方面给予她鼓励，一方面利用课余时间和节假日帮她和另一名学生补课。在岳刚的一次次鼓励和帮助下，格桑央吉慢慢变得乐观阳光，成绩也突飞猛进，最后顺利升入了高中。

最让岳刚感动的是2012年夏天，一次地震波及南木林，教学楼猛烈晃动，正在上课的岳刚赶紧组织学生依次往外跑。慌乱中，一个学生径直向他冲过来，抓住他带着哭腔喊："老师，跟我们一起跑啊！"那只在生死关头伸过来的小手，岳刚说，一辈子都不会忘记。

虽然随着时间的推移，他们也慢慢适应了这边的生活，但远在河北老家的父母的身体，是他们心头永远的挂念。

每个人打电话回去，都是报喜不报忧。他们告诉自己的父母，这里的空气好，生活好，当地的人民也好——这里的一切都好。而他们的父母，也像是约好了一般，总说家里都好都好。

有一年徐建旺回家探亲，却发现父母其实早就病倒了。他的整个假期，几乎都是在医院度过。那是徐建旺第一次对自己的选择产生怀疑。他站在医院的走廊上，隔着门望着病床上的老人，眼泪流个不停。收假的前两个晚上,他把写好的辞职信撕了个粉碎,又默默地准备好了回学校的背包。

除了寒暑假,岳刚平时根本没时间回河北易县看望家里的父母。随着年龄的增长,他越来越感觉对不起二老,所以不管多忙多累,他总要抽空往家里打个电话。父母理解他,讲得最多的,就是"你是我们的骄傲。西藏需要你,你在那里把书教好了,就是尽了最大的孝"。父母的一字一句,岳刚牢牢记在心里。

孩子也是他们心里永远的愧疚,为了不让孩子承受高原缺氧之苦,他们把孩子放在老家,跟着爷爷奶奶或姥姥姥爷一同生活。"我知道隔代教育不好,但是迫不得已还是得把她送回老家给老人看管。"岳刚和妻子每次放假回去,孩子都一遍又一遍地追着喊爸爸妈妈。问她为什么,年幼女儿的回答让他们无比心酸:"因为平时喊不到,趁你们回来了要喊个够。"假期快结束时,孩子睡觉总是惊醒,让他们不知道怎样和孩子告别……

2

作为一名年轻的母亲,王俊娟有着更为柔软的内心。在南木林县的日子里,她的心全都扑在了孩子身上:班上的孩子们,以及远在老家的孩子,都是她内心的牵挂。夜深人静的时候,她会想家,有时候会抱着手机翻着里面的照片到天亮。但对家人的思念,并不会动摇她扎根西部的决心。王俊娟说,在这里有种被需要的感觉。每当看到有学生拿着高中录取通知书站在她面前羞涩地微笑时,王俊娟的心头,会浮现出巨大的成就感和满足感。她也会甜甜地想，十年后，她自己的孩子，也会如眼前这些微笑着的孩子一般，冲着她高高举着录取通知书，也如这般羞涩地笑着。

凭借着突出的教学成绩，岳刚很快当上了南木林县二中副校长，但一线教学工作他仍没有丢，他所带班级的语文成绩一直名列前茅，许多孩子都考取了大学。"南木林县优秀共产党员""日喀则市优秀教师""全国最美乡村教师"等大大小小30多项荣誉的证书塞满了他的书柜。对于这份教书育人的工作，他似乎有永远也用不完的激情和干劲。

当年一起从保定学院奔赴南木林县的他和徐建旺、闫俊良、王俊娟四人，两鬓悄悄染上了白霜。他们依然还坚守在这座海拔4000多米的小城，见证着南木林这些年里的发展和变化。

"南木林"藏语的意思是"胜利"。当被问及是什么力量让他们义无反顾地选择扎根边疆教书育人时，几个人异口同声地回答："是理想。"

我想，在追寻理想的道路上，他们胜利了。

习近平总书记给保定学院西部支教毕业生群体的回信，他们人手复印了一份，裱起来放在办公桌上最显眼的地方。

信里的每一个字，他们都记得滚瓜烂熟。

．．．．．．．．．．．．

这群时代的追梦青年，他们如雪域格桑花扎根在祖国西部边陲，生根开花，枝繁叶茂。他们热爱着脚下的土地，追逐着共同的梦想，为祖国的西部，为西部的明天，为明天的希望。他们作为志愿者在西部、在边疆、在山区、在基层奉献着自己的青春，书写着新时代青年志愿者大写的人生。

第二章 边疆需要我

这片滚烫的沙漠腹地,注定是一个放飞青春的地方。跨越时代的青春梦想在这里放飞,跨越时代的青春力量在这里凝聚。

我们不是"临时工"

1

喀什地区地处欧亚大陆中部,新疆西南部。东临塔克拉玛干大沙漠,西南与阿富汗、巴基斯坦接壤,周边邻近国家还有吉尔吉斯斯坦、乌兹别克斯坦、印度这三个国家。这里是一个多民族聚居的地区,许多古老的民族曾在这里繁衍生息,形成了独特的经济和文化。在漫长的社会进程中,各个民族互相协作,互相影响,互相融合,实现了现代民族的发展转型。

2019年11月的第一天,我来到喀什,再次领略新疆的地域辽阔,首府乌鲁木齐大雪纷飞,南疆的喀什艳阳高照,气温也高出许多,寒冷一扫而去。我到喀什的目的是寻访两个广东姑娘,一个叫冯卓怡,一个叫邵淑琴,她们从南部沿海跨越万水千山来到西部边陲,扎根边疆大漠。

我跟冯卓怡约定在喀什噶尔老城的古城角落咖啡馆见面。不多时,大门被拉开,一个超大的迷彩背包钻了进来。我在照片中见过冯卓怡，来人便是她了。她今天收拾行李，大包小包，要坐下午 4 点的火车转道乌鲁木齐回广东一趟，所以直接带上行李过来跟我见面。

在门口接过她的行李，我不禁赞叹她真的是"女汉子"，一个人要背着这五六十斤重的行李，手上还要提着电脑和几天的食物从新疆到广东。她说这对她而言是家常便饭，"女汉子"名声早已在外，说罢是一阵爽朗的哈哈大笑。

冯卓怡端着面前的咖啡抿了一大口，咂了咂嘴。没等我开口，她就打开了话匣子，说起了自己这十年来的经历。

2011 年 7 月，冯卓怡从广东外语外贸大学外交学专业毕业，放弃保研机会，参加了大学生志愿服务西部计划，被分配到了广西。从小到大，冯卓怡是家中的宝贝，几乎没做过家务，冷不丁地去当志愿者，父母虽然有点担心，却也没有反对。两广挨着，离家近，冯卓怡周末把衣服带回家洗，妈妈已经煲好了汤等着她。

这种在"家门口"当志愿者的模式，没过两个月，冯卓怡就不愿意了。要锻炼自己，只有去最偏远艰苦的地区。她偷偷找到老师，说了自己的想法。老师觉得惊讶，却也遂了她的愿，帮她协调到了新疆。

等事情办完，冯卓怡才告诉父母。父母当然反对，妈妈甚至赌气一连好几天都不跟女儿说话，爸爸也被她的擅自主张气得直摇头。但僵持了一个星期，父母最终还是妥协了。女儿从小就犟，做父母的拗不过。

临行前，冯卓怡搂着妈妈的脖子，撒娇地说，趁年轻，多做"傻事"，这才不枉年轻一场。妈妈红着眼扭过头去不看她，爸爸在一旁拍了拍她的肩膀说:"出去闯可以,自己多注意。"

当年到新疆的广东大学生志愿服务西部计划志愿者共29人,有本科应届毕业生,也有在读研究生,其中4人是维吾尔族。他们都被分配到了广州对口援建的南疆城市——喀什,也成为广东第一批到喀什的志愿者。

冯卓怡也是第一次来新疆。在此之前,她对新疆的印象,是干燥多土,是沙漠,是神秘。但当她第一次踏上乌鲁木齐的土地,这座在绿洲中发展起来的繁华都市,第一时间就让她推翻了之前对新疆的所有想象。

结束短暂的培训后,志愿者们来到了距乌鲁木齐1000多千米的喀什。和乌鲁木齐不同,这里的楼房大都不高,在这小城里星罗棋布着,一眼望去,如大漠般苍黄。而走到每条街上,抬眼就能看到各式令人眼花缭乱的砖雕、木雕、石雕、彩绘,热烈的颜色在条条蜿蜒的街巷次第铺陈。满城浓墨重彩的华丽,让喀什的异域风情显得格外奔放、撩人。

陌生的喀什让她感到新奇。到了晚上,躺在床上的冯卓怡难以入眠。对新生活的期盼,对父母的思念,种种片段在她脑海中一帧帧闪过。迷迷糊糊将睡之际,冯卓怡突然想到一个问题:自己是学外交的,来这里能做什么?

在喀什的第一个夜晚,冯卓怡在忐忑中度过。

没想到第二天,冯卓怡的去向就已经定下来了:因为有在学生会工作的经历,她和一个维吾尔族男生被喀什市委宣传部选中了。

办完手续,冯卓怡来到安排的住处。那是一间办公室,陈旧斑驳，到处都蒙着一层厚厚的土灰，大白天里，她莫名生出一种奇异的感觉。冯卓怡从小胆大，这间"像是几十年没人住过的房子"，她安然接受了。但当她站在房间里环顾四周，找了半天也没找到一处干净的地方放行李时，最终还是哭了。这个在家里十指不沾泥的独生女，一想到要自己一个人收拾房子，一时间手足无措。

在宣传部的行政办公室，冯卓怡开始慢慢进入工作状态。为了尽早融入这里，她什么活都干。修电话、修复印机、网络维护……这些她过去都没接触过，只能硬着头皮顶上去，一边用手机查百度，一边摆弄。一个月下来，这个聪明的汉族姑娘成了大家眼里的"能工巧匠"。

不久后，冯卓怡去了双拥办，经常到部队慰问，跟部队下到对口帮扶的村。

她还和志愿者们一起策划公益活动，到福利院教小朋友英语和汉语，为他们募捐实物。因为性格爽快豪迈，喜欢牵头，冯卓怡很快就成了志愿者中的"带头大姐"，"女汉子"的名声也就是在那个时候传开的。

慢慢地，冯卓怡也结识了不少维吾尔族朋友。她还有一个维吾尔族的名字——卓玛古丽，是她的朋友卡拉买提起的，意思是"星期五的花朵"。

也因为那些维吾尔族朋友，她很快融入了当地社会。好奇的她跟着当地工作人员去参加维吾尔族婚礼，看着人们热闹非凡地敲锣打鼓，她也兴高采烈地把手扬起来；坐着卡车过桥环城一周时，她用随身带着的相机给他们照相。

热闹充实的生活和工作，渐渐冲淡了冯卓怡心中的恐惧。她喜欢上了当地的烤肉，也喜欢上了大巴扎——那里面什么都有，包括很多女孩子喜欢的小玩意儿。胆大的她，会带着在喀什灯饰城工作的远房表弟去夜市吃羊蹄、羊头。

到后来，冯卓怡在喀什到处都有维吾尔族的熟人了。看她吃烤串吃得香，老板总是给她挑大串。在大巴扎买干果，老板会友情赠送她一大包。

很多人去大巴扎不敢砍价，砍价后不敢不买。冯卓怡毫不在乎，照砍不误。老板抱怨价格太低，她就各种装可怜和撒娇。为了砍价，她甚至学了不少维吾尔族语。

在喀什的第一年，她过得很开心。虽然志愿者每个月只有千元出头的补贴，但她勒紧裤腰带，从不向家里要一分钱。受委屈的时候，她就对自己说："又没有人逼你，是你自己要过来的，你委屈什么？"

冯卓怡发现，在喀什的这一年，自己开始真正长大了。

第一年的志愿服务期结束后，冯卓怡续签了第二年。和她同一批来新疆的志愿者，有五六人都续签了。

第二年服务期满后，这些人基本都留了下来，当了教师、公务员，或在援疆企业工作。

续签，再续签……冯卓怡也回过广东，但发现自己更适应新疆，俨然一个土生土长的新疆人。她动了心思，想留在新疆扎根下来。

她把这个想法告诉了"相对开明"的爸爸。

她不知道的是，几年下来，父母亲都已经接受了女儿的选择。妈妈主动打来了电话："你在那边快快乐乐工作，我们在这儿平平安安生活。你不用担心。"

成家的问题随后到来。她接触过一些在喀什的男生，但他们一听她留在新疆的打算，一个个都没了下文。此后，冯卓怡对介绍人下了军令状：要介绍，就介绍新疆本地人。

她很快遇到了现在的丈夫。丈夫是乌鲁木齐人，在南疆军区驻喀什某部当指导员。豪爽的新疆男生，却性格温和，粗中有细，各方各面都入了冯卓怡的眼。

丈夫当年入伍分配时，有机会回乌鲁木齐，但他把机会让给了战友。后来他经常以此为例，教育战士："一个地方好与不好，关键看你怎么去生活。我不是遇到你们嫂子了吗？"

2013年，冯卓怡以综合成绩第一名考取了公务员，到乌鲁木齐市人民政府外事（侨务）办公室工作。此后，冯卓怡在乌鲁木齐，丈夫在喀什，两人聚少离多。

2014年4月30日下午7点，乌鲁木齐火车站南站发生了暴力恐怖袭击事件。当时冯卓怡正跟朋友吃饭。她马上打电话给父母："我在这边挺好的，你们不要担心。"

妈妈放下电话后一头雾水，还不知道发生了什么。

不到一个月后，人民公园北街的文化宫早市再次发生暴力恐怖袭击。得知此事后，冯卓怡特别震惊——上早市的都是无辜的老人和妇女，暴乱分子却针对这样的人群下手。她还得知，自己楼下的一个同事住在早市附近，好在当天晚出门，逃过了这一劫。

一时间，有关新疆的谣言四起。

"那么乱，赶紧回来吧。"有朋友说。

还有人问:"你们是不是像战地记者一样,随时冒着生命危险在前线?"

冯卓怡忙得都没时间一一回复这些。关心她的电话、信息越来越多,她只得抽了个空发个朋友圈,告诉大家自己很好。

"我之前一直做很多正面、积极的宣传,一出这样的事,觉得前面做的工作都受影响了。"冯卓怡叹息。

在乌鲁木齐火车南站暴恐事件发生之后,11名维吾尔族大学生联名写了一封公开信,强烈谴责暴恐分子滥杀无辜的罪恶行径。

这封信给了冯卓怡很大的触动。她说:"我自己现在也是新疆人,也要为新疆这片地方说两句话。"

在文化宫早市暴恐事件第四天,她提笔写下一篇日志《请不要将新疆恐怖化》。她写道:

> 舆论的报道有着天然放大效应,实际上暴恐活动对普通人来说,无论在疆内疆外都是极低概率事件。比恐怖更恐怖的并不是恐怖本身,而是人们对恐怖的畏惧以及人们无节制的想象!
>
> 作为普通公民,我们能够做到的是把新疆当成正常的新疆来对待,坚决扫除暴恐分子向社会投掷的恐怖气息。
>
> 恐怖主义也是包括维吾尔族人民在内全体中国人民的敌人。有什么能像民族之间的偏见和误解造成隔阂感更让人感到无力和心酸?

在文章末尾,她附上了"申请到边疆工作的志愿书",希望再回到喀什。

日志开始发在人人网上,后来被她的好友转了出去,帖子很快"火"回了新疆。她的很多领导、同事都从微信平台上看到了这篇日志。

记者采访冯卓怡,她说,她希望以实际行动,消除人们对新疆的误解。

2014年6月26日,冯卓怡应邀回母校演讲。她向大家展示了自己拍摄的新疆——当地人、夜市、杏花、胡杨林、雪景……引起在座者啧啧称赞。

"这就是新疆,一个美丽淳朴的地方。"她给师弟师妹这样介绍道。这也是她想扎根一辈子的地方。

很多师弟师妹找她咨询西部志愿者的相关政策和事项。对于一些有着明显功利动机的问题,她也不刻意回避,一一解答。

解答完大家的提问后,冯卓怡的目光变得深邃起来。她叫住了即将散去的师弟师妹们,说:"其实,新疆更欢迎理想主义者。"

也就在这一年,冯卓怡再次回到了喀什。

聊天的时间过得很快,离她去火车站的时间越来越近。我们站起身来握手告别。冯卓怡用带一点新疆味的普通话,跟我说了两次"再见",然后把大背包背起,拉开门,迈开步子向前走去。

隔着玻璃,看着冯卓怡远去的背影,我脑海里回想着她说过的两句话。

一句是"西部是一个神奇的地方,到西部服务,就个人而言也是一种修行",这是她当年初到喀什时,在那个老旧的宿舍里摊开日记本一笔一画写下的。

另一句,是"不是每朵花都要长成玫瑰才漂亮"。

冯卓怡的身影,渐渐汇入人群。

像是知道我在注视着她,她忽然扬起了手,摆了摆。看着没有回头的冯卓怡,我一阵恍惚。那远去的背影,在我眼里渐渐化作了一朵漂亮的花儿,随着风轻摆着,开在喀什这片土地上。

2

托云牧场位于克孜勒苏柯尔克孜自治州乌恰县境内,是新疆生产建设兵团第三师唯一的边境一线牧场。托云牧场场部的所在地叫阿克加尔,在柯尔克孜语中的含义是"白色的山崖"。那里属于高寒山区,自然条件差,气候恶劣,自然灾害频繁,牧场经济发展缓慢,2003年被列入国家级边境贫困团场。

邵书琴当志愿者以及她志愿服务期满之后留下来的地方都是在这里。如今的她,是牧场社区的党支部书记。

邵书琴也是广东人,是冯卓怡低两届的师妹,同样从南方来到祖国的西部边陲。

和她联系时得知,这段时间她正好在兵团第三师师部挂职,师部驻地就在喀什,这倒是方便我,省了不少舟车劳顿。

打电话的时候,她正在开会,我们便约在晚上8点见面。我早早地来到约定的地点,邵书琴发来了信息,会议要开到8点多。

半个小时后，又是一条信息：还需要加班一个小时出一份文件。

时间渐晚，我打开手机里的地图，搜了一下周边，提议把地点改到她附近的一家火锅店。

快到晚上 10 点时，火锅店的门开了，一个戴着大黑框眼镜的姑娘走了进来，四处张望着。我站起来，笑着朝她挥手："邵书记，这里。"

邵书琴小跑着过来，呵呵一笑，连忙摆手："别这么喊，别这么喊……"她拉开凳子，在我对面坐了下来，一个劲儿地说对不起。

都有些饿了，我们一边吃着串串火锅，一边聊着她的过往。

2013 年 4 月，即将大学毕业的邵书琴在校园里散步的时候，看到了学校宣传栏里的一张海报："到西部去，到基层去，到祖国最需要的地方去。"

站在海报面前，邵书琴的眼睛紧紧盯着这句话。

当时的她，已经得到去一家外资企业工作的机会，但她还是毅然决然地奔赴那片陌生而又向往的地方。

西部正是需要青年人才的时候，为什么不到自己可以发光发热的地方去呢？年轻的大学生，最不缺的，就是热血和干劲。新疆，本身是一个足够吸引人的地方。

邵书琴也做了两手准备。万一在那里待不习惯，满一年后再回来就是了——就当是去新疆旅游吧。

一边是离家近的外企，一边是万里之遥的边疆，邵书琴的选择遭到了父母的强烈反对。软硬兼职，办法用尽，邵书琴还是铁了心要去新疆。妈妈没办法了，发动了所有的亲戚朋友齐上阵。

七大姑八大姨使出浑身解数,给她做工作。

有的说:不要冲动,去外企多好,离家又近。

有的说:志愿者前程未卜,等你志愿服务期满回来,说不定就跟东部脱节了,就落后于你的同学了。

有的只是一个劲儿地问:你图什么呀,傻丫头?

到最后,邵书琴干脆把自己关在房里,戴上耳机,听起了音乐。

离出发的日子越来越近了。临走前一个晚上,爸爸敲开了门,看着女儿什么也没说。父女俩就这么对视着。

几分钟后,爸爸打破了沉默,拍了拍女儿的头,轻声说:"照顾好自己,争取早日回家。"

邵书琴还清楚地记得,爸爸走出去时,随手把门关上,啪嗒一声响,她突然鼻子一酸,眼泪一下子就出来了。那一瞬间,她突然有点后悔自己的决定了。

第二天,邵书琴起了个早,破天荒地干起了家务活。轻手轻脚,却又生疏笨拙。妈妈从房里出来,看了好半天,又默不作声地退了回去。

不一会儿,妈妈从房间里探出头,说:"歇一会儿吧,等会让你爸送你。"

初到喀什时,去机场接她的是时任托云牧场党委副书记的林常青。没说几句话,和蔼的林常青语气陡然严肃,说:"我们那里很苦,小姑娘你要考虑清楚,要真去了可别当逃兵啊。"

邵书琴愣住了。来之前她听不少有过志愿者经历的人说过,当地的领导对志愿者是相当友好、和气的。而林常青的话,让她迷糊了。

直到后来,邵书琴才知道,那位副书记一见面就说这么严肃得不近人情的话，是他真实的担忧——这些年来了又走的年轻人太多了，牧场想留下几个年轻人很不容易。

但当时的邵书琴什么也没想，立马挺直了背，也换上了一副严肃的表情说："我是做好吃苦的心理准备的，因为志愿者就是来奉献的，讲享受的人当不了志愿者。"

林常青看着这个信心满满的姑娘点了点头。

邵书琴的服务单位在托云牧场。去托云牧场，是她自己强烈要求的。这个牧场在哪里？她只知道在新疆。靠着手机百度，她有了一个稍微具体点的印象：这是兵团唯一以柯尔克孜族为主的少数民族聚居团场，也是三师唯一的边境一线牧场，地处少数民族边境地区、边疆地区、贫困地区……

"边境""边疆""贫困"，这些字眼正是吸引她的原因，她就是冲着吃苦去的。

但到了托云牧场，邵书琴心里还是有不小的落差。

那时的托云牧场，没有商店和饭馆，买菜要到 6000 米外的托帕口岸，能买到的品种少，蔬菜瓜果都蔫蔫的。吃不到新鲜多样的，邵书琴只好自己变着法儿做。牧场没有建广场，甚至连路灯都没有，一到晚上外面黑漆漆的。

环境艰苦倒是其次，真正让邵书琴害怕的，是漫天的孤寂。

牧场离喀什只有 60 千米，但没有直达线路车，想要和其他单位的志愿者见面聚会，对邵书琴来说千难万难。后来，从广东同来的伙伴陆续换岗、服务期满离岗，最后只剩邵书琴一个人。

失落、孤单、煎熬，还有想家，邵书琴变得越来越消沉。

当她得知爸爸去广州做眼睛手术没人照看时，愧疚和不安让邵书琴动摇了决心。她一边哭着一边收拾好行李准备回广州。

那个晚上，她坐着等天亮。天一亮，她就要离开这里了。

一抬头，就看到那蓝得醉人的天空，密密麻麻的星星眨着眼。邵书琴觉得，星星也在看着她。

她闭上眼，想起了这里那些能歌善舞的人，那些可爱纯真的柯尔克孜族孩子。

她想起刚到托云牧场的那个冬天，学校里的一个孩子从家里带来草药，为她敷在因长冻疮而红肿发紫的手上。还有一个孩子和她的妈妈送来酸奶疙瘩，说吃酸奶可以缓解因为吃菜太少所造成的肠胃不适……

这几近原生态的自然环境，几近零距离的人际关系，不知不觉就融化了邵书琴身处异乡为异客的彷徨、孤单。她不知道是从什么时候开始，就一点点地爱上了托云牧场，爱上了这里的人。留下来的心思，在她心里扎了根，发了芽。

她擦着眼泪，拿出手机给妈妈发了个长长的信息，浓浓的愧疚和不安一点点消融在心里。

邵书琴在牧场机关工作，虽不是学校的老师，但会定期到学校为孩子们上公开课。这里的孩子对山外的世界了解得很少，也充满了好奇和向往。

邵书琴印象最深的，是一堂梦想公开课。在孩子们交上来的一堆纸条里，她看到了一个这样的梦想："爸爸每天走路放羊太辛苦了。我要好好学习，快点长大赚钱，给爸爸买辆摩托车。"在其他地区，这个年龄的孩子心里想的都是要父母买什么样的玩具、零食；而这里的孩子，就已明白了生活的不易。看着他们，邵书琴的眼眶逐渐湿润了。

她轻轻地拍着那一堆纸条，对孩子们说："只要你们努力学习，天天向上，纸条上的梦想一定会实现的。"

邵书琴觉得，学校里的那些孩子们，给了她最深的印象。

她不会忘记，在识字课上孩子们认真听讲的模样；她不会忘记，当她把朋友寄来的书送给孩子们时，孩子们捧着各式各样的图画书高兴的样子；她不会忘记，与单亲孩子一起过周末做游戏时，孩子们脸上露出的灿烂笑容……

这一切，深深触动了邵书琴。

她说："尽管我付出了许多，但在付出中我收获了感动，洗涤了心灵。东部发达的交通、完善的基础设施，这里都没有，但我一样可以过得很充实，活出别样的精彩。"

南北环境的差异、东西发展程度的差别、各种文化的碰撞交融，在一天天过去的日子里，被邵书琴化作了习以为常。这里的物质生活条件并不丰富，但她已经看得很淡了："人的欲望变得很少，精神生活就更充实。"

两年过后，邵书琴已经开始把这里当作家乡了。至于广州，以及家人们，成了午夜梦回时的一声叹息。

这些年里，邵书琴也知道，父母无时无刻不在盼着她能回去。哥哥给她打过好几次电话，委婉地告诉她，爸爸其实很难接受自己的宝贝女儿留在遥远的新疆，担心女儿会不习惯，会吃苦受累。

而爸爸打过来的电话，永远都是轻描淡写地问她过得好不好，更多的时间,都用来听她讲这里的风土人情。快要挂断电话时,爸爸总是会说着同样的话:"你选择留在团场一定有你的理由,我们都支持你。希望你在那里好好工作,闯出自己的一片天地。"

"常回家看看"之类的话,无论是爸爸还是妈妈,基本上都不说。他们都知道,新疆,真的太遥远了。从广州到三师托云牧场机关,坐火车,要近80个小时。

女儿回趟家,要吃这个苦,做父母的怎么舍得呢!

让邵书琴最终下定决心留下来的,是她遇到了爱情。

2016年6月,邵书琴结婚了,爱人是托云牧场学校的一名特岗老师。他们在托云牧场组建了家庭,她也彻底打消了回广州的念头。

一年半后,他们的儿子出生。这里,成了他们共同的第二故乡,也成了她儿子的家乡。

在收获爱情与家庭的同时,邵书琴也在这里找到了干事创业的平台。服务期满后,她选择继续留在托云牧场工作,成为该场的一名纪检干部。

在做好本职工作的同时,她主动担任活动策划、节目主持,定期到学校为孩子们做成长分享报告,参与维稳值班、民兵训练、义务劳动……短短几年时间,邵书琴出色的工作表现赢得了上级纪委的肯定。2016年3月,她兼任社区党支部书记,成为最年轻的基层单位党支部书记;2016年5月,她成为团场资历最浅、最年轻的纪委委员。

2018年3月1日,邵书琴以大学生志愿服务西部计划志愿者的身份摘得"最美志愿者"的称号。

在采访邵书琴的过程中,我大部分时间都是低着头,快速地记录她的每一句话。或许是为了照顾我的书写速度,她的语速越来越慢。

我抬起头,正对上她的目光。我笑着示意她继续。

"没了,就这些。"她扶了扶鼻梁上的眼镜,又拿起手机看了看。

我拿起手机一看,临近午夜 12 点。

"不早了,耽误你这么多时间。"我实在觉得抱歉,她家里还有个刚满周岁的女儿,可能此刻正懵懵懂懂地等着她回家。

我们一起起身,推开门走出去。一股冷风吹来,我紧了紧衣服。

在路上,邵书琴忽然感慨:"托云牧场是我成家立业的地方,与其说我扎根留下是在奉献,不如说是在收获。我希望用自己的实际行动,带动更多有为青年加入志愿者服务队中,在这里施展抱负与才华。我愿做这里的传播者和代言人。"

在三师宿舍小区的门口我们道别,我目送她走进去。忽然,她转过身来,笑呵呵地说:"别在书里把我拔高了,我就是一个普通人。"

我朝她挥挥手,不知道怎么回她的话。

回旅馆的路上,霓虹闪烁,仰望星空,繁星漫天。

我记起邵书琴说过,喀什都可以看到这么多的星星,就能想象得到远离城市的托云牧场该有多么壮观的星空了。她告诉我,选择留下来,帕米尔高原的星空也给予了她力量,每天夜里璀璨夺目的星空那么真实,离得那么近,仿佛盖在身上的被子触手可及。这片星空只属于她一个人,这在南方大都市是永远都无法想象的。

她万分知足。

3

告别喀什,从南疆辗转库尔勒采访之后,列车把我送到了东疆哈密。这里是古丝绸之路上的重镇。

在哈密火车站,我与阔别多年的陈兴平重逢。10多年未见,他的外貌变化不大,只是增加了一副眼镜,比以前显得更加斯文。

陈兴平和我是同乡,更是校友——他是高中时高我两届的师兄。2007年,从青岛大学毕业之后,陈兴平参加大学生志愿服务西部计划来到新疆支教。作为当年青岛大学美术学院唯一一个参加了大学生志愿服务西部计划的毕业生,他的名字,在当时的我们心里闪光了很多年。

陈兴平来到新疆的第一站,是克孜勒苏柯尔克孜自治州阿克陶县。当地人说,那里是太阳在中国落下最后一缕余晖的地方。

因为大学学的是艺术设计,陈兴平不仅成了阿克陶县实验小学的宣传员,每个星期还得给孩子们上28节课。

7个纯维吾尔族班,孩子们几乎不会汉语。第一节课,陈兴平急出了一头汗。他手语、汉语、简单维语齐上阵,忙活了半天,学生们还是听不懂,只能"啊啊啊"地回应着。

那节尴尬的课,陈兴平已经忘了是怎么结束的。他能够记起来的,就是下课的时候,学生们齐声大喊"豁西",然后一哄而散。

"豁西"是句维语,他听懂了,就是"再见"的意思。

讲起这件事时,他用手摸了摸后脑勺,一脸的不好意思。

我憋住笑,听他继续往下讲。

幸好,学校还有三个维汉混合班,这边的汉族学生维吾尔语不错,当时很多课都是在汉族学生的翻译下才完成。他灵光一闪,放学后找了一个汉族学生当老师学维语。

头两个月,因没有教学经验,陈兴平怕坐在后面的孩子们听不清他的声音,上课时提着嗓子,每个知识点都大声喊出来,几节课下来,嗓子嘶哑疼痛,有时连声音都发不出来,晚上吃一把药片才好受一点。直到半年后,他才逐渐适应了教师工作生活。

他一边学维语,一边摸索着教课,一个学期就这么过去了。

2008年春节前夕,湖南郴州发生极端严重冰冻灾害。大学毕业后的第一个春节,陈兴平本想回老家郴州宜章与家人团聚,但因为距离遥远,加上冰灾,他只好把提前预订的火车票退了。

那是陈兴平有生以来第一次一个人留在他乡过春节。整个校园,他只身一人。陈兴平自小懂事孝顺,除夕晚上和父母通电话的时候也报喜不报忧,只跟他们说自己过得很好。

挂了电话后,陈兴平情绪有点失控了。在那个大雪纷飞的夜晚,他放声大哭了一场。

"我也想家呀,能和爸妈哥姐一起吃年夜饭多好,我也不怕害臊了,男人哭吧哭吧不是罪。"陈兴平说,因为当地居民80%以上都是少数民族,他们没有过春节的概念,没有什么过年的气氛,整个800多人的学校,除夕晚上就他一人。半夜里路灯也灭了,暖气也停了,他蜷缩着身子窝在两床被子下面,整夜未眠。

大年初一一大早,陈兴平还在床上,门外就响起了敲门声。打开门一看,门口站着几个学生,有汉族的,也有维吾尔族的。

"陈老师，我们来给你拜年啦！"几个学生你一言我一语，叽叽喳喳的声音让冷清的宿舍热闹起来。

陈兴平这才明白过来，学生们知道他一个人在学校，特意来找他玩。他的心里顿时一暖，独在异乡的苦闷和孤单一点点散去。

"走，同学们，老师带你们玩雪去！"望着外面白雪皑皑的一片，陈兴平带头冲了出去。室外零下20摄氏度的气温，他跟孩子们跑啊，跳啊，纵情玩耍，孤寂与寒冷一扫而空。

一年的支教生涯转眼即逝。在学生们的美好祝福下，陈兴平圆满结束了支教生活。

陈兴平掏出手机打开了相册，一张张地翻给我看。那些学生当年留给他的信件和手工画，他都拍成了照片存在手机里，原件装在一个特意买回来的小木盒里。每每读到孩子们的离别留言，他总会唏嘘不已，热泪盈眶。

我知道，陈兴平是个很重感情的人，表面上有点大大咧咧，内心却细腻而敏感，支教生涯的那些点点滴滴，将会是他自豪一辈子的青春荣耀。

2008年10月，陈兴平做了人生的又一次决定——报考新疆的公务员，被哈密市伊州区文联录取后，从新疆的最西部来到了最东部，一干就到了现在。

他先后在区扶贫工作组办公室、驻社区和驻村工作，真正地把工作融入寻常百姓家。结对扶贫是他们一年工作业绩重要的组成部分，他们一年来为结亲户和扶贫对象干了多少事决定了他们的工作是否称职或是优秀。

陈兴平的结亲户中有一户果农，文化程度不高，打理果园勤勤恳恳，到了丰收季节，看着满园的瓜果愁喜交加。怎么卖，成了最大的难题。陈兴平主动找到他，聊起了瓜果的销路问题。看着一脸忧心的果农，陈兴平把他拉到了果园里，解释了半天什么是"电商""互联网+"，他越听越茫然。陈兴平不说话了，掏出手机在果园里一顿狂拍。陈兴平回去后把几百张照片一一整理，分门别类地开始发朋友圈。新疆的瓜果自带畅销属性，微信好友来咨询，陈兴平"有图有真相"，下单的好友一个接一个，不到半个月，瓜果就卖掉了三分之一。果农有样学样，也开始在朋友圈卖瓜果。陈兴平又帮他开起了网店，大枣、葡萄干、核桃、黑枸杞、红枸杞、哈密瓜干、雪菊、杏干等上了架，生意一天好过一天。

陈兴平说，要实实在在为当地老百姓做一点事情，让结对帮扶户实实在在地增加一些收入，只有这样，心里才会踏实。

在哈密采访陈兴平期间，一场大雪不期而至。陈兴平送我从哈密去往巴里坤，蜿蜒曲折的县道在天山东麓峰回路转，已进入初冬的大峡谷，寒风沿着嶙峋的崖壁，在瘦弱的山谷中被挤压得更加凛冽，每一个经过此处的旅人都会不由自主地打一个寒战。

来自南方的陈兴平对这里的大风雪早习以为常，车窗外的那片洁白世界于他来说反而显得更加亲切。行至一处开阔地，我们停车踏雪，陈兴平俯身团了一个雪球然后掷出很远，回过头说道："说实话，这天山雪水养育了我十几年，我的心也融进了天山南北。我很自豪，我是湖南人，我也是新疆人！"

说完，陈兴平把双手做成喇叭状放在嘴边，再朝着远方一字一顿地呼喊——

"我是湖南人!"

"我是新疆人!"

呼啸的风把他的喊声也带向了远方。

他乡成故乡,许许多多大学生参加大学生志愿服务西部计划后,从此扎根在西部,扎根在基层。他们从内地来到大西北,因为热爱,因为理想,又因为这样那样的原因,一待就是几年,十几年,几十年。

有人刚去时自嘲"我们是一年的临时工",有人在心里默默赞同,更多的人想反驳却不知道怎么开口。如今,在那里安了家、扎下根的志愿者们,终于有了底气回复当年那句玩笑话:"我们不是'临时工'。"

孔雀西北飞

1

"夏尔德浪"这个地名,往往让人浮想联翩:绿色、浪漫、诗意。事实上夏尔德浪是新疆生产建设兵团第十二师四十七团所在地,位于新疆和田地区墨玉县境内,地处昆仑山北麓、塔克拉玛干沙漠南缘。

四十七团的前身部队在抗日战争时期为八路军一二〇师三五九旅七一九团,解放战争时期改编为中国人民解放军第一野战军一兵团二军五师十五团,是一支饱经革命战火锤炼的英雄部队。这支部队为了中国人民的解放事业转战南北、浴血奋战,立下赫赫战功。

1949年12月5日,十五团的1803名指战员奉命从阿克苏出发,徒步18天,行军790千米,横穿"死亡之海"塔克拉玛干沙漠进军和田,创造了可歌可泣的进军纪录,一举粉碎敌对势力妄图分裂祖国的阴谋。12月22日胜利解放和田,受到一野司令员彭德怀等首长的通电嘉奖。1953年,王震将军下令:"十五团驻和田万不能调!"一道命令,青春年少的战士们就此与大漠边关结缘一生,肩负着建设新疆、保卫边疆的光荣使命，铸就了"扎根新疆、热爱新疆、屯垦戍边"的"沙海老兵精神"。

"沙海老兵精神"历经岁月的磨洗，一代代青年赓续传承，如今正焕发出新的时代光芒，那就是"走，到西部去，到基层去，到祖国最需要的地方去"！

2009年6月，25岁的甘肃籍大学生党芳，报名参加大学生志愿服务西部计划。同年6月，正在河南省洛阳理工学院就读的梁娜报名加入大学生志愿服务西部计划。他们都成了四十七团的志愿者。

2013年6月，安徽广播影视职业技术学院毕业生王树、杨克和河南籍大学生靳超杰相约，一起报名参加大学生志愿服务西部计划，被分配到四十七团。

2014年8月，山东籍大学生艾乐松，响应在四十七团开展志愿服务的大学同学的号召，也来到了四十七团。

…………

29岁的王树胖乎乎、笑呵呵的，年纪不大却有了大肚腩，头发稀疏，这和他的年龄不太相符。听完他的故事，我即刻就明白之所以这样，是因为长期伏案工作，生活不规律，没有时间锻炼，熬夜和高强度的工作。

在兵团十二师，王树并不是我见到的第一个志愿者，也不是我采访的第一个对象。见他之前，我见到了更多的人。提到王树，不同的人心里，有着不同的印象。

"在工作上他是个拼命三郎。"

"工作上他疾恶如仇，有党性，有原则，有正义感。"

"经常睡在办公室。"

"暖男,温暖贴心。"

"有三级厨师证,做菜非常好吃,王大厨。"

"爱交朋友,能凝聚人。"

综合起来,就是一个好人,处事让人暖心,做事让人放心。

还没开始和王树的正式交谈,几个人就走了进来。这些人都是志愿者,在见王树之前我都接触过。王树站起身来,热情而又随意地跟他们打着招呼。

这些人,是他在这里的伙伴,甚至可以说,是战友。

一群人围坐在一起,说起了王树。最后,话题渐渐转到了为什么在这里留下来。

"他从不鼓励我留下来,"最先开口的是李勇,刚刚来到四十七团的志愿者,"我问他意见,他只是帮我分析。到最后,看到他,就是我最终留下来的原因。"

王树指着其中的两个女孩子说:"党芳和梁娜,她们也是这样,她们并没有让我留下来,但是你跟她们在一起,时间长了就会想留下来。她们只是带我们一起吃饭、聊天,一起工作,你不知不觉地就会融入团场这个集体,我们在一起就像一家人。"

我明白了。王树眼里的党芳、梁娜,就是李勇眼里的王树。

是什么样的力量,让他们的思想和精神如此一致?我采访了更多的志愿者。

艾乐松给我说了之前他们几名志愿者共住一套周转房时的一件事。他说:"我们从不收生活费,大家谁有时间,谁就做饭,谁看到冰箱里没菜了就会主动去买。没有时间做饭,也会把肉啊菜呀,买好放在冰箱里。王树经常挤出时间给我们做饭。"

"我可喜欢做饭了。我能早上7点起来给他们做早饭。可以给他们煎鸡蛋、煮面条,想办法换着花样做。"王树说这些的时候,面部表情柔和,语气欢快。人只有在自己喜欢的事情上才会情不自禁地流露出喜悦。怪不得人们常说爱做饭的人是热爱生活的人,也更懂得生活。

王树突然说:"其实这不是我的理想生活。"

"你的理想生活是啥样?"我问道。

"工作之余,看看书,做做饭,上午喝茶,下午喝咖啡。"

这分明是一个有情调的人。对生活要求不高,却要有生活品质。当然我指的生活品质,更多倾向于精神的充实,有思想和正确的人生观、价值观。

为什么会留下来?我问了王树同样一个问题。

"2013年'老兵节',看他们的情景剧演出,被老兵精神感动了。尤其是重走老兵路,给我很震撼的体验。我们什么都不背,走下来都很吃力。想当年他们缺衣少食,15个日日夜夜,迎着风暴、寒冷、饥渴一路向前。渴了,还不得不喝尿,每个人都背负20多千克的行李,他们真的很了不起。"王树说。

这是一个有温度和情感的地方,爱和暖意无处不在。

2016年春节,王树生病发高烧,党芳和梁娜一起在家里给他熬粥。他记得很清楚,是梁娜用酒精帮他擦手擦脚,等他体温降下来后才离开。

"我们志愿者是一个大家庭。大家来自五湖四海，到这里就像遇见亲人一样，我们相处得像一家人。吃外面的饭菜时间长了就没有胃口了，我们就买菜自己做，叫上大家一起吃。这里人情味儿很浓，我喜欢这样的氛围。"王树说。

团场领导对志愿者们也特别尊重，特别关心。

"这些志愿者和分配来的大学生不一样，他们有情怀，是主动来到这里的，人都特别优秀。四十七团领导特别重视这些人才，对他们也格外地关心。节假日请他们一起吃饭，在生活上处处体贴。"团党委副书记、副政委纪福园说。

和田的夏天特别热，高温天气要持续两个月以上。刚来时办公室的空调还未配置安装到位。要配空调，从申请到购入还有一段时间，领导竟然把自己办公室的空调拆下来，安装在志愿者的办公室，自己则用电风扇。

王树是一个重感情的人。团场领导的多方关爱和志愿者们亲如家人的感情，让他感受到点点滴滴的温暖、情谊。这些人在工作中是同事，生活中像兄弟。这是他由衷喜欢的一种氛围。

一起来的志愿者现在大多数都成家了。王树说这句话的时候，我不知道还是单身的他心里会不会有对从前大家合伙吃饭、合伙住在一起的生活的留恋，但他更多的是理解。"他们都有家有孩子了，不能再像从前，天天亲密无间地在一起。但是偶尔也会聚聚餐，彼此知道大家都好就行。"王树很豁达地说。

说到离开这里，他说："有时也有动摇，但是大家一劝就不想走了。"

王树志愿期满后考到十四师党委组织部。他工作踏实肯干，沟通协调能力强，很多棘手的问题都能顺利地解决。就在众人看好他的时候，他却放弃了刚考上的公务员，主动要求调到四十七团。从上级机关到下级机关，这是许多人很难理解的。

因为爱情？

是。也不全是。

王树的第一任女朋友在四十七团，这是他放弃留在十四师到这里来的原因之一。然而事实是他3月到四十七团，女朋友4月就离开了新疆，之前他们相处了一年。王树的第一段感情流产了，但他是个宽厚的人，他不愿意责难别人。

第二段感情也是因为女方父母不同意女儿留在新疆而终止。

现在，王树最烦的，就是被母亲催婚。

我理解地笑笑，天下母亲的心都是一样的。

"到四十七团后全部从头做起。不就是干工作嘛，只要肯干，有的是机会，我现在不是也挺好吗？"王树淡淡地说，窗外湛蓝天空上映衬着淡淡的白云。

"可是如果在师部你可能提升得更快。"

"现在不是也都有了吗？就是这样，我的父母也可以为我自豪20年，我是我们家多少代农民以来第一个科级干部，算是祖坟上冒青烟了。"王树拿自己的岗位自嘲，我被他的幽默逗得哈哈大笑。

他们很年轻，但思想成熟、坚定，对人生有着自己的规划、追求和想法。

我问李勇："为啥崇拜王树？"

李勇说:"他就像我的大哥一样,或者说,他就是我在心里当作大哥一样的人。我特别佩服他,工作能力特别强,再难干的工作,他都能协调完成。在生活中也是一样。我特别敬佩他。"李勇连着用了几个"敬佩"。

"有啥印象深刻的事吗?"我追问道。

一次上级督导组来检查工作,王树7天没有离开办公室。饿了,把饭叫过来吃;累了,就睡在沙发上!

写材料,建台账,整理历年的资料,各种琐碎的事,事无巨细,却一个步骤也不能少。在机关坐办公室,没有轰轰烈烈的大事,协调和处理各种琐事是他工作的常态。他所有的加班,也无非就是写材料、总结,再写材料、总结,配合各种部门的检查,协调各个部门的关系。

7个日夜,王树的任务如期完成。那次他一周没有换衣服,没有出门。走出来的时候,胡子拉碴,黑色的T恤背后泛着白色的汗渍。

梁娜说,人,都瘦了。

王树说,人,都馊了。

2

艾乐松是2014年的志愿者。最初来这儿是因为这里没有中医,而他正好学的是中医。

在四十七团医院,我刚踏上二楼台阶,扑面而来的中药味就充盈在肺腑间。

团医院中医理疗科是年轻的艾乐松一手建起来的。艾乐松很自豪地带我去煎药室、中药房、治疗室参观。他的门诊办公室也是治疗室。办公室干净整洁，共有七张床，每张床上放着不同的仪器，我认识的只有火罐。他说，他擅长针灸和中医处方，按摩、推拿也做。看着一切井然有序的样子，我不相信这里只有他自己。

"为什么不配助手或者护士？"

"招不上人。"艾乐松说。

"不可能，这么好的技术还没有人学吗？"

见我不相信，艾乐松说："之前有一个护士，可总不上心，只学会了简单的拔火罐，估计现在也忘得差不多了。"听他这样说，我想这帮手走了该有一段时间了。只有时间才会让人遗忘。

"这7年，你是不是比你的同学接诊的病人多？"我问他。

"是的。"艾乐松毫不掩饰他的自豪。

"7年了。"他小声地重复了一遍这几个字，平淡的脸上看不出表情。来之前他打算待满一年就回老家，然后开个小诊所，可以一辈子捣鼓自己喜欢的中医。却没想到，在一次和志愿者们走访了沙海老兵村的老兵，听他们讲当年横穿"死亡之海"塔克拉玛干大沙漠、开荒造田、扎根大漠建设家园的故事后，他推翻了自己之前的规划。

"老兵来到这里，青丝变白发，他们中的绝大部分连家乡都没回去过一次，一道命令驻守一生，是什么样的信念让他们如此忠诚、如此奉献？这使我内心非常感动和震撼。"

感动、震撼的同时，他"头脑一热"，这一"热"就"热"到了今天。

艾乐松至今还是单身一人，是少数没有结婚的志愿者之一。他的女朋友也是志愿者，服务期满后离开了新疆，原本约定的爱情、婚礼都成为泡影。

我想，艾乐松完全有条件、有理由跟着女友一起离开的。他并不掩饰曾经的纠结，他说："还是舍不得。这里是我一手建起来的，就像自己养的孩子一样，有了感情就割舍不下。"

2017年2月，北京援疆医生黄希忠来到四十七团医院中医科援助一年，把艾乐松乐坏了。艾乐松恭谨执弟子礼，向远道而来的老师求教。踏实肯干、虚心好学的后生谁都喜欢，黄希忠将多年积累的中医知识毫无保留地倾囊相授。看到这里条件差，黄希忠自掏腰包给诊所买来了装中药的柜子，又联系自己所在的北京顺义中医院，解决这里设备、药品匮乏的问题。

援疆期满，临别前黄希忠送给这位有份无名的弟子一本中医药书，艾乐松珍藏至今。

临走时我问他，是不是打算在这里扎根了？

他并不回答我，在桌上抽出一本书，翻开后递给我。我接过来看了看封皮，是一本医学书，书的扉页上写着八个字：但行好事，莫问前程。

我默默念叨着这八个字，告别了艾乐松。

回来的大巴车上，轻微的颠簸中，我窝在柔软座位昏昏欲睡。迷迷糊糊中，四十七团的几名年轻人的身影在我眼前轮番出现。车子不紧不慢地朝和田之外驶去，前方是我更为熟悉的世界，身后是他们的安身立命之所。他们把离家的生活过成了日常，把异乡最终变成了家乡。塞外的风雪让他们变得独立而成熟。他们重感情，更注重事业。在感情方面，个人的发展、现实生活的压力，让他们不得不更加理性，更快地成长。

这片滚烫的沙漠腹地，注定是一个放飞青春的地方，70多年前，一群青春热血的解放军战士接受祖国的命令，徒步穿越"死亡之海"来到这里，从此扎根繁衍，使这片荒凉的土地有了生气，有了绿色，有了希望。从青春到垂暮，从梦想到守护，经过岁月的洗礼，老兵们用一生在这里凝聚成一种精神和力量，鼓舞了一代又一代的青年们。

如今，一批又一批青年响应祖国号召，在这里集结。

跨越时代的青春故事在这里汇聚，跨越时代的青春梦想在这里放飞，跨越时代的青春力量在这里凝聚。

70多年过去了，曾经的沙漠戈壁早已充满了绿色与希望，曾经的青年战士早已白发苍苍，甚至很多人长眠于此。他们当年战天斗地、建设边疆的场景被一张张影像定格，镌刻在纪念馆的展览墙上，留在了后来人的心里。

这一切，都正如王树告诉我的那句话：孔雀西北飞，千里万里不徘徊。

青春与高原一同生长

1

一年年,志愿者们改变着西部,也不断被西部改变着。

孟德宁大学毕业后,抱着"到西藏看看"的心态,加入了"西部计划",从此,他的青春在这里成长。

在拉萨我住的那个旅馆门口,我第一次见到了孟德宁,他给我的第一印象是,年轻、帅气,朝气蓬勃,也许是学舞蹈艺术的缘故,体形控制得比较好,虽然在拉萨这样的高原之上经受强紫外线的辐射,他看着却比实际年龄要小。

孟德宁1994年5月出生于河北唐山,高中毕业考上山东德州学院,大学学的是音乐舞蹈类专业,参加完志愿者培训后被分配到拉萨市特殊教育学校支教。

西藏这个占中国陆地面积八分之一的地方,是孟德宁学生时代的向往之地。孟德宁记得第一次入藏的时候就被眼前的蓝天白云、青山绿水折服了。高原上的天空蓝得透彻,白得纯粹,仿佛有种天然的亲近感，深深地吸引着这名年轻的山东小伙。2016年7月23日，孟德宁来到他所服务的单位——拉萨市特殊教育学校。

当他走进学校，第一眼看到的是一群衣着干干净净、队伍整整齐齐的学生。

这群学生，轻而易举地把他感动了。这是一群被上天剥夺了某些权利的孩子，他们或聋，或哑，或盲，或残。普通的孩子可能在一两岁的时候就能喊出爸爸妈妈，但是他们却多等了七八年都可能无法标准地发声。

他们看不见或听不见，但每一个人的脸上都绽放着灿烂的笑容，他们用最美好的状态来迎接他们的新老师。

那一瞬间，孟德宁感受到了责任。这群孩子，各有各的不幸，所以才更需要给他们加倍的关怀与爱，带领他们成长，让他们一起感受这个时代和这个社会的美好。

孟德宁本以为这里的学生会因为身体上的缺陷而失去意志，但相处一段时间后，他却发现每个学生都拥有积极乐观的生活态度，尤其令他记忆深刻的是，这些学生碰到老师都是90度深鞠躬。孟德宁觉得，这是孩子们对老师发自内心的尊重。

新建的拉萨市特殊教育学校位于城关区书山路与梅香路交会处。两条路的名字，让我想起学校门口的那副对联："书山有路勤为径，梅花香自苦寒来"。

孟德宁带我参观校园。这里环境整洁，设施设备齐全，与其他省区的那些学校并没有什么很大的不同。

孟德宁告诉我，刚来这所学校时他被安排去教聋哑孩子们的舞蹈。接到任务时，他心里就没底，还有些"打退堂鼓"，因为在此之前没有任何经验的他"怕教不好"。硬要说经验，那就是读大学时，他曾跟人去过一个特校中专做过很短暂的慰问。

他之所以"没底"，还有两个原因。一是高原缺氧，舞蹈运动量较大，在这里跳舞是一项很累的活动；还有一个重要原因，舞蹈和音乐是分不开的，两者相辅相成，孩子们听不到音乐的节拍，成了孟德宁给他们排练最大的困扰。

事实也正是这样，普通人练10分钟就能完成的动作孩子们却要花10个小时。孟德宁用手势给他们打节奏，一遍又一遍地用手语形容音乐需要表达出来的感情。手臂经常这样一举就是一天，晚上睡觉时，手臂会突然抽筋，把刚刚入睡的他疼醒。他咬着牙，看着抖动的胳膊一跳一跳，却突然就想到了跳舞的孩子们。

给听力障碍学生教学的时候，在那个无声的世界，孟德宁只能一直举着双手比画，用新学的不熟练的手语跟孩子们一个动作一个动作慢慢沟通。课程进展得很艰难，教学成果就更无从谈起。

后来，孟德宁找到了原因，是自己的手语不熟练，从而导致和学生的交流不融洽。于是，他从手语学起，只要有时间就和孩子们打成一片，经常和他们在操场上共同学习。孩子们教他手语，他则用新学的手语给孩子们一点一点地讲述外面的世界。手语熟练了，交流也就畅通无阻了。日复一日，他们变成了跨越民族、跨越年龄的好朋友，有时候更像是一家人一样，一起吃饭一起玩。

这些雪域高原的孩子，给了他一份份亲情。

有条短信孟德宁一直保存着，他展示给我看："老师，您辛苦死了！"

这是教师节的时候，有个学生用父母的手机发给他的节日祝福。

"虽然看起来很搞笑，但是我能明白孩子们的意思，手语才是他们的语言，他们不能像正常人一样把意思完全表达出来。特教学校的孩子，回馈的爱与温暖，我想，是普通学校的老师无法感受到的。"

孟德宁说，他曾经躁动的内心，如今和这高原上的云一样安宁。

我问他，这些年来，最让他难忘的人或者事是什么。他侧着头想了想，说，是一名想要唱歌的聋哑学生。

那个学生叫向巴江措，读一年级时第一次上舞蹈课，他看到教室里有一个麦克风就跑了过去，开始模仿电视中看到的歌星，动情地表演起来。他眼睛微微闭上，嘴巴一张一合，虽然唱不出歌声来，只能发出吱吱啊啊的声音。

孟德宁正好站在教室外，透过窗户的玻璃看着。

看着看着，他的鼻子一酸，眼睛开始模糊。

不知过了多久，向巴江措睁开了眼，一眼就看到了窗外的老师，他怔了一下，红着脸跑出了教室。跑着跑着，突然回过头来，冲着孟德宁咧嘴一笑，又迅速转过头去，挥舞着双手跑开了。

看着那蹦蹦跳跳的身影，孟德宁的眼前浮现出孩子陶醉的神情。孟德宁觉得，这孩子一定是感觉到了音乐的存在，那是他内心深处唱着动听歌谣，一首向往美好生活的歌。

为了更好地了解他们，孟德宁在学校做过一次"关于在特殊儿童群体中进行艺术教育"的调查问卷。一个叫顿珠扎西的学生在问卷上写道："我希望长大后成为像老师一样的舞蹈家，登上大大的舞台给大家表演。"孟德宁摸着顿珠扎西的头,轻轻拍了拍,用手语告诉他:你一定行!

身体上的缺陷并没有影响到孩子们对艺术的追求。孟德宁下定决心要将他所学的全部教授给这里的孩子们。他在校期间排练了许多节目,孩子们一次次跟不上音乐,一次次卡不上节奏,但他们没有放弃过,反而更加努力。学生的坚强和自信也给孟德宁上了一课,虽然排练辛苦,但每一次付出总会有所收获。

学生的舞蹈也在他的手语教学中渐入佳境。他尝试带着他们参加比赛,登上拉萨、重庆、北京的舞台。在全国第九届残疾人文艺汇演西部赛区中,孟德宁带着孩子们取得了舞蹈类一等奖,后来还去北京参加了2018年网络春晚的录制。

那次比赛结束后,自治区的领导来看望学生们,并为他们献上哈达,学生们却把哈达转送给同是听力障碍,且仅认识两天的对手。当他们面对面微笑合影的时候,孟德宁想,或许这就是他们成功的原因,因为他们的"干净",所以他们跳出来的舞蹈也更加纯洁,那也是一种来自他们内心的舞动。

这样的舞蹈,才是最纯粹最美的舞蹈。

看到自己的学生在舞台上闪闪发光的样子,孟德宁没有揽功,他把孩子们取得的好成绩归功于他们自己的努力训练。"排练的时候经常想,我仿佛不是他们的老师,他们倒像是我的老师,因为我从他们身上学到了很多,为自己热爱表演不断努力的信念,还有那份不抛弃不放弃的执着。"孟德宁说,他还要特别感谢"西部计划"项目办给了他这样一个平台,使他可以展现自己的才能。他带着我看那满墙的荣誉证书和柜子里面的奖牌、奖杯的时候，脸上不无骄傲与自豪，这些都是见证他价值实现的一步步印记。

特教学校的孩子们每一步成长都要比常人付出几倍甚至更多的努力。在孟德宁眼中，他们之所以没有在外面表现出来身为残疾人的那份悲伤，或许是因为他们不知道自己与正常人的距离，或许他们已然习惯了，但他知道这群孩子从来就没有放弃过努力。

为了丰富盲人孩子的课外生活，增长他们的见识，2018年7月孟德宁联合西北工业大学明德学院的团委书记张梦楚开展了"千声助盲童，万心祝西藏"的活动，在全国收集到1000名志愿者读书的声音，通过音频的方式播放给盲人孩子听，让他们不因失明而丧失"阅读"的机会，用读书声丰富他们的内心世界。

孟德宁还在西藏的山南、日喀则、那曲、昌都的另外四所特殊教育学校开展了这个"千声助盲童，万心祝西藏"活动，皆受到老师、同学们的好评。活动也得到了人民网、中青网、搜狐网、《西藏日报》、西藏电视台等媒体报道，吸引更多的人一起来关爱与帮扶这些特殊的孩子。

孟德宁说，内地的好多学生毕业以后都是开庆功会，庆祝初中、高中或者大学毕业，有些人会把课本等书撕掉、扔掉，但在这里，学生毕业以后第一件事是把洁白的哈达献给老师，献给学校，献给他们最尊敬的人。

我总是会问这些志愿者，会不会后悔来到西部这些偏远地区，我所得到的答案大多数都很坚定。孟德宁也一样，做一名特校老师，守护在无声的世界里，教学的艰难和生活的枯燥没有让年轻的孟德宁退缩。他说："我愿意将自己的青春奉献给这些'折翼的天使'，让他们感受到更多的关爱，让他们爱上明媚的天空。"

藏族同胞的淳朴，也让他重新认识了西藏，爱上了西藏。他说："在这里，即便是陌生人迎面走过，也会给你一个微笑，那种很自然的笑给人以温暖，我想是因为这里是一片净土吧！"

有一次在公交车上，他看见一个女孩不小心把带的盒饭洒到了地上，这时一个藏族老奶奶立马过去用手把洒在地上的饭菜收拾到垃圾桶内。老奶奶没有说什么话，表情平静，好像这是她的职责所在一样。

正是这些点点滴滴深深地印在孟德宁的心里，让他越发地割舍不下这片土地。

他曾无数次想象过自己回到家乡的样子，也许会成为某个舞蹈团的普通舞者，或者办一个舞蹈培训班，但那都不是他想要的生活。比起大城市拥挤的街道，孟德宁觉得自己更喜欢西藏纯净的空气和一杯甜茶就能成为朋友的纯粹。

"我越来越觉得，人这一辈子真的要来一趟西藏，因为在这里你可以在布达拉宫前等候第一缕阳光，在清澈的湖旁感恩祈祷，在珠穆朗玛峰看雄伟高山，在中国最美雪山南迦巴瓦看太阳落下月亮升起，在梅里雪山看银河，在雪域高原感受这人世间不常见的美好，最后愿我们最终的选择无愧于心，也无愧于想要去远方的灵魂。"孟德宁说。

在志愿服务期满之后，孟德宁选择留下来，继续守护着这群特殊的"天使"和这片高远纯洁的土地。

2

青藏线上列车一路向西,一年又一年,载着一个又一个年轻人的青春和梦想奔赴拉萨,奔赴雪域高原,来到这世界屋脊。

车窗外,皑皑雪峰。两天两夜,沿着青藏铁路,王战浩从东海之滨,来到了青藏高原。不为别的,只为了那一句"选择让青春更壮丽"。

王战浩是上海交通大学电子信息与电气工程学院2015届硕士毕业生。去拉萨的决定,他做得很果断,只因他无意间看见了大学生志愿服务西部计划的宣传标语——"用一年不长的时间,做一件终生难忘的事"。那一瞬间,他那只有代码和算法的内心世界,仿佛一下子就被雪域高原的阳光穿透了。

感性的冲动是容易的,理性的抉择却是困难的。

知道他毕业后想到西藏做一年志愿服务的想法时,父母开始并不支持。父亲用少有的严肃语气问他:"广阔天地任你闯,何必死守边远穷?"他本以为可以将自己的想法脱口而出,但看到父亲头上的白头发,突然开不了口。

他也知道,如果自己不报名大学生志愿服务西部计划,也可以在自己的专业领域追求人生价值,也可以如同父母期望的那样,找份高薪工作,过上安安稳稳的生活。但是,那不是他想要的生活,那不是他所渴望的青春。自己的学识绝不仅仅是用来追求"现世安稳"这四个字的。

他坚持自己的决定,他想要为自己的决定而奋不顾身。父母拗不过他，他如愿踏上了自己梦寐以求的道路。

在拉萨的无数个夜晚里，王战浩都回想起《钢铁是怎样炼成的》里的那句话："我的整个生命和精力，都已经全部献给了世界上最壮丽的事业。"让拉萨变得更好，让西藏变得更好，在他心里，就是一份"世界上最壮丽的事业"。

入藏第一年，他被分配到住房和城乡建设厅。在住建厅工作期间，他积极参与修订《西藏自治区住房和城乡建设厅工作制度汇编》，协助完成第三次全国住建系统对口援藏工作座谈会的会务工作，以及到海拔4600米的拉萨市德庆乡顶嘎村，开展藏历新年扶贫送温暖活动等。2016年8月，他进入自治区政府办公厅秘书一处工作，作为党务、业务骨干，完成基层党建材料梳理，共同接受自治区党委巡视组、区直机关工委的年度检查，共同完成政府工作报告、年度经济运行分析及工作思路、年度财政预算执行及民生政策安排等政府文件，并协助完成第三届中国西藏旅游文化国际博览会的会务工作，以及组织协调顶嘎村"两委"、住建厅驻村工作队，共同发放上海交大"香港思源奖助学金"，精准扶贫特困学生等工作。

每项工作，他都周密细致，始终如一。因为每一份工作都融入了他的热情，他的青春，他的梦想。

在工作期间，他发现单位有很多援藏干部，他们都是中央和各省市的党政机关和大型国有企事业单位选派的优秀人才，来西藏一干就是三年，有的期满后还主动申请再干三年。

原来，跟他一样想法，甚至已经扎根在此的人还有这么多。

有一次，他就问一位老大哥："为什么愿意援藏甚至扎根？"听到这个问题，老大哥先是一笑，然后平静地说："一开始啊，我只是为了响应党的号召，为边疆建设做些贡献，等到三年后带着光环回去。但是，当我真正踏上了这片土地，熟悉了这里的山山水水、一人一物，我才觉得这本来就是自己应该做的，是我放不下的责任啊！"看着面前这名真诚而又平易近人的援藏干部，他的心底泛起一阵暖意：这不正是我一直以来苦苦追求的境界吗！

一年服务期满时，他主动提出再延期一年。当初，因为青春的冲动，他来到拉萨，毅然决然地选择留下；继续留下，是为了追求人生的境界，延续青春的冲动，义无反顾。

"西藏需要我，边疆的建设更需要我！""被需要"，是他留下的理由，更是他人生价值的体现。

从交大研究生，到高原志愿者，再到一个地地道道的拉萨人，王战浩身份的转变也伴随着他自己的成长。成为高原志愿者时，他理解了什么是坚持，什么是执着，什么是奋不顾身。当他成为一名地地道道的拉萨人时，他领悟了什么是值得，什么是责任，什么是心甘情愿。

每个人只有一次的青春，王战浩将之印记在了雪域高原的山河大地。

3

崔国煜是二度进藏的志愿者之一。

2018年6月的一天，他从拉萨市区出发，驱车近20千米，赶往达孜区中心小学。汽车经过挂满彩色经幡的山坳时，天空吊着黑压压的云。抵达目的地时，却又换了一片天色。

如今，这名"西部计划"志愿者对这里的山川河流、四季气候如数家珍。"西藏一天有四季，下雨天晴也随意。"崔国煜觉得，他"已经是当地人了"。

高原昼夜温差大，即便是正午崔国煜也穿着黑色皮衣，他说："不仅防晒，还能防寒。"崔国煜有着被紫外线照射过的黝黑面庞，卷起衣袖，露出比脸要白好几个色号的手臂，脸和手形成的巨大色差是西藏在他身上留下的印记。

这个来自南开大学的东北小伙，两次选择加入"西部计划"，来到西藏。

"崔老师……"呼喊声由远及近，刚下车的崔国煜还没回过神，一个小男孩已拨开人群向他扑来。

孩子的笑声，让崔国煜又找回了第一次来时的"幸福感"。

2015年，作为南开大学第一批赴藏研究生支教团团长，崔国煜来到这所海拔近4000米的高原小学，成为一名"ginla[①]"。

初到达孜小学，崔国煜感叹："这里的硬件都能赶上北上广的小学了。"老师人手一台电脑，几乎所有教室都配备了多功能教学一体机，比他想象中的西部"洋气"。但一投入教学，他就发现，先进设备并不能完全发挥作用。这里的老师大多来自当地，学历不高，不熟悉现代化教学设备，特别是互联网，所以学起来也慢。

当地基础教育薄弱，弱到什么程度，崔国煜心里没底。接手五年级后，他心里有了个大概：这里的学生学习自觉性不足，数学成绩平

[①] 藏语"老师"的意思。

均分不足 40 分。

"改变这一切，这就是我们来到这里的价值。"崔国煜说。这里的物质条件与十几年前相比，发生了巨大变化。如今，志愿者来到西部，带来的更多的是新的知识、技术和观念。

这些年轻人习惯为每一堂课做一份演示文稿，插入图片、音频和视频后精彩生动，引人入胜。在大城市的课堂，这是基础技能，但对当地的老师来说却很新鲜，支教老师成了他们最好的"培训师"。崔国煜和他的同伴们想让那些现代化教学设备真正用起来，而不只是"看起来先进"。

科学课上，崔国煜想让学生感知"力的方向"，就把他们带到操场，看升旗手向下拉绳，国旗越升越高，旗杆上转动的"定滑轮"改变了力的方向。讲解冲积平原的生成过程，他干脆拎来一桶水，倒在学校旁边废弃工地的沙堆上。孩子们第一次明白，原来"科学"不只是课本上的绘图和需要背诵的定理。

崔国煜让孩子们明白了，课堂，并不仅仅只在教室里；知识，也不仅仅只是在书本上。

在这里，这个年轻人也真切感受着被需要、被尊重的快乐。

有一次，崔国煜逗一个学生："能把你的苹果给老师吃吗？"等到他上课时，发现讲台上摆着几十个苹果——孩子们以为崔国煜平日里吃不到苹果，便决定将自己的苹果送给老师。

藏区的日子很苦，每当心里开始动摇，崔国煜就会想起堆满讲台的那些苹果。他说，只有加倍努力教好他们，才不辜负那些苹果。

崔国煜还想把正确的价值观"种"在孩子幼小的心里，从杜绝抄作业这个坏习惯开始。他从不批评做错题的孩子，只是一遍遍告诉他们"做人要诚实"，"没做作业或者做错了都没关系，但绝不能抄袭和撒谎"。

结束支教离开的那天，有个孩子送了他一张画。画上的"崔老师"拿着一本书，旁边写着"做人要诚实，不可以撒谎"。那一刻，崔国煜知道，他在孩子们心里埋下的那粒"种子"，正在生根发芽。

2018年5月，又是一年一度的大学生志愿服务西部计划启动的日子，崔国煜回母校宣讲。面对台下的学弟学妹，他想起南开大学"知中国"的传统。

"什么叫知中国？"崔国煜深情地说，"直到站在西部辽阔的土地上，亲手抓起沙质化严重的土壤，亲眼看到孩子们纯净的眼神，亲自处理一件件基础工作时，你才会懂得什么是基层，什么是中国。"说到这里，崔国煜已经泪流满面。台下，是一张张激动得通红的脸和如潮的掌声。

第一期志愿服务期满，崔国煜回到母校继续学业。一年后，当他再次看到"西部计划"招募公告时，又一次说服家人和女友重返西藏。

当时正值西藏自治区财政厅制定财政部门司法体制改革配套政策，"财政学"科班出身的崔国煜被分配进财政厅。

此前，西藏各县（区）的转移支付资金分配主要依据"往年经验"，分配过程主观因素较大。崔国煜参考其他省区经验，协助制定了一套新的转移支付资金管理办法，使得西藏每年近10亿元的转移支付资金得到更科学合理的分配。这个年轻人第一次感受到"学以致用"的乐趣，觉得自己能在一线工作中产生价值。

这不只是崔国煜一人的感受。2003年,共青团中央、教育部、财政部、人社部联合实施大学生志愿服务西部计划。18年来,共计30万多名高校毕业生参与大学生志愿服务西部计划,在全国22个省、自治区、直辖市的2100多个县、市、区、旗开展志愿服务。

大学生志愿服务西部计划,也成为青年读懂中国、了解西部的一所"学校"。

在共青团第十八次全国代表大会上,团中央再次向广大青年发出"不怕到条件艰苦的地方摸爬滚打,甘于到祖国和人民最需要的地方拼搏建功"的号召。崔国煜把这段话听了三遍,在他心里,大学生志愿服务西部计划就是这份担当的践行者。

崔国煜的电脑里一直保存着他在西藏拍摄的几千张照片,有白天和夜晚的布达拉宫,有高原和雪山,最多的还是达孜小学的孩子。其中一个藏族小男孩,眼睛又大又亮,如同纳木错夜晚的星星,晶莹剔透。

崔国煜服务期满回到南开大学后,这个叫土旦次仁的小男孩发微信消息给他:想念老师了,比生病了还难受。语音中带着哭腔,崔国煜听后,鼻子一阵发酸。他想安慰他们,却发现嗓子像被什么东西卡住了。

过了好久,崔国煜回了好几条语音,他尽量用轻快的语调安慰他们。

他说,老师也想念你们呢。

他说,很快就会有一批新的支教老师来到你们身边。

让雪山做证

1

《坐上火车去拉萨》是马小娇在大学里常哼的一首歌。直到列车缓缓启动,她这才意识到,自己真把一首歌唱成了行动。

到达拉萨后,马小娇很意外地发现,一路上小伙伴的高原反应并没有发生在她身上,除了偶尔失眠之外,她并没有其他不适。在那些萎靡不振的伙伴面前,马小娇玩心大起,恶作剧似的大摇大摆地在他们面前晃悠,惹得大家直翻白眼。

一周的培训很快就过去了,志愿者们被派往西藏各个地方。在这个完全陌生的地方,和同期小伙伴们的分离多少有些伤感。短短几天的相处,他们就俨然成了相依为命的亲人。

2014年8月,马小娇从未想过会坐上飞机在青藏高原上空飞行。她登上飞机,透过窗户俯视西藏,这片土地的广袤,这片土地的纯净,让她的心中产生了前所未有的震撼。

芒康县,这是马小娇志愿服务的地方。那时的她对这座城,对城里的藏族同胞完全陌生。

芒康县海拔3800米左右，也是昌都海拔最高的一个县。在来之前，拉萨的朋友告诉她，这里条件很艰苦，没水没电没信号是常事。所以，她在心里做了要吃苦的决心。

虽然做好了心理准备，但马小娇心里还是有点不安。进入芒康之后，她发现环境并没有想象中的恶劣。尤其是志愿服务单位的领导和同事们提前为她准备好了所有的生活用品，电热毯、床上用品、洗漱用品、电炉子等一应俱全，让她心生温暖。尽管这里会停水停电，但都有规律可循，基本上每过三天就停一天的电，也能让她提前有所准备，储水储电储干粮。

手机信号更是没有断过，这是让马小娇最高兴的。一到宿舍，她就和父母视频。她把摄像头翻转过来，对准外面的高山、雪原、蓝天，然后偷偷擦眼泪。

马小娇在学校学习的是中药制药专业，被分配到芒康县卫生服务中心进行志愿服务。在这里，她主要的职责是药房管理，负责给病患派药，熟悉药品的价格、分类，检视药品是否过期并及时报损等。

工作初始，学中药出身的她对西药一无所知，加上语言不通，完全不懂藏语，马小娇内心几度崩溃。

药房里药品加卫材大约500多种，马小娇要做的，是记下全部价格和位置。这个任务，让她两眼一阵发黑。

药房有两个前辈，看着这个急得要哭的姑娘，大声笑了起来。马小娇更觉得委屈难受，哇的一声哭了出来。两个前辈赶紧安慰，不急不急，慢慢来，一个个记，很容易的。

前辈口中"很容易"的事情,马小娇花了一个星期才全部做到。

为了鼓励这个刚来的小姑娘,两个前辈手把手地教。他们派药的时候让马小娇跟着,一边派药,一边随口问她药品的位置和价格。一开始,马小娇既要看着他们如何派药,又得回答他们的问题,一着急就容易出错,出了错更加着急。后来马小娇学乖了,如何派药看几遍就会了,就一门心思回答问题,慢慢地,即使跟着前辈的脚步在药房里穿梭,各种药品的位置和价格也能脱口而出了。

两个前辈将以前用过的说明书拿来送给马小娇。"站在前辈的肩膀上学习",她学起来更快了。

经过一段时间的努力,加上下班后的奋力学习,马小娇快速掌握了药房里各种药品的基本情况。但紧接着又出现了新的难题——处方笺上的字太过龙飞凤舞,就算连猜带蒙她也看不懂医生们写的字。

看不懂字就派不了药,马小娇一瞬间觉得,前段时间费了九牛二虎之力学的那些东西白学了。

幸好,还有两个前辈。他们拿着处方笺,一个字一个字地给马小娇"翻译",马小娇一边听,一边飞快地把这些经验都记录在随身携带的小本子上。出现的新字,她也及时补充进去。看得多了,就看出了门道,马小娇很快就能看懂处方笺上的字,甚至还能有模有样地写起来,派药自然不成问题了。

两个前辈还抽空教马小娇说生活中常用的藏语,让她尽快适应这里的工作和生活。

一个月的实习期过去了,马小娇开始独立工作。由于所服务的药房并没有专业的药学人员，所以药品的摆放并不科学合理，既没有分类，也没有规律，拿药的时候很不方便。马小娇曾在药房实习过，于是她大胆地向主管领导提出自己的建议。很快，领导便同意了她的提议，并让她放手去做。

马小娇手写归类的标签，将所有药品和卫材归类并重新摆放。但是由于架子少，药品多且品类繁杂，她又花了三天时间进行了局部微调。

一周后，所有的药品和卫材都照着马小娇的想法，整整齐齐、清清楚楚地上了架，领导和同事们对这个来自河南的小姑娘竖起了大拇指。

马小娇的辛苦没有白费，整理好的药房，药品的寻找方便多了，提高了工作效率。患者递上处方笺，马小娇眼睛一瞟，一转身，几十秒的工夫，所需的药品就齐了。

药房服务没有节假日，没有双休。每当其他志愿者都休息的时候，她总是一个人默默值班。而轮到她休息的时候，志愿者们又在上班。

偶尔得闲，马小娇就开始打电话，一个一个地约其他志愿者们，一起出去爬爬山，或者去学校打打球，到了晚上，就在家里煮煮火锅，然后各自散去。

2015年，一部分志愿者服务期满离开了，当这群好友离去，马小娇的内心无比伤感。在这里，没有父母，没有亲朋，有的只是这一群志同道合的朋友。一个又一个的朋友相继离开，马小娇送一次就哭一次。

有段时间，同宿舍的人都走了，就剩下马小娇一个人。值夜班下班后，看着空荡荡的宿舍，她的心里更不是滋味了！有时候整夜整夜睡不着，有时候刚合上眼，闹钟就响了。

没过多久，宿舍里又来了新的朋友，只是还没相处熟悉，又走了。

宿舍里的空床位隔段时间就会迎来新主人，渐渐地，马小娇也习惯了。

西藏的冬季漫长而寒冷，水电经常会断，马小娇工作的药房并不朝阳，冷得像一个冰窖。药房重地不能生火，不能使用电炉子取暖，为了保证药品的安全，马小娇和同事们就依靠一个破旧的"小太阳"取暖。

西藏的医疗条件很落后，马小娇所服务的单位是芒康县县上唯一的医院。医院没有独立的电脑系统，药房和收费室依靠手工记账，工作人员不仅要记住所有药品的价格，而且每天都要对账，每个月还要对总账，中间任何环节不能出差错。药房每三个月对药品进行盘点，几乎所有药品都要检视四五遍，以防出差错，然后和收费室再对账。

疲累的马小娇，期待着能引入电脑操作系统。

在她服务的第二年，医院终于重建了电脑系统。还没来得及高兴，领导走了进来，交代她把所有药品的目录、数量和需求量一一录入系统。

趁着兴奋劲没过，马小娇值班结束后直接加班对着电脑操作至深夜。

新系统正式运行之后，药房来了新人，马小娇升级成了"老手"，成了前辈，也成了一个忙得团团转的陀螺。要解决系统出现的问题，要帮带新同事……从早到晚，她的手没停过，电话没间断过。

新人才刚刚带上路，领导们又给她布置了一个新任务，将住院和门诊的处方所需药品全部分开。

这是一个大难题，但在马小娇看来，却也是一个增加药品配置的好时机。她与其他同事一起进行规划整合，把后半年需要采购的药品清单一一列好。

当她离开时，这些药品整整齐齐地摆在架子上。马小娇自然也就成了对药品最熟悉的人。哪怕她走了，最开始的一段时间里，医生们碰到了问题还是习惯第一时间给她打电话，询问是否有某种药品，同事偶尔会询问她某类药品的库存量。

那段时间里，马小娇成了药房的"小太阳"。

在服务期快要结束的时候，父母对马小娇翘首期盼，希望她能回到家乡，不要在这里继续受苦受累。但是，马小娇又一次让他们"失望"了。她偷偷摸摸考取了西藏的公务员，并主动要求去那曲市。

马小娇说，生活因勇于探险而精彩，要是想过好日子那还不如回家。

父母气得几个月都不接她的电话。打一次，挂一次。再打，再挂。

马小娇知道，这一次他们是真的生气了。她给父母发了几条长长的微信信息，每一条信息最后，都打上一长串的笑脸——这是她的经验，从小到大，父母再生气，最后都会在她的"嬉皮笑脸"中摇着头，叹着气，然后原谅她。

可就算是原谅了，父母还是想不通，那种地方有什么值得女儿留恋不归的。

马小娇对于那曲的最初印象,源于那句西藏人都知道的顺口溜:"昌都险,阿里远,那曲高。"那曲市是西藏环境最恶劣的地方,那里连一棵树都没有。初到那曲,她为辽阔的藏北草原沉迷,但这里真的没有一棵树。

颠簸在险峻的山路上,还没有到达目的地,马小娇心里已经开始害怕了。

经过长途跋涉,她终于来到了新的工作地,那曲市嘉黎县嘉黎镇卫生院。

破落的大门,破败不堪的房子。

马小娇的心沉了下去。

但既来之,则安之。一想到要在这里工作和生活,她很快调整了低落的情绪,打扫卫生,修补窗户,购置生活用品,以乐观的态度重建对工作的热情。但是紧接着又有新的难题,因为那曲市的冬天,河水结冰无法发电,只能依靠太阳能电板发电。没有太阳能电板的马小娇偶尔去院长家里蹭电,临时凑合度日。

更难的是没有水,手机也没有信号。从未喝过河水的她,挑着一担水桶,步行很远去河里打水喝。50斤的水桶压在她柔弱的肩膀上,尝试起身,疼得龇牙咧嘴,水桶却还是纹丝不动。马小娇赌气地把水桶踢翻在地,水哗啦啦地泼了出来,漫过了她的鞋子,也打湿了她的眼睛。

不知过了多久,同事过来打水,拉起了坐在地上生闷气的马小娇。

从那以后,马小娇再也不敢一个人去打水了。没有同事相伴,她宁愿渴着。藏区的艰苦,她可以承受,但扁担压肩的那种疼痛,她再也不愿去尝试了。

在那曲市的乡镇卫生院,马小娇工作比较清闲,白天给病人看病、抓药、打针,写材料;夜间偶尔出诊,把危急病人送到县医院。没过多久,她被抽调到更偏远的地区,和从浙江来的专家组一行人进行棘球蚴病筛查。每天下乡下村,专家们做B超,她负责电脑录入或者采血。

马小娇说,虽然工作很累,但这份付出是值得的。

在藏区,她真切感受到西藏的落后和贫瘠,所以她也希望更多的志愿者来到这里,用所学的知识来改变这个地方,用集体的力量来建设这个地方,西藏的发展需要千千万万怀揣梦想的人。

一直以来,马小娇都特别庆幸,自己选择的人生是如此丰盈饱满。有遗憾,有辜负,但她都不去想了。人生,本就是不完美的。

到不了的地方是远方,回不去的地方叫故乡。马小娇说她喜欢这里,喜欢咸咸的酥油茶,喜欢带着浓重味道的牦牛肉干,喜欢这里的风土人情。她的藏语越来越好,常常被当作本地人,她觉得很自豪。她也真正成了本地人。在这里,她收获了牵手一生的人。相识,相恋,再到结合,她庆幸自己来到西部,这才能够遇见他。她更相信了,冥冥之中,一切都是最好的安排,比如,来到西藏;比如,留在西藏。

2

谈海玉去西藏比马小娇早了 11 年。

2003 年,谈海玉放弃留在青海工作的机会,作为一名女医护工作者参加第一届大学生志愿服务西部计划,从此与那曲结下深深情缘。

2019 年的冬天,一场大雪过后,我在青海西宁见到了在老家休年假的谈海玉。像是邻家的大姐姐,她的和善仿佛阳光一般驱散了屋外的严寒。我与谈海玉的采访缓缓进行着,她的故事也在我的脑海里一点点定格。

谈海玉出生于青海西宁,在她读小学四年级的时候,她父亲因为车祸意外去世,维持家庭生计的重任突然落在了身为下岗工人的母亲肩上。日子一年一年地熬,也一年比一年更好。2003 年,即将从青海医学院毕业的谈海玉面临着人生抉择。

这样的大事,母亲难以给出意见。家里的两个哥哥,大哥在部队工作多年后转业到甘肃平阳从事警察职业,二哥在浙江海盐当美术老师。他们态度一致:自己看着办。

即将走出高校大门的谈海玉,脑子里都是蒙的。

同年 5 月,由共青团中央组织的第一届大学生志愿服务西部计划在全国启动,谈海玉看到通知,懵懵懂懂便报了名。

她的想法很简单。去哪里,做什么,她自己拿不定主意。而眼前的"西部计划",是现成的。

"第一批的人不是很多,反正当志愿者一两年,最多三年就回来了。"她没有跟家里人商量便自己做了决定。

懵懵懂懂的谈海玉，甚至忘了之前参加过青海省的公务员考试。

志愿者名单下来后，谈海玉名列其中。她高高兴兴地收拾好行李，跟着大家一起出发了。

妈妈赶来送她，怔怔地望着她，几次想开口，却怎么也讲不出话来。谈海玉拉着妈妈的手，低着头，小声地说："两年以后我就回来了，这次……这次就是出去感受一下。就两年，两年后我就回来。"

一句话讲得断断续续、反反复复。面对日渐老去的母亲，谈海玉心中满是内疚。因为两个哥哥比她还先离家，她这一去，家里便只剩母亲一个人了。

妈妈只是抓着她的手，不断地"嗯"着。谈海玉一狠心，紧紧握了一下妈妈的手，扭头就进了站。进闸时，一句细不可闻的"再见"，从谈海玉嘴里说了出来，只有她自己能听到。

到拉萨的那一天，谈海玉双手搂着行李，大口喘着气。电话响了，接起来一听，才知道自己通过了公务员考试笔试。谈海玉这才记起，自己当时报了门源县的计生干事。她也关注过，只记得报考竞争激烈，1000多人抢3个名额。她心想，大约300∶1，肯定考不上，这事也就淡忘了。

在电话里，对方通知谈海玉去面试。

谈海玉抱着行李，支支吾吾，不知道怎么回答。对方也急了，"喂喂喂"地叫着，谈海玉头脑一热，脱口而出：我现在已经到西藏了，面试不去了。

后来，谈海玉不止一次地想，如果公务员的成绩比志愿者的名单早些出来，或许自己就会是另外一种人生了。但是，世界上很多事情是没有如果的。

进藏之后，最开始先到拉萨集中参加志愿者培训，谈海玉感觉拉萨还挺好的，然而到了那曲，艰苦的生活让初来乍到的她很难适应。由于海拔高，那曲几乎没有夏天，每年最高温度只有18—19摄氏度，当时那曲还没拉电网，也没有自来水，条件可想而知。

"那里的房子是土坯房，到处漏风，顶棚是铁皮顶棚，生的是炉火，一点都不保暖，也没有水，和青海的差距很大。当时炉火也不会生，只能叫隔壁的邻居帮忙生火，不然真冷得受不了。"谈海玉对那段经历印象极深，一开始她一个人住，后来因为房子紧张，医院又分配过来一个女大学生，她们就两个人住一间。

没有通电，那医院动手术怎么办？

谈海玉说，医院用电靠柴油发电机发电，但是经常停电。她在急诊科的时候，有次碰到一名外伤患者需要缝合手术，刚开始有电，清创完之后就停电了，因为做手术不可能停下来，所以让家属打着手电照着做完了手术。

最开始的时候，他们的生活区是没电的，后来才拉通了国家电网。自来水也是2017年才通，之前都是用桶打井水，谈海玉打了10年的井水。

"条件这么差，当时有没有想着回青海去？"我问她。

"最开始的时候也动摇过，就想着早点结束支医回西宁去。"这是谈海玉初到那曲时的真实想法。

可是在那曲当医生的时间越长，谈海玉就越离不开了："我发现那里的人非常单纯，不喜欢钩心斗角，老百姓也好交流，只要你给他看好病，就会对你特别好。这里的人特别好是我留下来的一个原因，还有一个是像我们去青海，医学院毕业的优秀人才特别多，青海肯定不缺我这一个医生，但是西藏肯定很需要我。学医的，在那曲更有用武之地。"医者仁心，"被需要"是谈海玉留下来的最大的动力。

谈海玉说，比如新闻里报道过的山区的老师，因为一走学生没人教，也舍不得孩子们，不自觉地带了一届又一届，就这样子留下来了，很多老师都是这样，医生也是。医生跟老师若是离开了，就补不上了。像她被调到感控科去了，传染科就少了一人。在这里，医疗人才非常稀缺。

2008年6月，谈海玉加入中国共产党。在那曲待了5年，她说那曲话，办那曲事，做那曲人，用责任与担当赢得了藏北干部群众的口碑。党的十九大召开前，她还光荣当选为党的十九大代表。名单在网上公布后，谈海玉都觉得恍惚，她后来才知道，全西藏从将近2000多名候选人中选出了11名基层代表。

比例近乎200∶1，谈海玉的心里，又想起了当年的公务员考试。

谈海玉觉得奇怪，这才5年时间，对常人来说这么难忘的事，她却差不多要忘了，如果不是碰巧，她轻易不会想起。

那曲市人民医院传染科是谈海玉在高原上的"主阵地"，他们科室主要收治各种传染性疾病患者，并承担指导全地区各县乡感染性疾病隔离、诊疗等工作。

传染科长期被人们歧视和不理解，工资待遇和防护条件差，各项配套设施不健全，医护人员职业暴露风险高，下乡任务多。也正因此，谈海玉身边的同事纷纷想方设法调离或改行。

谈海玉却是无动于衷。院部人员先后两次建议她调整岗位，把她调去条件待遇相对优越的科室，她都谢绝了。

2008年，那曲首次发现2例疑似"人感染高致病性禽流感"患者。当时，禽流感疫情防控形势严峻，那曲出现2例疑似病例，一时间人心惶惶。

谈海玉毅然站了出来，主动向院部提出承担最初的观察及治疗任务，将最危险最艰巨的任务揽在自己身上，她说："我身为传染科医生，这个风险理应由我去冒。"

就这样，她与2名疑似患者一起被隔离，连续10天吃住在科室。在等待确诊结果的时间里，她没有闲着，详细研究了患者的流行病学史、症状体征、辅助检查以及几天来的病情发展情况，最后得出结论，基本排除"人感染高致病性禽流感"的诊断。

最终的确诊报告，也证实了她的诊断。

2009年，甲型H1N1流感肆虐。她又二话不说，时时冲在最前线，值班、出门诊、排查人员密集区域、下乡督查……

等到工作结束，谈海玉也累倒了。那一次，她在家里足足休息了三天才缓过来。

身为医生、身在医院，谈海玉却总是没有时间及精力去检查一下自己的身体。2010年的一天，谈海玉突然冷汗直冒，腹痛难忍，腰都直不起来。吓坏了的同事赶紧扶她到B超室做检查。

检查结果出来了，谈海玉体内发现巨大的附件囊肿，随时有蒂扭转或破裂，从而危及生命的可能。

哪怕自己是医生,她也慌了神,拿着检查结果,坐在办公室里半天没出声。第二天,谈海玉放下手中工作,开始接受治疗。

在藏工作十几年来,谈海玉请事假、病假全部加起来没有超过20天,即使是这么大的手术,她也只休息了10多天,就又急忙返回了工作岗位……

那曲属于结核病、肝炎病等传染性疾病高发地区,谈海玉从不嫌弃每一个病人,她对每名患者的病情都会认真对待、研究,制定最经济、最合理的治疗方案,给患者耐心解释病情,激励许多慢性、重症传染病患者重拾生活信心。

她常常以院为家,一心扑在工作上。传染科由于人才严重断档,医疗力量薄弱,科室里许多事都让作为科主任的她牵挂。节假日她总要到病房转一转、看一看,倘若有重症患者,她总是尽可能和下级医师一起守在病房,解决各种问题。她的电话总是24小时不关机,病房电话随叫随到,不管刮风下雨,还是半夜三更,从没有疏漏。

有天凌晨3点,一名病人病情突然加重,值班医生做了各项检查,最终还是没有发现问题。同事不放心,给谈海玉打去电话。谈海玉听完后,立即赶往科室,对病人进行了详细的查体、询问病史,结合患者辅助检查等,初步考虑是肺栓塞,时刻有生命危险。

因那曲的医疗条件有限,病人急需转送拉萨治疗,谈海玉一路陪护病人到拉萨,6小时的路程不敢眯一下眼。

因为诊断、治疗及时有效,患者转危为安。谈海玉松了口气,搭乘返院的救护车悄悄离开。

在工作上,谈海玉总是乐于倾听患者诉求,积极予以帮助。有的医生不喜欢自己的联系方式泄露出去，而她的电话号码，有需要的患者都有。

她说："我喜欢交朋友，想做每名患者信赖的朋友。"

对患者细腻的心思、强烈的责任心、发自内心的真诚关心，让许许多多的患者把谈海玉当成了恩人、知心人。一些患者病情好转或治愈后，悄悄塞上红包或者礼品，谈海玉都是逃也似的转身离开。

有同事给她统计过，这些年来，经她治愈的急慢性传染病患者超过8000名。她多次被医院评为优秀医务工作者，让人心服口服。

治愈的病人越多，谈海玉越觉得医学无止境。

"不学习就要落后。"谈海玉是这么说的，也是这么做的。

她养成坚持学习的良好习惯，每天都会查阅文献资料、浏览相关医学网站，及时把与业务相关的知识记到笔记本上。

遇到疑难危重患者，她一面查阅文献资料，一面虚心向其他有经验的同行请教。

谈海玉的医术，一年年见长。她的眼光，也放得更远了。

边疆毕竟不比内地，差距是现实存在的。先进地区的先进经验，吸引着谈海玉"走出去"。她抓住一切机会，曾先后在上海市公共卫生临床中心、解放军第302医院进修学习。

"走出去"是为了更好地"回来"。她如饥似渴地学习，为的是能在短时间内掌握更多知识，提高当地诊疗技术水平，更好地服务那曲广大牧民群众。为了尽快掌握国内先进的诊疗技术，谈海玉废寝忘食，全身心投入，像海绵一样汲取医学知识的营养。

在上海进修一年回来后，同事问其著名的外滩是什么样的，她瞬间蒙了。一年的时间，她都在学习，学习，生活轨迹只是"科室、图书馆、宿舍"简单的三点一线，哪里还有时间和精力去外滩。

学成归来，她根据当地医疗实际情况开展了多项诊疗新技术，如运用中心静脉导管治疗多浆膜腔积液患者。这一技术在那曲从无到有，从有到精，大大提高了结核病的诊疗水平，更是方便了患者，他们从此不用再去拉萨，在那曲也能得到理想的治疗效果。

她还充分发挥"传帮带"作用，将这一新技术、新项目扩展到医院内科等科室，现在不仅仅是本科室医生，连内科医生都能熟练掌握这一新技术。

采访的最后，我问她："这些年来，有过遗憾吗？"

说起那曲，说起医院，她的脸上一直都是有光的。听了我这个问题后，她脸上的光一下暗了。"一晃就是18年了。"谈海玉长长地舒了口气，轻声说着。在那曲度过的时间，差不多是她四分之一的人生旅程。

"唯一遗憾的，就是亏欠家里人。"

采访的志愿者多了，这样的亏欠，我懂。

十几年来，她只陪家人过了3次年。儿子十几岁了，而她只陪他过了一次生日。

谈海玉起身，拿了一本作业本过来递给我，说："这是我儿子写的。"

翻开一看，是一篇作文，题目是《写给习爷爷的话》。

"……我做梦都会和妈妈、爸爸一起玩，那时我感到好幸福！我想说，习爷爷，您是总书记，能管好多好多人，能不能把妈妈爸爸调到青海来上班啊?"

这一段话下面,用红色的笔画上了波浪线。儿子青涩稚嫩的笔迹,一笔一画,在红色的线条上生动极了,好像要飞起来。

谈海玉记得,班主任把这篇作文拍照发到她微信上的那天,一向坚强的她看着看着就哭了。

我把本子合上,递给谈海玉。她的眼眶里,氤氲四起。

"遗憾吗?可能会有点。"谈海玉摸着作业本缓缓说着,又像是自言自语。

谈海玉把我送出门,挥手再见。我转过身,没走两步,谈海玉的声音传来:"但我也不后悔。"

我在心里笑了一会儿,心想,这么多年了,谈海玉还是没变。哪怕已是一个十几岁孩子的母亲,跟当年那个懵懵懂懂的女孩子,还是同一个人。

第三章
最美的天使

我不去想是否能够成功,既然选择了远方,便只顾风雨兼程。

信念的种子开花结果

1

奇台县位于新疆的东北部，地处天山东段博格达峰北麓、准噶尔盆地东南缘，属昌吉回族自治州管辖，与蒙古国接壤，边境线长130多千米。从乌鲁木齐北郊客运站搭乘大巴出发，过了吉木萨尔的高速互通之后，奇台县就不远了。

当大巴停靠在奇台新旧城区中间地带的路边，几乎所有乘客都在这里下了车，我也被裹挟在内，随着人群下车。站在路边，我打通了吴文昌的电话。吴文昌说，他下乡还未回到县城。

我们把见面的地点约在了县政府对面的奇台宾馆。

作为2003年第一批参加大学生志愿服务西部计划的志愿者，吴文昌从南昌大学医学院[①]毕业来到奇台县人民医院，一晃将近20年过去，他还留在这里。

这样的志愿者，在"西部计划"里不算多也不算少。

---
① 原江西医学院。

夜色四起，敲门声响了。打开门一看，吴文昌夫妇带着他们 7 岁的女儿站在门外，还有一个大学生模样文静的女孩跟在他们身后。

"这是谢文君，青海西宁人，山西同治医学院毕业的，2018 年过来的西部志愿者。"一进门，吴文昌指着后面的女孩介绍道。

入座后，我问吴文昌："当时怎么来的新疆？"

"快毕业的时候，团中央发起了'到西部去，到祖国和人民最需要的地方去'的号召。我听了非常兴奋，第一个就报名了。当时只有两个名额，很荣幸我被选上了。当时有两个选择，一个是广西，一个是新疆，我想新疆更神秘，更有吸引力，于是就来了。"

我在笔记本上快速地记下。房间里静悄悄的，只有笔尖划过纸张的声音。他的语速较快，似乎简要地说着这 17 年来自己在奇台的经历。

来奇台后，吴文昌担任过县人民医院外一科、内二科医生，老奇台镇卫生院副院长，感染科主任，迎评办副主任等众多职务，如今是奇台县人民医院医务科副主任。

不管何种岗位，吴文昌始终记得，自己首先是一名医生。只有贴近病人，才是一名真正的医生。他每天深入各科室，检查临床医师的病历，督促各级各类医务人员严格执行各项医疗制度和操作常规，还要协调组织重大抢救、病例讨论、会诊、转院等工作。

我问他，这些年里，工作上让他印象最深的是什么？他用手摸了摸刮得反着青光的下巴，思考了好一阵儿，说，医院评审那次算是吧。

迎接等级医院评审是各大综合医院的头等大事，事关医院的发展和命运。2012 年，医院成立了迎评办公室，并抽调吴文昌担任迎评办副主任。他深知责任重大，不敢有丝毫松懈，做好熟读标准、组织学习、合理分配、督导落实、检查改进、狠抓医疗质量和医疗安全等工作。

2013年9月，奇台县人民医院终于顺利通过二级甲等医院复审。

说到这里，敲门声响起，吴文昌起身，一边走一边对我说："我们医院的贺艳萍副院长和急诊科任天舜主任来了。"

把来人让进屋，几个人寒暄了几句，又都陷入了沉默。我写完最后一个字，一抬头，看到他们都望着我。

"贺院长，您说说，吴文昌是什么样的人？"

对吴文昌，贺艳萍赞不绝口。这个从内地过来的年轻人，不争名，不争利，是一块"革命的砖"，哪里需要哪里搬。内科、儿科、感染科，吴文昌无论在哪个科室，都是兢兢业业。

近年来，医院有意把吴文昌往管理人员方向培养，把他调到了医务科，他很快熟悉了医疗的一些法律法规、规章制度，对医务科的医疗质量管理进行建言献策，通过院科两级的管理，对全院的医疗质量管理起了一个很大的推动和带动作用。

任天舜话不多，几个词就概括了吴文昌："能吃苦，对人非常诚恳，工作上精益求精。"

我想，这或许是我最简单的一次采访了吧。

吴文昌的妻子任小花也许是看到了我尴尬，主动聊了起来。

来自河北的任小花，和丈夫一样，也是一名西部志愿者，在河北工程大学护理专业毕业后报名来到了奇台，如今是奇台县人民医院综合办的一名工作人员。两人于2007年结婚，如今他们有了一个可爱的公主，家庭幸福美满。

在妻子的眼里，吴文昌是一个合格的丈夫。

吴文昌对家庭的责任感、对妻子的疼爱和包容，让这个安在异地他乡的小家充满了浓浓的幸福。都是医务工作者，夫妻俩的生活并没有多少浪漫。也正是这样，任小花才觉得生活无比踏实。

是啊，并非所有的美好爱情，都需要花前月下。

家里的四位老人，是这个小家庭千里之外的牵挂。每天晚上，吴文昌和妻子雷打不动的，就是一定要和父母视频聊天报平安。碰到值晚班，也要发一条信息过去。

因为父母告诉过他们，没有他们的消息，一晚上都会难以入眠。

至于愧疚，肯定会有。但选择了这条路，就只能舍弃一些东西。

说起家中的父母，吴文昌和妻子更加沉默了。

我合上笔记本，提前结束了这次采访。

我并不觉得失落。对我来说，吴文昌肯定不是一个理想的采访对象，他不会给我提供太多令人感动的、所谓"有新闻价值"的故事，这是他的职业性格使然，不适合我的书写，却和他的职业、他的病人们完美契合。

第二天，我收到了吴文昌发来的微信：

> 我来奇台10多年了，奇台给我的印象是非常深刻的，我感觉到奇台人民热情、好客、淳朴、乐于助人，各民族之间相互团结、相互帮助。奇台县就像一个温暖的大家庭，我作为一个外乡人，能融入这个温暖的大家庭，成为这个

大家庭的一分子，我感觉到非常自豪。今后，我愿意继续成为这个大家庭的一分子，为奇台的医疗卫生事业尽自己的一份力量。

这个不喜欢多说话的医生，把情感藏在了这条长长的信息里。

离开奇台的那天，手机收到推送，一代武侠名家金庸老先生去世，那些陪伴着无数人成长的快意江湖，已渐行渐远。

看向车窗外，奇异的塞外风光傲然挺立着，延绵天边。我拿起手机，给吴文昌回信息：扎根在奇台的志愿者，都是心有大爱的侠义之人。

2

我的下一站，是巴音郭楞蒙古自治州下辖的和静县。我要去见的人，是吴文昌的大学同学周国华。

跟吴文昌一样，周国华也来自江西。2003年毕业后，他和吴文昌一同报名参加首届大学生志愿服务西部计划来到新疆，如今，也在这边工作安家，扎下根来。

走出火车站的时候天还未放亮，我估计着时间，拨通周国华电话的时候，他说正好吃完早餐准备送女儿去幼儿园。

"在乡下跑了一整天，让您久等了，实在不好意思。"在和静公路宾馆前坪，风尘仆仆的周国华满怀歉意地朝我走来。

精干，中等个头，短头发，国字脸，目光坚毅。我眼中的周国华，就是这样的江西老表。

周国华最开始到和静县时，分配在县人民医院当志愿者。这里医疗条件落后，医疗人员稀缺，像他这种正规大学医学专业毕业的学生，到这里直接就被当医生使用。"感觉英雄有用武之地"，刚来那会儿，周国华做什么都有劲。

看着被自己治好的病人出院，那种初为医生的成就感让周国华兴奋了好几天。现在周国华已经是和静县妇幼保健院的院长了，行医多年，能让他印象深刻的事很少，唯独最初的那种兴奋感，"到老了也忘不了"。

专业上的事，周国华说得很少，或许是怕我难以理解，也有可能是觉得我不感兴趣。他聊得最多的，是在这里的生活。

什么时候彻底融入这里，周国华已经记不清了。

他刚到和静那会儿，最不习惯的是饮食。土生土长的南方人，从小就是吃米饭，主食突然换成面食，"怎么吃也吃不饱"。

饿了个把星期，周国华就已忘了米饭的味道，面食吃起来，那叫一个香。

一年之后，周国华回江西老家探亲一个月。他记得，拿起一碗饭刚扒了几口，就有点不适应了。他放下碗筷，转身去外面找了家面馆。

父母看在眼里，心里隐隐发愁。儿子离家才一年，就吃不惯家里的饭了，再过一年那还得了！

果不其然，两年的志愿服务期满之后，周国华麻起胆子告诉家里，他决定在这里留下来。

父亲怒气冲冲地打电话来一顿吼：一个儿子养大了去那么天远地远的地方，家里有个什么事都照应不了。

隔着电话，周国华一个字也不敢说。

父亲整整骂了他半个小时。举着发烫的电话，周国华听也不敢听，挂又不敢挂。骂到后面，父亲的声音渐渐小了，只剩下粗重的喘息声。母亲轻声的抽泣，越来越清晰。

周国华刚想说点什么，手机里的声音戛然而止。一看，手机没电了。

接上充电器，按下开机键，又马上松开了。

周国华关了一个星期的手机。

他能理解父母的心情。从库尔勒到江西老家，中间隔着4000多千米，坐火车需要65个小时，中途要转很多次车。这样的距离，令人望而生畏。

最终，家人还是同意了他留在新疆。这之间的过程是怎样的，周国平闭口不谈。

一番辗转，周国华来到了和静县。又因为一名蒙古族姑娘，这个拥有雄伟天山与最美草原的地方，成了周国华西部之行的终点。

十几年前的和静，少数民族和汉族通婚的现象还比较少，周国华说："当时最怕被别人说成'盲蛋'，这个是当地的方言，汉语是'骗子'的意思，要骗走别人的女儿。"面对周围重重的反对，周国华一度很迷茫，感觉压力很大。

事情的转机，出现在他用精湛的医术治好了准岳母的病。岳父岳母是传统淳朴的蒙古族人，周国华的踏实诚恳也逐渐融化了老人家心中的藩篱。

2006年，江西的汉族小伙子如愿娶到了和静的蒙古族姑娘。岳父岳母卖了自己的房子支持周国华夫妇买婚房。

一年后，他们的第一个孩子出生了。

2014年，他们迎来了二胎。

再为人父的喜悦过后，周国华心底莫名涌上一丝失落。和静，他是真正扎根下来了；而江西，成了回不去的故乡。

周国华说，和静是他命中注定的地方，安居于此，立业于此。

离开江西老家后，他的每一个清晰脚印，都踩在和静的土地上。

对周国华来说，把他近20年的成长线拉长，就是一条人民医院医生，几个乡镇卫生院副院长、院长等岗位的时间轴。

27岁，任巴音布鲁克卫生院院长，成为和静最年轻的乡镇卫生院院长。

35岁，调回县城任和静县妇幼保健院院长。

"也许以后，我的人生就是一条架在和静的直线了。"周国华淡淡地说着。

我听出一丝丝落寞。但看得见未来的人生，现世安稳，何尝不是一种寡然的平淡。

周国华却话题一转，聊起了当地的美食。新疆红柳烤肉、手抓饭……各种特色美食，在这名来自江西的男人口中，仿佛是世间最好的美味。

采访的时间总是短暂的，县城离巴音布鲁克草原有200多千米，她的美丽我只能停留在周国华的描述之中。与奇台县境内的江布拉克一样，我的采访途中，许多举世闻名的景点都与我擦肩而过，当我回到长沙的家中，时时想起沿途的点点滴滴，我以后是不是还有机会再去看那些错过的风景呢？但是，我始终认为，我所采访的这些西部志愿者就是最美的风景，比起那些自然景观，他们的故事与经历，让我的内心变得更加丰富，这也是我最大的收获和最值得庆幸的地方。

"趁还有一点时间，带您去一个地方！"在我快要离开和静的时候，周国华给我卖了一个关子，显得有点神秘。

"哪里？"我好奇起来。

"到了您就知道了，我有什么开心或不开心的事都经常一个人去那里，特别是每年的这个时节，我去的次数最多。"周国华说得有点激动。

他驾车带我沿着宽敞的天鹅湖路一直往北走，房子渐渐稀少，两旁是人工种植的绿化植物，再走上几千米，绿化带没有了，路旁的人行道也没有了，换作成片的农田和挺拔的白杨。风呼啦啦地吹着，树叶也渐渐稀少。

上了218国道不久再往右拐，一片山林出现在我眼前。"大美和静"的石雕赫然在目，下面刻的两行字是"北山生态文明建设综合试验区"。

"这里原来是一片戈壁荒山，通过改造成了现在的绿水青山，"周国华用手指着那一眼望不到头的林木，接着说，"我也是从这片荒山的蜕变，进而更加明晰地看到了和静的未来和希望，你只要下定决心，瞄准目标坚持做下去，荒山戈壁滩，也能成金山。"周国华越说越激动。

"改造成现在这个样子需要多少时间？"我看到周围的基础设施很完备，路网也拉开了，沥青路面一直延伸到了山上。

"就五年多时间，我记得很清楚。因为以前的记忆太深刻了，我们南方人可能一辈子都不会有这样的经历，每年春天和秋天，和静就会有风沙天气，昏天黑地的情景让人望而生畏。刮风的日子，家家户户的常态是门窗紧闭。"

周国华环顾着四周，用手指着身后的高山接着说："和静的沙尘暴，就来自这座北山。这里本是一处开采多年的砂石料场，连着一片戈壁荒滩，总面积有 50 平方千米。一刮西北风，整个县城便笼罩在沙尘之中，老百姓是苦不堪言。"

我在想象那遮天蔽日的沙尘暴到底是一幅什么样的光景。

"从 2013 年 8 月份开始，和静县启动实施了北山绿化工程，拉开了全县播绿的序幕。5 年多来，统计数据是种植苗木近 500 万株，建成了绿化面积达 30 平方千米，我们医院还有其他各个单位的职工都参加了数次义务植树，想起那些战天斗地的植树场面，现在还热血沸腾呢。"周国华脸上洋溢着激动的笑容。

他们的努力没有白费。两年后，这里被批准为国家 3A 级旅游景区，又被自治区林业厅正式批复设立了新疆和静北山自治区级森林公园。

虽然周国华是一名医生，但是他对这里的一草一木都倾注了感情，他将自己完完全全融入了这片土地，才会将这里的变迁镌刻在自己心里，每一件事都能如数家珍。

站在北山森林公园最高处放眼望去，望不到边际的各种树木形成了一道天然屏障，守护着和静县城免受风沙侵扰。由北向南纵向穿越县城的燕子河、吉祥河，以及天鹅湖水景清渠像一条条丝带，山、水、城、湖、树交相呼应，这和静也仿佛成了塞外江南，成了周国华的南方故乡。

"今天带您来不仅仅是看这里的绿化，最重要的还在后头。"周国华指引着我往一处湖泊走去。

"天鹅！"我眼前一亮。

"是的，这就是今天一定要带您来这里的原因。"

"这些天鹅都是野生的吗？"

"因为和静的生态环境越来越好，这些野生天鹅就把这里当成了它们的家园，每年都会有大批的天鹅来这里过冬，甚至有些一年四季都栖息在这一带。"

"原来如此，国华，你是不是从天鹅身上看到了自己的影子？"我似乎明白了周国华经常一个人来这里的原因。

"是啊，你看这里有黑白两种天鹅，我就像一只从江西往西北飞来的黑天鹅，在和静落下就不走了，这里就成了我的第二故乡，成了我子孙后代的故乡。"周国华还开玩笑说白天鹅用来形容女性，他只能是黑天鹅。

"试问新疆应不好，却道，此心安处是故乡。"我改了一句苏东坡的词句送给周国华，他心安的地方，就是他的家乡。

我想，我们每一个人的人生不就是一段旅途吗？或长或短，或弯或直。我们控制不了从哪里开始，也很难控制到哪里结束，我们所能控制的就是自己行走的方式与姿态。要么，让身体硬朗地前行；要么，让灵魂高贵地云游。你能触及的，无论是身体还是灵魂，都是一种阅历。

在和静火车站临别时，周国华从包里拿出一张纸递给我，说，留个纪念吧。

纸上是一首手抄的小诗：

> 我不去想是否能够成功，
> 既然选择了远方，
> 便只顾风雨兼程。
> …………

周国华说，汪国真的这首诗作是他最喜欢的作品，他能够一字不差地背出来。

我把纸对折了一下，塞进了包里，挥了挥手，朝火车站候车室走去。

身后，周国华的声音传来：我不去想是否能够成功，既然选择了远方，便只顾风雨兼程……

美丽草原我的家

1

2003年4月,突如其来的"非典"席卷多国。一个月后的五四青年节,时任国务院总理温家宝到北大校园与师生座谈,号召大学毕业生要肩负起时代的责任,到祖国最需要的地方去。

座谈会上,即将从北京大学毕业的莫锋听得格外认真。

"时代的责任"这五个字,让他的双眼亮了起来,热血也随之沸腾了起来。作为一名预防医学专业准毕业生,莫锋念叨着的,不是光辉的前程,他的心思更在校外那场阴影笼罩的"非典"疫情上。

像自己这样的大学生应该做些什么?座谈会后,莫锋写信告诉温家宝总理,他愿意去西部支援当地卫生防疫建设,并且希望国家能采取有效措施,引导更多的大学毕业生到祖国最需要的地方去。

温家宝总理在莫锋的来信中做出了重要批示。很快,在2003年6月,国务院常务会议决定,由团中央、教育部、人事部、财政部联合实施大学生志愿服务西部计划。莫锋放弃了深圳的高薪待遇,第一个报名参加了这个计划。

2003年9月,莫锋和全国6000名志愿者一起,告别了大学校园,告别了亲友,奔赴祖国西部,奔赴西部各个省区市百姓最需要的基层。

谈起自己最初的选择,莫锋坦言自己并没有考虑那么多:"当时就是凭着年轻人的一种激情,一咬牙、一跺脚,就决定了!"对莫锋而言,这不仅是当时特殊时期的一个特殊选择,更是一个突破自我的选择。

做了这个选择,莫锋就已经做好了吃苦的心理准备。但家人不理解,更不支持。可怜天下父母心,哪一个父母不希望自己的孩子离自己近一点,不希望自己的孩子过得好一点。像莫锋这样,名校毕业,特区就业,整个家庭的状况瞬间就能够好转,哪承想,因为他的这个选择,一夜之间一切都变了。

莫锋从不跟人讲当初是怎样说服了家里人,他展示给外界的经历,是北大,然后突然之间就跳到了草原之上。

无论是气候环境还是饮食习惯,北方的大草原对从小生活在岭南的莫锋都是一个挑战。是怎样克服的,他也闭口不谈。那一段天人交战的经历,我无从得知。

在内蒙古工作以后,莫锋给父亲写了一封信。他在信中说:"爸爸,您那辆旧摩托车换了吗?这是儿子最担心的事儿,离家来内蒙古以前,我说要替您买辆新的,可您说我多管闲事儿,几天都没理我。我知道您不是为车的事儿和我生气,而是因为儿子没有选择留在深圳,留在您和妈妈的身边,去西部追求一个遥远的梦想。但您不是曾经告诉我说,做人不能只为了自己。儿子在内蒙古工作,就是为了让更多的人能幸福地生活着。爸爸,希望您能理解儿子,快换了那辆旧的摩托车,让儿子能安下心来。"

莫锋的老家,在广东省清远市清新区的农村,淳朴的父母把信看了几遍,对这个给了他们人生中最大的荣耀的儿子,也有了一知半解的理解。理想、信念,这些离他们太遥远,那是属于儿子的追求。他们在意的,仅仅只是儿子在内蒙古习不习惯,过得好不好。

莫锋到内蒙古的第一站是赤峰市巴林右旗,在旗卫生防疫站担任站长助理,分管传染病、计划免疫和地方病工作。

巴林右旗是一个牧区,长期受到鼠疫和结核病等传染病以及高氟碘缺乏等地方病的威胁,因此防治任务特别重。莫锋学习的正是预防医学,放下行李后,他就随着站里一位名叫特格希的防疫员一起下牧区,给那里的孩子注射疫苗,了解当地的防治状况。莫锋更担忧的,是当地农村牧区农牧民的注射疫苗意识很淡薄。有的农牧民宁愿相信巫婆,也不愿意花两块钱给孩子接种疫苗。莫锋讲得口干舌燥,对方仍是冷漠地看着他。

最难改变的,是观念,是人心。从牧区回来后,莫锋开始着手防疫知识的普及。

方案还没最终完善,莫锋就领教到了内蒙古草原的寒冷。有一次,他和特格希冒着零下20摄氏度的严寒,骑摩托车跑了100多千米,在牧区挨家挨户给农牧民接种疫苗,直到晚上8点多钟才回到卫生院。

院门口站满了人。莫锋和特格希的摩托车还没停下,就听到了欢呼声。原来，防疫站站长担心他们在路上不安全，就带着全体职工整齐地站在大门口等待。

夜幕下，寒风中，莫锋忽然觉得身上一点也不冷了。

按照当地的民族习惯，凡是有喜庆和值得庆祝的事情，人们都要痛饮几杯。在莫锋和特格希归来的那个晚上，防疫站的同事们一起为他们举杯庆祝，那天他平生第一次喝醉了。从那时起，莫锋不但开始了解了基层防疫工作的复杂艰辛，也一点点地开始真正融入了草原上人们的生活。

巴林右旗辖区有6万多人口，3000多名儿童。长久以来形成了惯例，只在每周二这一天进行接种。家长和孩子们都拥挤在一间房子里，很不安全。莫锋决心要发起一场改革。他想在全旗推广一种规范化免疫的模式，就是在预防接种之前进行体检，符合要求之后再进行登记，请专业的人员预防接种。接种完了要留观一段时间，看看孩子有没有出现一些反应。他想通过建立这套模式来创造一种安全的防疫环境。

或许是因为头上的北大光环，莫锋的建议很快得到了重视。时任巴林右旗防疫站站长的李国章，在认真研究了莫锋的方案后，决定按照莫锋的提议尝试改革。

半年时间下来，巴林右旗渐渐接受了莫锋和他的建议。

在工作中，他经常给防疫员传授预防医学知识。中国顶级学府毕业的学子，专业的认识，真诚的态度，始终是令人信服的，防疫员们听得很认真。反馈的结果也让莫锋满意，"记得清，学得牢"。

志愿者每月有国家发的600元生活补贴，每次领到手后，莫锋总会挤出几十元用于编写《卫生防疫杂志》发给每个防疫员。在防疫站工作的一年半里,他参加了预防"非典"和抗击禽流感的阻击战,带领同事们处理了麻疹、流感等多起传染病疫情和食物中毒事件。在莫锋和同事们的努力下,巴林右旗卫生防疫站在全市率先建立了规范化免疫门诊,计划免疫工作有了很大突破,当年就获得了赤峰市第三名。

2

2004年,一年的志愿服务期快结束了,同期的大部分志愿者相继回校继续深造或者回到城市里就业。莫锋毕业前就已谈好就业意向的深圳疾控中心也打来电话,告诉他依然给他保留着高薪的岗位。

就在他决定去留的那几天,防疫站的同事们都去看望他并留下了礼物。没有一个人开口让他留下,因为大家认为他不会留下来。

到了8月,莫锋还没走,每天仍在巴林右旗防疫站进出。有人隐约从领导那里探听到了消息,这个小伙子竟然主动要求留下,旗政府已经接受了他的申请。

这年12月,莫锋被旗委、旗政府破格提拔为卫生局副局长。

跟他关系好的防疫员,私底下曾悄悄问过他,为什么留下来,是不是提前知道自己能当副局长?

莫锋一怔,不知道怎么回答。他真实的想法是,在这里,他所学的专业知识能够完全发挥出来,有一种被需要的成就感。

莫锋最终还是没有说出这些,笑着摇摇头走开了。

在卫生局副局长的岗位上,莫锋更加努力地工作。他是北大毕业的高才生，理论与实践相结合，他分管的计划免疫、结核病防治和妇幼保健工作在全市都取得了好成绩。他还充分利用志愿者的优势，为当地争取到了大量的医疗设备、医学书籍、电脑设备和2台工作用车，极大地改善了右旗的医疗卫生条件。

经过他的努力，北京大学医学部投入100万元，在巴林右旗建立了社会实践基地；经过他的牵线搭桥，他的家乡清远和巴林右旗建立了友好关系，两地开展了广泛的交流。他的工作得到了旗政府和干部群众的认可。

2007年，莫锋调到基层乡镇工作，兼任了近一年半的大板镇党委副书记，同年，又被提拔为巴林右旗团委书记。

回顾过去在不同岗位上的工作经历，虽然工作环境、工作内容以及身边的领导和同事都在变，但莫锋最初勇敢来到大草原的那份激情、那份理想和那份初心却始终不变。这初心，激励了莫锋从南国义无反顾地来到大草原；这初心，支撑着他在工作中无论遇到多大的困难，都始终把这当作是对自己的磨炼，以积极的心态去克服一个又一个挑战；这初心，让他无论在什么岗位上都没有忘记自己是一个北大人，以及自己身上"敢为天下先"的责任。

2015年，莫锋离开了工作近8年的共青团，担任赤峰市翁牛特旗旗委副书记。一直以来，莫锋都坚守在基层工作一线岗位上，丰富的工作经历让莫锋对基层工作也有了更全面、更深刻的认识。

莫锋几次受邀回到母校北大给师弟、师妹们演讲。他总是鼓励年轻人到基层工作。他讲得最多的，是基层工作。因为他有一种预感，台下的师弟师妹们，毕业后可能会有不少人选择当年他走过的路。

莫锋告诫有志于或已经在基层工作的师弟师妹们一定要"耐得住寂寞",既然客观环境无法改变,那么唯一的办法就是主动去适应基层的工作环境和工作条件。这样,才能在基层平凡的岗位上取得不平凡的成就。"在基层工作难免会面临各种困难和挑战,如果没有激情和理想的指引与支撑,很难坚持下去。"

在草原上,莫锋不仅收获了工作上的认可,也收获了爱情与家庭。

2006年3月,莫锋和一个蒙古族女孩结了婚。一个简单的婚礼过后,莫锋正式在草原上安了家。10个月后,女儿出生了,莫锋给这个小天使取名莫家萌。

每次从内蒙古去北京或外地,莫锋跟别人交流时,嘴上时不时地冒出"我们内蒙古怎么怎么的……"他已经特别自然地把自己当成内蒙古的人,吃羊肉,喝奶茶,学会了骑马、唱歌,习惯了严寒、风沙。他曾面对中央电视台的采访时说,美丽的草原是他的家。

"家",嵌在了女儿的名字里,也扎根在了莫锋的心里。

大山深处的健康使者

1

2006年,23岁的黄贵军从湖北中医药高等专科学校毕业。在校期间他看到有关莫锋的新闻报道,于是积极响应团中央志愿服务西部计划的号召,来到了贵州省遵义市的喇叭镇,开始了基层志愿服务工作。

在绥阳县,我见到了扎根这里的黄贵军。

"'贵军'这个名字,似乎冥冥之中注定了我与贵州这方水土有某种不解之缘。"见面没多久,黄贵军拿自己的名字打趣着。

回忆毕业时的选择,他说,那会儿想得很简单,想的就是利用自己人生中一段完整的时间,纯粹地为他人而工作,为他人而付出。

初到贵州的时候,语言不通、饮食不习惯让黄贵军吃了不少苦头。他还记得吃下第一口凉拌折耳根,也就是那种鱼腥草的味道,当时想怎么会有如此神奇得让人难以接受的食物。更让黄贵军难受的,是自己一腔热情似乎无处施展,最基础的资料整理工作都会感觉无从下手。

工作的事还没厘清头绪，一个星期后黄贵军就送走了同一批来的两名志愿者。望着本要一起并肩作战的"战友"离开，黄贵军也有过动摇甚至想过放弃。在最觉得无所适从、无法坚持的那些日子，黄贵军靠写日记提醒自己要不忘初心，也在日记本上一笔一画地写下规划。

写完规划的最后一条，黄贵军主动申请去最需要志愿者的乡镇一线。这些年来，喇叭镇远程教育办公室、卫生院和瓦龙村都留下了他的足迹。

喇叭镇交通不便，信息闭塞，乡亲们缺乏科技知识，极为贫困。作为医学专业的毕业生，这里的医疗条件让黄贵军无法相信：3万多人的乡镇只有一个缺医少药的卫生院，仅有的几名医生只能医治感冒、发烧、头痛等常见疾病。更为麻烦的是，大多数农村医生都没有经过专业的医疗培训。

黄贵军接手的第一项工作是负责喇叭镇的远程教育。

远程教育，和他的专业毫不相关，作为门外汉，黄贵军马上到全镇七个行政村进行多次实地调查。在摸清当地基本经济概况的情况下，他结合实际所需，将农村实用技术讲座、法律法规、农村实用卫生知识等刻录成光盘，在各个远程教育村级站点和家庭播放点定期为村民免费播放。

放了半年的光盘后，越来越多的老乡开始有了"身体不舒服应该去医院"的认识。

黄贵军说，这就是效果，再累也值得。

为了普及医疗知识，黄贵军亲自制作了一些光盘，多次组织全镇医务工作者进行学习。

到了周末，他也不休息，背上医药箱上街义诊。第一次去时，桌子架起，银针摆上，一会儿的工夫很多人就围了上来。黄贵军端端正正地坐着，坐了半个小时却无人问津。周围的人有的看一眼就走，有的站在那里半天也不动。黄贵军面前的那把椅子，硬是没人坐上去。

黄贵军心想，这样下去可不行。他偷偷给同事发了个信息。

不一会儿，黄贵军面前的椅子上就多了一个人。黄贵军一看，不认识，正在纳闷，那人对他眨了眨眼，又伸出了手臂。

黄贵军这才明白过来，这是同事找来的"临时演员"。

就这样，一出"双簧"之后，围观的人群里，渐渐有人坐到了黄贵军的面前，黄贵军在学校里练就的一手针灸功夫终于派上了用场。

为了改善医院的条件，黄贵军和院长一起多方争取，得到了上级医院的支持，建起了自己的手术室。他曾主动提出到条件艰苦、设备简陋的乡镇卫生院兼职工作。他还经常下村组织村民学习，免费为村民针灸推拿，为村民讲解各种农村实用技术及卫生知识和政策法规。

为了不耽误村民生产，他把所有的宣讲活动都安排在晚上。很多次，他一个人走在漆黑的山路上，跌倒了又爬起……

朴实的村民也把他看成自家人，亲切地喊他兄弟，经常拿出好吃的食物、家酿的土酒招待他。坐在村民家的火炉边，听他们讲述着生活的酸甜苦辣，黄贵军越听越难受。靠山吃山，大山里的乡亲们守着大山，却普遍过着穷困的日子。他心里愈发不是滋味。

山里的贫穷不只是眼前的基础设施差，更重要的是村民们知识的匮乏。

有一次，黄贵军遇到一个腿上敷着草药的小男孩，一问才知道原来是被狗咬了。学医的黄贵军一听，吓出一身冷汗来，立马带着孩子赶往疾控中心打疫苗。那时候，黄贵军一个月的志愿者补贴只有600多元，三针狂犬疫苗花去了他大半个月的补贴。

黄贵军走遍了大山，又上网查了几天资料，找同学、朋友多方打听，终于想到了用产业带动当地经济发展的办法。

起初，虽然黄贵军跋山涉水、远道而来，这里的村民却并不买账。有人说："我干了一辈子农活，难道还不如你一个毛头小子，跟你学东西，能管用吗？"

黄贵军不气不恼，一遍遍地讲，挨家挨户地上门。

在他的努力下，村民的观念也逐步发生了转变。2007年，喇叭镇瓦龙村成功试种了200亩韩国辣椒，亩产增加100多斤，亩产增收1000多元。随后，黄贵军又发动村民进行稻田养鱼、建烤烟基地、发展农村沼气池，村民收获了丰厚的"果实"，其他村子都争相模仿。就这样，他带领村民走出贫困窝，踏上致富路。

黄贵军也深刻感受到了淳朴的大娄山人民对自己的厚爱。一天晚上，他出诊回来，搭摩托车回宿舍，不料一头受惊的水牛撞上了摩托车，他重重地摔了出去。第二天醒来时，他已经躺在病床上，周围是政府的领导、同事和附近村寨闻讯前来探望的乡亲们。大家舍不得吃，舍不得穿，却给黄贵军带来了家里的鸡蛋、腊肉。那一刻，黄贵军感动地落下了眼泪。一个60多岁的老大娘，走了十几里山路，来到病床边，从皱巴巴的袋子里拎出了一只土鸡，流着泪说："娃娃，你受苦了。我们没有什么好东西，只有这一只鸡，给你补补身体……"

在这里，黄贵军得到了乡亲们的认可，也收获了自己的幸福。

贵州姑娘宋科琼在一次做义工的过程中认识了黄贵军，作为朋友，宋科琼经常和黄贵军联系。有时候很晚，黄贵军还在忙工作没吃上饭，宋科琼有意或无意的短信就发到了他的手机上。又有一次，当宋科琼碰到黄贵军带着老乡的孩子去遵义打针，她的心弦动了。

日子一天天过去，两颗心也越靠越拢。

2008年7月，两年的服务期满，志愿者们也一个个离开，本已延期服务一年的黄贵军，和已成为他女朋友的宋科琼商量后做出扎根贵州的决定。

年过六十的母亲专程赶到贵州劝说黄贵军返回家乡。黄贵军把母亲请到乡下。无论走到哪个村寨，都有老乡热情地招呼他们，围在他们身边，向黄贵军询问各种知识，拉着他们的手请他们去家里吃饭。黄母终于被这些村民的热情和淳朴深深地打动了。她老泪纵横，理解并支持了儿子的选择，鼓励黄贵军好好干，干出点成绩来。一向孝顺的黄贵军也流泪了，他对母亲说："请理解儿子，我想留在一个最需要我的地方，为了自己的选择去奋斗！"

留下来的黄贵军"转战"到遵义下辖的绥阳县，来到了绥阳最偏远的黄杨镇金子村。在这里，黄贵军既是村干部，又像赤脚医生。他随身携带针灸包，在村里开会的时候，随时给有病痛的乡亲扎针按摩。这个脚上裹着泥巴的村干部，这个会用小小银针缓解病痛的黄医生，让村民们看在眼里敬在心头。

黄贵军把自己的婚礼放在了金子村。当天，很多老百姓走了两三个小时的山路来参加黄贵军的婚礼，本来只准备了几桌酒席的简单婚宴，结果从中午一直摆到了深夜。

黄贵军一桌一桌地敬酒，一口一杯地喝。辛辣的酒气，呛得这个幸福的新郎官眼泪直流。

黔北连绵起伏的群山，倾听了那场特别婚宴的欢笑声，那弯弯绕绕的山路，见证着黄贵军和当地村民的情谊，也祝福着这对幸福的新人。

随着工作的调整，黄贵军从金子村调任绥阳县卫计局副局长，后调任绥阳旺草镇纪委书记，再到县纪委工作几年，2020年又回到他的老本行，来到绥阳县中医院工作。

几年来，黄贵军每天都是忙忙碌碌，每项工作都和百姓息息相关，每天7点不到赶往单位，常常深夜才回到家中。

一山一水、一人一情，有人离开，更多的人选择坚守。面对未来更长的岁月，黄贵军说，生锈是一种氧化，燃烧也是一种氧化，让青春是生锈还是燃烧，就看你如何选择。作为一名曾经的志愿者，将会继续在这条长征路上用心奉献，他的"长征"没有终点，选择了就不回头，一往无前地干下去，做好就行。

无论黄贵军在哪个工作岗位，当年他初到贵州时的村里乡亲还会常常和他联系。我在绥阳见到他的当晚，他就接到了黄杨镇金子村村民老梁的电话。老梁家水稻大丰收，想邀请黄贵军去他家里尝尝新米。

2

2018年8月3日，黄贵军的母校湖北中医药高等专科学校党委委员、副校长刘立富一行专程来到绥阳县看望和回访这名学校的优秀毕业生，他也曾几次受邀回母校演讲，他的事迹影响了许多学弟学妹。

钱福堂就是其中的一个。2013年，钱福堂毕业后也通过"西部计划"来到遵义，两年的志愿服务到期后，也留在了这里。

师兄当年走过的路，如今他沿着足迹再走一遍。

还有比钱福堂早四年毕业的彭伟，受黄贵军事迹的影响，2009年毕业后踏上志愿服务之路，来到广西壮族自治区龙胜各族自治县。

我在江底乡乡卫生院采访彭伟时，这名年轻的支医志愿者经过多年的历练，已经被提拔为乡卫生院院长。

彭伟说，当年大学毕业那段时间，大部分的毕业生绞尽脑汁，想方设法地在繁华的都市寻找一寸落脚之地时，他选择了广阔的西部。他觉得作为在校期间便入了党的青年党员，应该听从时代的召唤、响应国家的号召，到西部去、到基层去、到党和人民最需要的地方去，广阔的天地才大有作为。

在学校签订服务协议时，彭伟毫不犹豫，一签就是服务最长的年限——三年。

刚到这里的他也没有经过太多磨合和适应的时间就开始披挂上阵了。凭借着自己在大学实习期间积累的经验和书本上学到的知识，硬是扛起了卫生院交予的重担。因为卫生院缺少医生，所以每一位医生都必须是"全能"的，各种病都要会看，自己只有利用空闲时间拼命学习吸收各方面的医学知识，并对照临床实践，慢慢摸索积累经验。

江底乡卫生院工作条件艰苦，沟通有障碍，这些彭伟早就做好了心理准备。

那时600元的志愿者生活补贴，除了平时的生活开销，想去一趟桂林都要先掂一掂自己的钱包。

刚来江底乡时，彭伟和外界联系的方式就是QQ。在班级群里，彭伟看得最多的，是今天这两名同学聚在一起，明天那两名同学又结伴游玩。看着那些喜笑颜开的照片，再想想身在异乡孤零零的自己，彭伟心里无比孤单寂寞。

仔细想了想，这样下去不行，自己的初衷是什么，自己的人生价值在哪里？孤独寂寞中，彭伟不断调整自己的心态，找准自己的方向。下班没事就去打打球，休息的时候就去村寨里走访贫困学子、关心困难患者、义诊病人，并且主动参加全县残疾人康复服务项目，经过培训后成为江底乡残疾人康复服务站康复指导员，协助创建了残疾人康复训练室。

独在异乡的孤寂化为了不竭的动力，彭伟走遍全乡，为80多名肢体残疾人免费提供针灸、推拿、肢体训练、日常生活训练、康复健康教育等康复服务工作，为需要转介的残疾人提供免费转介服务，对特殊残疾人提供上门康复训练服务，并为他们建立了残疾人个人健康档案，制定了各类残疾康复手册，为他们发放各类残疾康复宣传资料。

生活就这样一下子充实了起来。

志愿服务的第二年，彭伟主动向乡卫生院提出开设中医科，并通过龙胜团县委的联系得到广州番禺区中医院10万元的设备建设支持和技术支持。中医科建立以后，彭伟为五保、低保以及家庭困难患者提供免费中医针灸治疗。

在平时的休息时间，彭伟会骑着摩托车下村入户为行动不便的患者进行免费中医治疗。泥塘村三岔组有一个30多岁的村小老师赵入彦，因患类风湿四肢严重变形，生活半自理10多年，至今未婚，家中只有一名年迈的母亲相依为命。每当天气变化时，彭伟都会去给她做针灸、艾灸等治疗，并指导她用药。

泥塘村有一名老年女性患者杨丁花，患风湿性关节炎致右下肢瘫痪，因家门前50多米宽的河流挡道，每次出门都要坐竹筏过河，一到汛期根本过不了河。彭伟知道后，一有空余时间就上门给她做电针治疗。

还有江底村老屋组有名患白血病的小女孩杨曾珍，因为化疗几乎花完了家里所有的积蓄，奶奶又患有冠心病需要长年吃药，更是让这个困难的家庭雪上加霜。彭伟主动上门，给杨曾珍做用药指导和健康指导，并且让她每月定期到卫生院做免费的血象监测，自费给她做定期的静脉用药，给小女孩建立的义诊病案，从起初的几张纸变成了现在厚厚的一本。

…………

2012年，彭伟的志愿者服务期结束，选择了继续留下。

我没有再问他为什么要留下来。

接触了那么多人，看过了那么多样的青春热血，在这些勇敢扎根异地他乡的志愿者面前，这个问题已经不那么重要了。

返程途中，灿烂的阳光洒在桑江两岸，本就茂盛的林木显得愈加郁郁葱葱。

第四章
毁灭与新生

救灾,是我们在帮助受灾的人;但是救灾,又何尝不是对自我的一种救赎?王斌这样思考着,同时也这样践行着。

让阳光抚慰受伤的心灵

1

有时候心理疾病和心理创伤对人的健康危害更大,甚至比身体疾病更难察觉和治愈。身体经历灾难,精神层面也同时会见证着这一切,许多人表面上的伤口愈合了,但其心理上的阴影却久久难以平复。

2010年,中国社会科学文献出版社发布《教育蓝皮书:中国教育发展报告(2009)》中,有这样一些数据:

地震过后,中国科学院心理研究所的研究人员走访了四川、甘肃、陕西等地,收集问卷8000多份、生物指标数据近千个。对已有数据的初步分析发现,震后的第一个月中,69.1%的儿童和72.4%的青少年出现急性应激反应。三个月后,他们又对北川擂鼓镇和曲山镇1600多名城乡居民进行入户调查,结果显示,所有人群中创伤后应激障碍(PTSD)的发病率为14.7%,抑郁症发病率为10.2%,其中中小学生出现创伤后应激障碍的比率达到24%。在什邡、绵竹、德阳的调查也呈类似结果。

创伤后应激障碍（PTSD）是指个体经历、目睹或遭遇到一个或多个涉及自身或他人的实际死亡，或受到死亡的威胁，或严重的受伤，或躯体完整性受到威胁后，所导致的个体延迟出现和持续存在的精神障碍。

2008年5月12日，北京时间14点28分，四川省汶川县发生里氏8.0级地震，距离震中汶川仅200千米的绵阳也遭受重创，全市9个县市区不同程度受灾。位于绵阳的西南科技大学在地震中同样未能幸免，近百名师生伤亡，近70万平方米的建筑损毁严重，财产损失数亿元。

尽管自身损失惨重，但在积极抗灾自救的同时，这所大学还派出了40多人组成的心理志愿救助队，对受灾群众展开心理救助。

5月14日晚上，地震过去的第三天，伴随着时不时传来的余震，西南科技大学法学院应用心理学专业10多名教师和30多名学生聚在一起，他们商议的紧急议题是：人民子弟兵、各地专业救援队和志愿者奋战在前线救人，我们应该做些什么？

短暂的讨论过后，所有人都分到了一个相同的任务：他们救人，我们救"心"。

会议结束的同时，西南科技大学心理救助志愿者服务队也随之成立了。

15日一大早，40多名头戴"西南科技大学"字样帽子、胳膊上箍着红色"心理救助"袖标、胸前贴着"志愿者"标志的西南科技大学应用心理学专业师生出现在绵阳南河体育中心受灾群众安置中心。

对于成百万上千万的受灾群众而言，绵阳体育馆所能提供的庇护所面积显然太过狭小，但是对于已住进来的灾民而言，这里又变得无比宽广了。这里成了他们栖居容身的港湾，他们在这里互相慰藉，互相疗伤，一起期待希望。

作为地震后第一支进入受灾群众安置点开展心理救助的专业团队，西南科技大学心理救助志愿者服务队得到了南河体育中心受灾群众临时安置点的大力支持。为了方便他们开展工作，安置点为心理救助志愿者服务队指定了专门的工作地点。

清清瘦瘦的王斌，皮肤有些黝黑，是绵阳这支心理救助志愿者服务团队的主要发起人。汶川大地震发生的前一刻，他还在为为期不足一月的博士研究生入学考试紧张复习。

怎么办？是赶紧离开，继续自己的学业，还是放下手边的一切，投入救援之中？王斌有过短暂的思考。但看到满城残垣断壁的那一瞬间，他有了抉择。

博士可以以后再读，眼前的事却刻不容缓。震后的第三天，王斌带领青年志愿者们第一时间奔赴救灾现场进行心理援助服务。

尽管王斌和团队拥有扎实的心理学知识，可现实的严峻却泼了大家一盆冰水：他亲手策划的心理援助"抱抱团"项目因为卫生安全被迫中止，手语歌曲表演也因为大家沉浸在悲痛中而被取消，体验式团体心理训练因为场地限制无法展开。

一连串的打击，让这支刚成立的队伍的士气降到了谷底。

王斌没有说话，他带着大家站在体育中心的门口。举目望去，哀鸣盈耳，悲声不绝。就是那么一瞬间，所有人的心头一震：是啊，自己面对的打击，和他们相比，又算得了什么？

整整一个下午，王斌和队员们走访了100多名群众，重点心理抚慰和危机干预二十余人次。

心理救助，最怕的是救助对象没有任何资料记载。上万名受灾群众聚集在一起，谁最需要心理救助？

为了快速找到救助对象，接下来的几天，西南科技大学的志愿者们每天工作10多个小时，对受灾群众面部表情、姿势动作等外显易察觉特征，通过观察、语言交流、侧面打听等多种方式，最后从上万名受灾群众中初步筛选确定了近300名心理创伤严重的受灾群众，作为特别跟踪干预对象。同时还通过心理操、心理游戏等方式对1000多名中小学生开展团体心理辅导。

一名年过八旬的北川老奶奶，全家九口人只有她逃了出来。老奶奶脸色惨白，神情呆滞，坐在一边一言不发。志愿者张春理走过去，扶着老奶奶躺下，握住她的手，陪着她流泪。一个小时后，老奶奶终于哭出了声。

王斌和何琳走向了一对瘫坐在地失声痛哭的婆媳。越走越近，婆婆一声声哀号愈发清晰："为什么不让我死，我老了，娃娃还小，为什么不换成我死啊……"媳妇在一旁边哭边喃喃自语，两人陷入深深的悲痛中。何琳拥抱着老人，王斌让那名青年妇女倚靠在自己的肩上，给她擦眼泪，安静地听她哭诉。王斌紧紧握住老人的手，轻声询问她家的受灾情况，并讲述其他受灾群众遇到的相同灾难，鼓励这对婆媳要坚强。通过协作努力，婆媳俩的情绪慢慢稳定下来。临走时，老人拉着王斌的手，久久不愿松开。

一名 40 岁左右的妇女，因为在地震中失去了 15 岁的女儿，陷于极度的悲伤和意志丧失中，绝食四天四夜导致身体严重虚脱，嘴唇干裂发白，身体瘫软无法坐稳，只是条件反射式地见人就哭诉，亲人、医生等都束手无策。志愿者们明白，让她把悲伤的情绪释放出来，走出灾难造成的心理压抑是开展心理干预的基础。

王斌带着队员悄悄地走上前去。

如何减轻她丧女的痛苦？如何消除她对喝水的心理阻抗和防御？如何帮助她找回希望？王斌和志愿者们有针对性地制定方案，坚持对她持续地心理疏导，拥着她，陪着她一起流泪，认真倾听和分担着她的痛苦，她终于在断断续续的诉说中缓解了失去亲人的巨大伤痛……

志愿者用矿泉水瓶盖装着水，轻轻凑到她的嘴边。"我们就是你的儿女，润一润嘴唇吧，妈妈！"一声"妈妈"喊在了她的心坎上。她像是突然醒了，嘴一张一合，喝下了那一瓶盖水！

那一天，就着志愿者手中的瓶盖，这名妇女喝下了近半瓶水。第二天，她开始吃饭了；第三天，她对团队队员露出了一丝笑意；第四天，她站起来，可以四处走走散心了……

志愿者们离开时，她冲着他们露出了微笑的面庞。这个微笑，是那几天王斌见过最美丽的笑，也更让王斌意识到，心理关爱和支持的重要与不可替代的力量。

不同的救助对象经历千差万别，该如何对症下药？

让救助对象宣泄悲痛是实现心理救助的第一步，对后期的心理干预和重建将起到非常关键的作用。当然，在心理援助过程中会遇到很多情况，不同的情况都需要采取不同的措施。

在现场，西南科技大学的志愿者对家中亲人遇难的受灾群众，主要采用倾听和安慰的方式，给予他安全感，引导他坚强地生活；对尚处在极度恐惧情绪里的人，想方设法让他开口说话，引导其把情绪宣泄出来，只有这样才能使他紧张的心慢慢放松，生理需求才会慢慢恢复；对担心家园无法重建的，则告诉他们党和政府以及全社会都在全力帮助他们，他们的灾难牵动着每一个中国人的心，所有人都在为他们祈祷，所有人都在为他们献出爱心，让他们放心，家园一定能重建。

8岁的小乔希在志愿者王宁霞连续一个星期的心理干预下，终于在地震后的第八天第一次露出了笑脸。

一群老人，由于亲人大多失踪，他们曾经坐在角落里显得非常无助。在心理重建过程中，志愿者们反复引导，鼓励他们倾诉出来，在倾诉中他们恢复心理平衡，恢复生活信心。渐渐地，他们的焦虑和紧张缓和下来了。当志愿者离开时，一名老人对他们竖起大拇指："孩子们，你们真好，谢谢了！"

2

2008年的那个5月，对王斌和团队队员来说，是布满荆棘却必须咬牙挺过来的艰难日子。那时很多人对心理援助没有概念甚至充满质疑，而心理援助后方条件的艰苦是超乎想象的，学生志愿者风餐露宿，简陋的窝棚甚至都无法阻挡风雨。

学校恢复教学秩序之后，王斌在繁忙的教学科研中挤出时间继续开展心理援助工作。再往后的寒暑假期，王斌深入遭受重灾的北川永兴，江油市、平武县的偏远乡镇进行心理援助志愿服务，他的足迹还印在都江堰、德阳、成都等许多地方，他的心始终系着灾区的每一片土地。

随着灾后重建的进行，道路通了，房子也建起来了，孩子们高兴地住进了坚固的新校舍……一切都好像恢复了之前的平静。然而，一件件自杀事件让人们的神经再次绷紧：

2008年10月3日，汶川大地震之后的第145天，40岁的北川县农工办主任、北川县救灾办主任董玉飞在绵阳市安县安昌镇临时的办公地点自缢身亡。

2009年4月20日，地震过去将近一年，北川羌族自治县县委宣传部副部长，33岁的冯翔在家自缢身亡。

…………

痛心之余，人们不禁要问：是什么导致了他们的死亡？又该如何制止这样的不幸事件的发生？

"灾后的心理创伤不仅仅像我们看到的那样简单。看不到，不等于没有；看不到，从某个角度恰恰意味着伤口隐藏得更深、更危险。"意识到这个问题，王斌的心里产生了一系列的想法。

地震发生后，中国扶贫基金会便在四川灾区正式开展"加油——在运动中成长"项目，王斌是绵阳地区的负责人。

"我们的目标，不是要抹去他们的伤痕，而是要让他们度过灾难后的心理困境，带着伤痕更加勇敢更加坚毅地成长。"王斌说。

专家团队对项目评估后发现，开展项目后，学生的精神状态明显改变，沟通能力提高，学习主动性增强，破坏性减少，与家长的交流更积极，等等，部分学生学习成绩显著提高。

团体心理辅导提供了一种有效的形式，不仅仅对于青少年群体，经过适当改进同样可以推行到大学生，再由学生群体带动家庭，辐射到社会大众，在全社会倡导一种心理保健形式，提高大众对于心理的认识和关注度，为心理学的普及做贡献。

救灾，是我们在帮助受灾的人；但是救灾，又何尝不是对自我的一种救赎？如果不是这次地震，我们潜藏在心灵深处的爱，或许一直都无法找到恰当的表达方式来释放。王斌这样思考着，同时也这样践行着。

直到十几年后的今天，王斌依旧活跃在每一个需要心理援助的地方，在今后10年、20年，甚至更长的一生，他都会一直坚持。王斌说："从心灵的角度出发，才能够真正体会到助人的快乐，才能真正做到助人自助，才能把有限的生命，投入到无限的助人工作中去。希望我们的爱能够不分你我，像一个圆圈一样没有起点也没有终点。爱在其间，循环传递，没有止息。"

我不是地震的亲历者，但那些悲壮的画面，那些坚强的人，那些逆行的军人和志愿者，那逝去的数万同胞，成了中国人的集体创伤，这种创伤将会伴随着中国人一代又一代。

十几年过去了，对于当年灾区的那些幸存者来说，精神余震远远不像现实中的余震那般早已消失殆尽。他们没有一个人愿意记起2008年的那一天，却比其他人更轻易地回到那一天。

创伤会让我们成长，当我们不得不与创伤正面相遇的时候，只能希望每个人都像凤凰涅槃一样，浴火重生。

　　灾难对经历者将产生持续反复的精神打击，但那些瓦砾之上的寻找与等待，废墟之下的期盼和无助，那些饱含悲伤和绝望的哭喊，我们从未忘记。

飞翔的梦想

1

"我只是做了自己认为应该做的事,真没什么特别的。"面对别人的称赞,石棉县先锋乡小河坝中心小学语文老师罗兴美有些腼腆。

每一个跟罗兴美接触过的人,都能深深感受到她充满正能量的性格——乐观、阳光、善良,清秀文静的模样里透着一股为人师者的温厚气质。右臂空荡的衣袖,又衬托出她的顽强不屈。作为一名扎根乡村教育事业的"大学生西部志愿者",罗兴美不仅给她的学生带来知识和文化,她身残志坚、感恩奋进的精神也无时无刻不在引导着她的学生,让那些乡村孩子在潜移默化中培育出向善、向上的品格。

"5·12"汶川地震那一年,罗兴美家的房屋尽毁,本就贫困的家庭更加雪上加霜。父母那灰白的头发、苍老的面容、粗糙厚实的手掌,让正在上大学的罗兴美心里非常难受。

难受之余,生活费成为压在她身上的又一根稻草。于是,每到周末、假期,学校组织同学到校外做兼职的时候,她就积极报名。

那段难熬的日子，多年后还会出现在罗兴美的梦里，一次次地把她惊醒。她家本就因为她早些年手臂动手术欠了些外债，地震发生后，家里基本上没有了经济来源，这让她的求学之路举步维艰。好在国家对灾区进行了非常大力度的灾后援建工作，让家园很快就重建了起来。"感恩"这个词，是那段时间里罗兴美常常念叨的。

早在9岁那年，罗兴美的内心深处就种下了感恩的种子。

那年，一场车祸夺去了她的右臂，让她生命垂危。为给女儿做手术，家境贫寒的父母变卖了家里所有值钱的东西，还欠下了许多外债。即便如此，医疗费用仍然还有缺口。看着病情不断恶化的女儿，罗兴美的父母感到了绝望。

一位来自湖北的同在医院就医的好心人，帮助她填补了手术费缺口，让她得以顺利手术。事隔多年，罗兴美依然记得那位未曾留下姓名的好心人。

一个天真烂漫的女孩，突然失去了右臂成了残疾人，不会写字，不能料理生活，永远和常人不一样了——罗兴美一天天消沉下去。但当她偶尔抬起头时，总能看到身边的父母家人，亲戚朋友也事无巨细地关怀，帮助她重拾生活的信心。

在家人的帮助之下，骨子里要强的罗兴美努力振作起来，努力学习接受自己残疾这一事实。她暗下决心，要向所有人证明：即使没有右臂，她的人生依然可以精彩！她开始学习用左手做一切事情，并重新融入了学校。

为加快写字速度，她每天利用课余时间抄写课文生字；为提高学习成绩，别人睡后她还坚持在寝室走廊灯光下看书；为强化语言表达，她便用课余时间当推销员学普通话；为加强身体协调性，还坚持每天花 5 个小时跑步锻炼。

慢慢地，原本单薄、瘦弱的身体变得结实、健康。2006 年，在四川省第六届残疾人运动会中，罗兴美取得了 200 米短跑第四名的好成绩。

对于身体的"特殊"，现在的罗兴美一点也不敏感，她说："每个人的生命都有独特的形态，不要因为身体的不方便，掩盖生命的光辉，要努力体现独特的价值。"

从小学到大学，家人、亲戚朋友以及社会的关心和帮助，她都铭记于心：不留姓名的好心人资助她读书，解除了她学业的后顾之忧；长期无微不至的关心与帮助，又给了她不断进取的动力。

铭记恩情，是为了报恩。命运的挫折，让罗兴美对生命的价值有着更加深层的理解。2011 年罗兴美大学毕业前夕，共青团组织"到西部去，到基层去，到祖国最需要的地方去"的号召深深触动了罗兴美。她义无反顾地报名参加大学生志愿服务西部计划，决定回到家乡石棉县一个最偏远的山区担任支教志愿者。

2

从踏上三尺讲台那一刻起，罗兴美就下定了决心，一定要成为一名优秀的语文教师。在教学中，她努力研究教材、查阅大量资料、向同事虚心请教，精心写好每一份教案，让课堂教学变得生动、活泼有趣，努力为山区孩子传授知识、启迪智慧。

用左手拿粉笔在黑板上写字，是她支教中遇到的一个极大考验。正常人写字都是从左至右，而罗兴美却要从右至左写，写出来的字歪歪扭扭，让人很难认得清。罗兴美趁着周末和节假日，将学校里用剩下的粉笔头带回家，在木板上练习。一次又一次，在经过无数次的失败后，她终于将粉笔字写得有模有样，孩子们也越来越喜欢这名只有一只手臂的特殊老师。

石棉地处偏远贫困山区，在国家实施"精准扶贫"政策之前，这里的老百姓生活艰苦，多数学生家长外出务工，大多孩子成了留守儿童。家庭的贫困，家长的远离，长期缺乏父母的关爱，导致许多孩子内心发生了巨大的改变，容易产生自卑、孤僻、叛逆等心理问题，以及调皮、任性、不爱学习等品性，这些都成了罗兴美所面临的现实状况。

有一次，班里的一个留守学生拿了别人的钱，钱不多，只有3块。学生一开始对罗兴美撒谎，后来却被证实。罗兴美非常生气，也非常沮丧，发现自己对学生的了解和管理只停留在初级层面。对学生的教育，相比于学习，良好品格和正确价值观的养成显然更为重要。

从那以后，罗兴美课余时陪着孩子们一同玩耍，给他们辅导作业，在宿舍做饭给孩子们吃，增进彼此间友谊，努力让自己成为他们的朋友。利用周末时间，她跋山涉水做家访，通过家访汇报学生学习情况和了解学生家庭生活情况，尽力帮孩子们解决求学路上的种种困难，对那些残疾的、贫困的、单亲的学生，经济并不宽裕的她会拿出自己的生活补贴帮助他们，联系社会力量给困难学生家庭结对帮扶。

五年级学生周波江的父亲因病去世，母亲因病生活不能自理，家里仅靠年仅 19 岁的哥哥外出打工及好心人的帮助生活。罗兴美第一次到周波江家，最先看到的是简陋的屋子里放着两条磨损很厉害的板凳，两张用木板拼起来的床上堆着好心人送来的衣物，一个纸箱里放着他的学习用书。他告诉罗老师他很喜欢读书，将来也要跟罗兴美一样成为一名教师，教育出很多的优秀学生为祖国做贡献。看着学生家里的困境，听到学生的话语，罗兴美心疼极了。通过多方努力，她最终为周波江一家找到了结对帮扶的好心人士。

罗兴美深知自己的能力非常有限，但是她坚信只要每个人都付出自己一份最真诚的爱，贫困的学生们就会得到更多人的关心与帮助。支教期间，罗兴美每月获得的补助不到 1800 元。然而，这些年，她却资助了 9 名贫困学生，帮助他们继续完成学业；累计帮助上百名留守儿童，为他们购买学习用具，义务为他们辅导功课。

只要有空，罗兴美都会陪伴着她的学生，看到他们越来越开朗活泼，有越来越多欢声笑语，罗兴美仿佛看到了当年的自己，心中全是满足和快乐。她成了孩子们心目中最好的老师，也成了孩子们心目中最好的好朋友。

爱是相互的，付出真心，必将收获真情。孩子们给罗兴美留下了很多感动的记忆。

罗兴美 23 岁生日那天，母亲生病，她在学校、家庭、医院中来回奔波，竟忘了自己的生日，是孩子们给了她惊喜，给了她动力。

每每回忆起来，罗兴美的脸上总会绽开笑容。那一天，从医院赶到学校上课，她走进教室，拿起粉笔正准备往黑板上写字的时候，却发现黑板上被孩子们画满写满了：可爱的小动物、漂亮的花朵，还有祝福的话语。这时候有个孩子站起来说:"罗老师,今天是您的生日对吗?"

"罗老师,生日快乐!"

"罗老师,我们爱您!"

"罗老师,祝您身体健康,永远平安快乐!"

所有的孩子都站了起来,美好的祝福声此起彼伏,回荡在整个教室里。

罗兴美的眼眶瞬间溢满了泪水,她向学生们深深地鞠了一躬。那一刻,罗兴美坚信自己所选择的路是正确的,她也觉得自己的付出是值得的。

从回到家乡的那一刻起,罗兴美就抱着奉献的信念。

在基层的志愿生活中,罗兴美支教了几所乡村小学,她看到了家乡父老生活的困难与艰辛,也更加坚定了自己志愿服务的选择。在支教之余,罗兴美开展了绿色环保、义务献血、关爱老人、帮扶留守学生等志愿服务活动。

从城市到山村,从学校到社区,从敬老院到留守学生之家,那一张张笑脸,一声声感谢,时刻都在震撼着罗兴美的心灵。

2014年7月,罗兴美三年的志愿期满,面对家中只有两个多月的女儿,罗兴美曾想过暂时留在家专心照顾女儿。8月底,石棉县先锋乡小河坝中心小学校长任洪仕找上门来,希望罗兴美继续留在学校任教。

面对学校真诚的邀请,罗兴美当即答应下来,选择继续留校。她在学校附近租了房子,让母亲搬过来一起照顾女儿。

"爱的能量是双向的,孩子们也教了我很多。"罗兴美说。

因为执着和真情,罗兴美在支教第一年的年度考核中,就被评为石棉县先锋乡"红十字博爱小学优秀教师",还被党组织评为"优秀共产党员"。近年来,罗兴美的事迹得到了社会各界的关注与支持,她先后获得第九届中国青年志愿者优秀个人、四川省优秀共青团员、第五届四川省十大杰出青年志愿者、全国首批优秀五星级志愿者、四川省十大最美志愿者等中央、省、市、县奖项十余次。

面对诸多的荣誉,罗兴美平淡地说:"那是过去的事了,爱与善需要人人参与,代代相传,未来的路,依然很长很长!"

报答春光知有处

1

一句"挥洒青春，奉献力量，为志愿千万遍"，让我记住了2015年"西部计划"志愿者、巴中市南江县百岁村脱贫攻坚第一书记张钧。

张钧把我领到了村里。一看到张钧，乡亲们一下子就围了上来。听说我是来采访的，他们你一言我一语地争着说开了。

"张书记又给我们带来项目了。"

"小张书记又来带我们种水果了。"

"张书记又帮我在网上卖鱼了。"

"张老弟又受伤了……"

一个个"又"字，一个个"又"字，在我耳边不断响起。一张张淳朴热情的面孔，像是开在这高山深处的向阳花。

在大家的讲述中，张钧越来越不好意思，连连摆手："大家谬赞了，谬赞了。"

乡亲们一句句热情洋溢的赞语，让张钧都差点忘了当初刚到这里时，人们常说的"小伙子这么年轻，到底行不行"。

张钧遇到的第一个题目，是重新识别贫困户。

面对有些群众的不理解，不配合，甚至是消极抵触的行为，张钧该如何妥善处理，全村上下的注意力集中到了这名年轻人身上。

"每个人都是为了自己的正当利益，只是所站的角度不同。"张钧思索着。问题来了他没有任何退缩，反而冷静得出乎意料。他从不同的角度思考相关问题，耐心听取群众意见，私下里安抚大家情绪，从生活上帮助大家，从创业发展上支持大家，最终让大家都过上了好日子。

对扶贫工作而言，输血不如造血。这两年，他反反复复踏遍村里的每一个角落，坦诚与群众交流，引进社会扶贫资金数百万元，为百岁村硬化了2000米道路，让全村823人喝上了放心水、用上了宽带网，配齐了远程教育、文化室、卫生室等设施设备，为21户实施了易地搬迁，对19户的房屋进行了风貌改造，百岁村发生了巨大变化，形成了积极的脱贫攻坚战斗场。

为了尽可能给村子里谋福利，不论严寒酷暑，他一直在奔走着；即使伤痕累累，他也一直在默默付出着。

2017年1月10日，张钧为村上带回了100份爱心礼物，在回村途中被一辆小卡车撞倒。出人意料的是，张钧并没有第一时间进医院，而是"抢救"着爱心礼物。

旁人拉着他去医院，他挣扎着甩开了，说："车损了可以修，人伤了可以医，可好人的爱心没了就真的没了。"这一份份温暖感动着群众，点点滴滴的情意融在了群众心中，诚挚的感情让他们爱戴着这名年轻的第一书记。

"教育扶贫"的兴起,让张钧建起了村小学,村里兴起了广场舞;每当节日来临,张钧都会组织一个节日活动,"重阳关爱""送清凉""送温暖""元宵晚会"等丰富着全村群众的生活,让他们的生活充满着欢笑,进而积极走在脱贫之路上。

"第一书记是没有周末的。"张钧自担任第一书记以来,吃住在村,坚守在第一线,创新脱贫文化活动12次,带回爱心物资价值12万多元,用青春的色彩让"脱贫之花"开放得更加美丽。

"产业扶贫"是张钧的扶贫中心思想,他常说:"没有一个中心产业,群众就不能真正富起来。"

"火车跑得快,全靠车头带。"要让百岁村摆脱贫困,首先得有模范带头人。他和村"两委"多次走访调研,广泛征求党员、干部和群众意见,分别选出了养牛、养鱼、养鸡及种植水果的致富带头人。

紧接着,他又将贫困户分成了"有一定产业""有发展意愿""外出务工""政策兜底"四类,并在每一类贫困户中设置轮流代表岗位,同时致富带头人负责四类贫困群众的产业发展。

"有目标,有激励,有实干。"全村上下在这样一种积极的氛围下团结一心走在脱贫道路上,吸引了三名在外成功人士回村投资80余万元发展肉牛、土鸡养殖产业。一年多以来,张钧为四类贫困群众谋得20余万元发展奖励资金,帮助四户致富带头人低息贷款60多万元。

作为铺垫,张钧把一些群众带到产业发展较好的地方参观,让他们亲身感受到产业发展带来的实实在在的利益。他与村"两委"干部入户做群众工作,给群众算了笔经济账。他说:"种一亩粮食,一年纯收入不过 600 元左右，发展冰糖橘、砂糖橘产业，加上市场因素及其他不利因素，平均每年至少有 3000 元收入；建成后，还可以发展乡村旅游，进一步打开市场。"最终得到了绝大多数群众的支持。

通过调研，他带领全村群众实施了"以冰糖橘、砂糖橘为中心，种养殖业相互依赖"的"一村一品"模式。他多次到团县委、县妇联等单位寻求帮助，引回冰糖橘 10 万株、鸡 10 万只、鱼苗 10 万尾的资源。同时，以金融扶贫为抓手，向县信用联社争取到 300 万元信贷基金。

2017 年 5 月，张钧被团省委"西部计划"项目办邀请到南京农业大学等全国各地重点高校进行事迹巡回演讲。

岁月无痕，人心有秤。日日朝朝，风雨磨砺，张钧用自己的实际行动赢得了百姓的拥戴，他正在以百倍的信心和万分的努力去迎接更大的挑战，一切只为了实现群众心中的小康梦。

2

2020 年元旦节后的第一个工作日，四川省绵阳市三台县西平镇，家家户户门前挂着刚晒好的香肠腊肉，赶集的村民背着背篓在路上有说有笑地经过，脸上透着淳朴的红。

"西部计划"志愿者、西平镇脱贫办工作人员李胜来不及体味这冬日温情的一幕，又匆匆下乡了。

脱贫攻坚决战决胜之年，李胜和西平镇其他脱贫工作人员的日程表排到了最满。即使这样，所有人都觉得，要做的事还有很多。进一步改善农村居住条件、确保农村住房安全、全面提升农村居民生活生产水平等,让他们始终紧绷心中那根弦。

李胜,武汉交通职业学院智能制造学院2016级机制双环专业毕业生。来自湖北十堰农村的他从小受益于国家"两免一补"优惠政策,心怀感恩,希望在力所能及的情况下,将这份关爱传递。

2017年,李胜当选为校青协主席。他和学校300多名志愿者一起秉承着"奉献、友爱、互助、进步"的志愿精神服务学校,服务社会。即使是实习期间,只要有空他就会去看望长期帮扶的培智学校的智障学生。

担任校青协主席的他因区校共建志愿服务工作中的优异表现,被青菱乡某街道办事处安排在综合发展办实习,每个月有近3000元的实习工资,有接送班车,还包早中餐。毕业时候该办事处领导极力推荐他留下来。在人生抉择的十字路口,李胜毅然选择了坚守初心。而远在外地打工的父母的心却乱了,连续几晚都没睡着。连一向疼他的姐姐、姐夫也深深不解:抛下唾手可得的工作,以后回来万一不适应大城市的生活节奏,找工作很困难,这是何苦?

动之以情,晓之以理。李胜从最疼爱她的姐姐、姐夫开始做工作:"如果连自己的承诺和爱好都坚守不住,这样的生活有什么意义?"姐姐、姐夫哑口无言,进而帮助他说服父母,他终于与家里人达成了共识。

2019年大学毕业之际,他光荣地成为一名大学生志愿服务西部计划志愿者。

基层工作没有惊天动地的壮举,没有感人至深的事迹。李胜被安排在四川省绵阳市三台县西平镇的脱贫办，和其他6名扶贫干部一起，负责整个镇的脱贫攻坚工作。繁杂的事务和大量的数据处理成为他的工作常态。而44个行政村的走访工作，让他真正了解了一线扶贫工作的艰辛与不易。

初到西平镇，还没来得及仔细体味一下这个历史悠久的美丽古镇，就赶上"两不愁，三保障"大排查工作的收尾阶段。镇上的会议室里堆满了大排查收集的资料。李胜和其他工作人员一起在镇领导带领下夜以继日地整理资料，收集大排查发现的问题。

大排查刚告一段落，李胜又与办公室的同事马不停蹄下村验收"易地搬迁"贫困户的房屋。四川的8月和湖北的8月一样热情，骄阳似火。走在乡间的小路上，没有听到牧童的歌声，但可以看到恶犬、大鹅夹道相迎。

卷尺、绘图纸、安全验收情况表等工具是工作标配，全镇44个行政村130个易地扶贫搬迁户要一家一户地走访，拿着卷尺测量新修房屋的面积，绘制简单的平面图，查看房屋是否符合县上规定的面积户型标准。已经完工的房屋，要查看水电是否入户，厨、厕功能是否完善，是否拆旧复垦。未完工的房屋要督促施工方加快工程进度，让贫困户早日住进新房子。遇到不愿意住的贫困户，也要耐心给他们解释政策保障，做思想工作，劝他们尽快搬迁入住，把国家的政策落到实处。

仅用半年时间，李胜就走遍了全镇所有的村子，对每个村的重点贫困户情况都有了大致的了解。他在工作中逐渐了解和熟悉脱贫办的主要工作和任务，渐渐地也听懂了四川话，偶尔还能用带着湖北口音的蹩脚四川话和村民们聊上几句。

通过易地扶贫搬迁、农村危房改造等政策，村民们每家都住进安全的房屋；通过安全饮水工程项目，所有人都能享用安全充足的生活用水；通过与广电公司携手，每个有需求的贫困户都能看上电视。村民们的生活每天有新的变化，新农村建设越来越规范有成效。李胜作为基层工作人员，有种说不出来的喜悦、兴奋、激动与自豪。

"苦点累点，生活才会充实而有意义。"李胜说。他不断回想初心：还记得"西部计划"出征前的欢送会上自己立下的誓言，现在自己就站在这片想要大展拳脚的土地上，以一个志愿者的身份，参与全面建成小康社会这一项百年大计，为实现这一伟大事业贡献力量，是多么荣幸啊！

走在工作的村子里，看见村民们刚搬进的新房炊烟袅袅，小孩在院坝嬉戏打闹，其乐融融，李胜的心踏实了许多。

第五章 脱贫路上的希望

既然选择了西部志愿者这条路,就已经想到了会遇到的艰难险阻,做好了应对一切困难的准备。在有限的时间里去做意义重大的事,在服务的道路中收获成长。

致富路越走越亮堂

王寿波的名字，在所有的西部志愿者中是无人不知的，原因很简单——他是全国首批 1 万多名西部志愿者中竞选上村支书的第一人。

2003 年，王寿波从西南大学毕业，参加团中央组织的大学生志愿服务西部计划，被安排到重庆市綦江区新盛镇。服务期满后，王寿波放弃了到主城区当公务员的机会，主动要求留下，当选为重庆市綦江区新盛镇气田村党总支书记。

竞选前，王寿波给家里打了个电话。父亲曾在老家当了十几年村干部，一听儿子要走自己的老路，当场就激动起来："不行不行，绝对不行！当村干部，待遇低，又容易得罪人，在那里你一个外乡人……何必自讨苦吃！"

隔着电话，王寿波都能想象出父亲着急的样子。等父亲说完了，王寿波什么也不讲，"嗯"了一句，挂断了电话。

父亲知道王寿波的性格，三番五次打来电话，说来说去就是一个意见：不行。

王寿波深深地叹着气。父亲的话，肯定有他的道理，而自己家里的情况，似乎也由不得他这般"任性"。王寿波老家在南川石莲乡，父母都是地地道道的农民，一个弟弟正在读大学，而他本人上大学时贷的1万多元钱也还没还完。父母更是指望王寿波工作后能减轻家里的负担。

即便如此，王寿波还是没有改变自己的决定。

气田村的状况，王寿波已基本摸清了，他非常清楚摆在自己面前的是一条什么路。初生牛犊不怕虎，王寿波不怕。锻炼，本来就要在艰苦的条件下，锦上添花的事，他才没兴趣干。

上任伊始，摆在王寿波面前的就是一大堆难题：村里集体账上没有一分钱，历史欠债高达17万元。村里有一条田坎路，十几年来就没有修过，一到下雨天泥浆很深，老人不敢出门，小孩上学常摔跤，靠这条路出行的3000多名村民怨声载道。

王寿波看在眼里，急在心头。修好这条路，是他上任后的第一项工作。

新上任的大学生书记要修路的消息很快就传开了，村里人听了只是笑笑，谁也没当回事。"要致富，先修路"的道理大家都懂，上两届村干部都想把路修好，可到最后都没搞成，如今这个年轻的"娃娃村干部"也要修路，村民们都不看好。

为什么？因为缺钱。镇上没钱，区里拨不下款，怎么修？

这些情况王寿波都了解。怎么筹钱，他想了几天，终于想到了主意。上面不给钱，王寿波就发动村民募捐。连续几个赶场天，他都在镇上摆摊设点，宣传募捐，自己和其他的村干部每人带头捐款。一开始村民们看热闹，看着看着，发现都是来真的，开始议论起来。

"路修好了，方便的还是我们自己。"

"是啊，他们当官的都捐了，要不我们也……"

你一言，我一语，讨论的人多了，终于有人掏出了口袋里皱巴巴的票子。你5元、我5元地凑，连学生娃儿也2角、5角地捐，最后，募集到7000多元钱。

为了让村民对募集来的钱使用放心，王寿波选了两名社员代表和两名社长代表管钱管账，账目全部公开，村委会则只负责办事。这样一来，谁也不会担心大伙凑起来的钱"去了不该去的去地方"。

工程开工后，王寿波忙碌起来了。不仅当监工，还和大家一起干，一天下来，双手磨得满是水疱，早上起床时，手掌粘在被子上，一动就痛得龇牙咧嘴。

村民们看到王寿波整天在路上跑来跑去，也坐不住了。"领导都在干！"他们忙完家里的事，一有空闲，就操起家伙加入了修路队伍。

就这样，不到两个月时间，一条长700多米、宽60厘米、厚8厘米，由水泥预制板和石板铺就的人行路顺利完工。

"有了这条路，我们卖猪、买化肥方便多了。"路修好后，村民陈昌寿和老伴没事就喜欢出来走一走，踩在坚实的路上，心里甭提有多高兴了。说起王寿波，老两口更是赞不绝口："王书记一上来就把路修成了，不简单，有魄力！"

路修好了，村民们喜笑颜开，王寿波来不及高兴，眉头又皱了起来：光凭这样一条小路，还带不起气田村的发展，必须再修一条更宽更好的路，气田村才能跑起来。

2005年10月，经过多方奔走，王寿波终于争取到一笔扶贫资金，修一条村级公路有了可能。

好不容易资金到位了,另一个难题又出现了。

在新路的规划中,无可避免地涉及一些村民房屋、农田的拆迁和调整。在占地调整过程中,少数几户村民怕吃亏,怎么也不同意,严重阻碍了工期。没办法,王寿波只得挨家挨户做工作。

有一户村民因补偿金的问题,三番五次做工作都不同意。王寿波急了,开工当天天不亮就打着手电来到这户人家,说得口干舌燥,对方还是不松口。王寿波没辙了,一着急,把胸口拍得啪啪响:"我用自己的工资担保,保证一定按期兑付你们的补偿金!"

王寿波的真心和诚心最终还是感动了这家人。公路如期开工了。经过苦战,一条2300米的村级公路40天就实现了初通。

在修路的同时,王寿波也在思考着气田村的经济发展问题。新盛镇是蚕桑大镇,气田村村民的主要收入靠养蚕,这也是老辈人留下来的传统。通过调查走访,王寿波发现尽管养蚕的村民很多,但都是分散养,规模和技术难以提高,大部分的农民栽桑养蚕凭的还是几十年来的老经验,桑树的管理也达不到要求。有的村民甚至连基本的消毒常识都没有,曾经有一户村民因蚕房消毒不彻底,每年养的蚕都不结茧,就认为是"风水不好",没想到换了几个地方,结果还是一样。

王寿波心里沉甸甸的,很不是滋味。

"要想蚕养得好,首先桑树要好。"大学时,王寿波学的是蚕学与生物科技专业,如今正好有了用武之地。2005年初,王寿波利用自己的专业知识,在村里先后搞起了桑树示范园和嫁接示范园,办起了蚕桑专业合作社,为村民提供技术和市场信息服务。

半年过后，气田村200多亩桑树示范园的桑树吐出了嫩叶，淡绿淡绿的，散发着一股春天的味道。

王寿波开心地笑了。眼前的桑树示范园，就是气田村发家致富的"聚宝盆"。

一旁的村民看着乐呵呵的王寿波，不解地问道："王书记，什么事这么开心？"

王寿波哈哈一笑："再过几个月，这些可都是要变成钱的！"

阳光下的桑树，站得挺拔。一阵清风吹来，树叶哗哗作响，一片一片，一树一树，跳起了欢快的舞。

王寿波畅想着气田村的未来。经济发展是第一步，等到经济起步了，要办的事情太多太多，环境保护要跟上，孩子们的学习环境也要改善，村里的文化建设也刻不容缓……

下一步要办的事情太多，写满了王寿波随身带着的笔记本。偶尔他也会想起自己，想起家里的父母和弟弟。每每想到这些，王寿波就会用手拍拍脑袋，无奈地摇摇头。"都会好起来的。"王寿波总是能给自己找到一个"借口"。

他的一些大学同学，已经在城里买了房子，有的还买了车，日子过得很潇洒。同学聚会时，大家都不理解，他们眼里那么优秀的王寿波，怎么就愿意待在农村，还在当地找了个女朋友。

"寿波，看样子是做好了打'持久战'的准备，要在农村待一辈子喽。"同学们开着玩笑。

王寿波淡淡一笑："我也是个农村孩子，晓得农村的苦。我一点都不后悔，能用所学的知识，为村民办点事，是我最大的幸福，这也是我自己选择的一条路。"

在这条路上,王寿波走过了笑和泪,走过了艰与辛,曾经形单影只,也曾无助彷徨。但他始终都是咬紧牙关,挺起胸膛一步步向前迈。一路风雨兼程走到如今,王寿波相信,今后的路定会越走越宽,越走越亮堂。

丰盈的不只是收成，还有内心

2015年7月，安文忠在铜仁职业技术学院学成毕业。那段时间，校园广播天天播放着"到西部去，到基层去，到祖国和人民最需要的地方去"的青春旋律，以此激励大学生志愿参加服务西部计划。

安文忠仔细听了几遍，对照条件，觉得自己是符合的，就毫不犹豫地报了名。7月30日，他来到贵州六盘水市水城县青林苗族彝族乡农业服务中心。面对这块陌生的土地，他思考着如何运用所学知识服务好这块土地，服务好这里的老乡。

青林乡位于六盘水市水城县西北部，属于深度贫困地区，距市中心区4200米，最高峰轿子山海拔2051米，最低点大土索桥河畔，海拔1400米，全乡平均海拔1750米。

2018年12月6日，我到达六盘水。初冬时节，一股寒流正从北往南进发，贵州腹地的这个山区小城被云雾压盖着，天气阴阴沉沉，去往青林乡采访安文忠的路途很是艰辛，县道弯弯绕绕，像是一根飘落在大山褶皱深处的丝带，被风吹成无数的弯道。

见到安文忠后，他三句话不离老本行，熟练地跟我介绍起青林乡的情况。以往，这里的老百姓习惯种苞谷，近年来发展了烤烟和洋芋等经济作物。

这和他当年刚刚到青林乡当志愿者时的情形如出一辙。

安文忠认为，传统农业能够解决温饱问题，但是不能致富。要脱贫致富，就要因地制宜发展农业产业。他向农业服务中心主任黄佳江提出了自己的想法，黄佳江认为可行，随即向分管农业的副乡长刘鰓汇报了他和安文忠的打算。

刘鰓说："我们一起调研吧，只要能够带领老乡脱贫致富，乡里都全力支持。"

接下来的两个多月时间，安文忠和刘鰓、黄佳江、乡畜牧技术人员陈永福走访了全乡4个村。安文忠越走越兴奋：这里太适合种植牧草发展养殖业了。

调研结束后，四人合写了一份详细的调研报告，向乡党委、政府做专题汇报。乡里决定，以种植牧草发展养殖业作为全乡脱贫致富的主要产业，为了稳妥起见，先在二寨村试验，成功后把其他村的老百姓请到这里来参观，老百姓看到实惠了，推广起来就容易。

文件发了下去，安文忠和黄佳江上门宣讲，没想到老乡却不乐意了——"一年种苞谷都吃不饱，你改种草，又不能当饭吃，发展什么养殖业呀？"

"种草可以养牛、养猪、养羊，卖牛、卖猪、卖羊就有钱了，多好啊！"安文忠语气诚恳，耐心地解释。

老乡见他是个毛头小伙，不相信他。

"祖祖辈辈种苞谷，有哪家致富了啊？"安文忠收住笑容，认真地问了一句。

老乡不说话了，过了一会儿，声音大起来："我们这地方种苞谷产量高，能吃饱饭。你看我们这些山上，哪里没有草？能当饭吃？"

安文忠继续解释："这些山上野生的牧草，产量低，当然不能赚到钱，自然就不能当饭吃了。今天我们种的牧草是优质品种，产量高，营养成分高，价格也高，赚到钱了还愁没有饭吃？"

老乡立即警觉起来："我活了几十岁，没有听说过草还有什么优质的、营养高的。草就是草啊。你们是不是来推销草种，想赚点老百姓的钱啊？"

"你误会了。我们赚什么钱啊？你们只负责出劳动力，买草种的钱是国家开，收入全部是你们的。多划算啊！"安文忠进一步解释道。

老乡还是不相信，黄佳江、安文忠只得暂时离开。

安文忠想不通，就问黄佳江："明明是很好的致富产业，老乡为哪样这样抵触？"

见安文忠情绪低落，黄佳江拍了拍他的肩："老乡们见不到实际的东西，我们只凭嘴讲，他们是不会相信的。'耳听为虚，眼见为实'，要让老乡相信，最好的办法是把他们送到种草养畜做得好的地方去参观，让他们看到这是一个吹糠见米的好事情，才会相信。"

"那就带他们去呀，种草养畜的地方多着呢。"安文忠眼睛一亮，觉得这是个好办法。

黄佳江没有立即回答安文忠，他抬头看着远方，若有所思地说："要不我们先在网上搜索一些视频，拿去给老乡们看看，如果不行，再给乡里汇报带老乡们出去。"

那晚，他们一边畅谈，一边在网上查找资料。两人不约而同地找到了福建省漳州市云霄县马铺乡峰头村种草致富的消息。

下载好种草养畜致富的视频，做好牧草种植的幻灯片，他们再次来到二寨村，把老乡们组织在一起看视频、做培训。视频中，当地群众种植牧草得到的收入，似乎让老乡们心动了。

会场内，大家议论开了。

视频播完了，安文忠趁热打铁："人家环境比我们恶劣，土地比我们贫瘠，都能够通过种草养畜脱贫致富，为什么我们不能够种呢？"

这一次，老乡们没有再提出异议。视频里的景象，也着实让他们羡慕。看着静止的视频画面，大家一脸的意犹未尽，纷纷表示这个东西我们也可以试一下。

安文忠和黄佳江相视一笑，这一招果然有用，看得到的东西才是最有说服力的。

接下来的问题就是确定第一批种多少。商量来商量去，最终决定全村先种 6 亩试试水。

牧草生长周期短，两个月后，第一批牧草收割了 7 吨，以每吨 600 元销售给六盘水一家生态农业公司。安文忠给老乡们算起了账："从第二茬起，一亩地可以收割到 2 吨左右的牧草，一年至少可以收割 7 次，一年一亩地就有 5000 多元收入。这是多年生牧草……"

怕老乡们听不懂什么叫"多年生"，黄佳江适时插了一句："就是种一次可以收很多茬。"

老乡们一下子就被吸引住了："这比种苞谷划算多了！"

二寨村试点成功，老乡们得到了实惠，牧草种植很快在青林全乡推广，仅两年多的时间，全乡种植鸭茅草、黑麦草、皇竹草共计1万多亩。赚到钱的老乡，还购买了拖拉机、农用车。

在安文忠的计划里，这其实只是发展产业的第一步。发展单一产业的经济结构是脆弱的，要打赢脱贫攻坚战，必须有几个支柱产业来增强风险抵御能力，即使有一个产业遇到不可抗拒的灾害，也不会影响决战脱贫攻坚、决胜全面小康的步伐。

有了之前的经验，安文忠在和老乡们的接触中，慢慢开始向他们灌输这种思想。没想到，大家都懂这个道理："是啊，鸡蛋不要放在一个篮子里。"

安文忠在走访中发现，青林乡的山上有很多野生猕猴桃，他又在网上查阅了很多资料，觉得青林乡的海拔气候、纬度非常适合猕猴桃的生长。他想在全乡发展猕猴桃产业的想法，迅速得到了黄佳江和乡领导的支持。

12月，对于地处高山的青林乡来说已是寒冷的冬天。安文忠穿了一件红色的羽绒服，一路小跑来到灰依村苗族老乡王正朝家。王正朝正在火塘边抽水烟筒，见安文忠来了，赶紧让座。

"今天来和你商量一件事情，看你感兴趣不？"

"哪样事情？"

"种猕猴桃？"

"那个东西酸得很，没有人吃嘛。你刚来这里，还不了解我们这里吧？你爬上山去看看，那些猕猴桃都烂在山里了，连雀儿都不啄。"

"就是看到山上有野生的猕猴桃，才想请你种呢。你在村里威望高，你种成功了，老乡们就跟上来了。"

"没有把握的事情我是不会冒险的,你们是机关干部,到时候拍拍屁股走人,我怎么办?我是这里土生土长的,落骂名是小事情,耽误老乡种洋芋和苞谷,收成减少,大家又要饿肚皮了。"

"你有顾虑是正常的。不过你听我说说,再做决定也不迟嘛。"

"你说!你用哪样法子可以让猕猴桃卖到钱?"

"我们要种植的是红心猕猴桃,这个品种好,产量高,一亩地可以种111株,嫁接苗栽下去第三年就开始挂果,一株能够结6斤左右,市场价15元到20元1斤,一亩地就生产666斤,你算算,能收入多少?"

"13000多元?"王正朝在心里默算了一下,有些惊讶地反问道。

"没错,就是这么多。从第三年开始挂果进入丰产期,产量就能够增加两倍以上,你再算算,收入多少?"安文忠启发王正朝。

"那不是有3万多元?"王正朝更惊讶了,"你别吹牛皮了,怎么可能,简直是天文数字。"尽管摇头,但王正朝的眼里却露出一道光亮。这个细节被安文忠注意到了。

"老兄啊,耳听为虚眼见为实,你和我去种猕猴桃的地方参观参观,怎么样?"

"远不远?要多少路费?"

"路费由猕猴桃管委会和乡里承担,你别担心。"

"乡里贴路费,就算种不成,去看一趟也值得,就当是旅个游了。"

"我们不是去玩,是去看人家怎么赚钱的,去学习嫁接技术和栽种技术、管护措施。"

"那我就等你通知去参观了。"

安文忠站起来，伸出右手，王正朝也站起来伸出右手，两只手紧紧地握在一起。按照苗家的规矩，这事就这样定下来了。

安文忠带王正朝到中国科学院武汉植物园参观学习。一入园，王正朝就直呼大开眼界，跟安文忠聊得眉飞色舞。聊着聊着，王正朝的声音低了下去："虽说一次投入，多年受益，但是第一次投入大得很呢。我们苗山除了土地和劳动力，就没有别的了。"

"现在国家政策好，发展产业是有项目经费的。只要你愿意干，种苗钱和水泥桩、铁丝网，这些国家都有补助，你只要出土地、出劳力就行了。"安文忠给王正朝吃定心丸。

按照安文忠的计划，参观完武汉植物园，接着要到四川等猕猴桃基地参观，王正朝却不愿去了，说耽搁时间得很，得赶紧回去开始干。

回到灰依村，安文忠与王正朝一家人，就在王正朝家的地里，用石灰画线，定点挖坑。一天下来，安文忠从头到脚被石灰染得白扑扑的。挖完坑，他们定的猕猴桃苗也到了，王正朝一家人又忙栽种。栽完苗后，又忙着栽水泥桩，拉铁丝网，一直忙到春节。王正朝说，他活了几十岁，只有这个冬天最充实，也只有这个冬天觉得最温暖。在王正朝的带动下，灰依村当年种植猕猴桃600多亩，到现在，全乡推广种植猕猴桃1000多亩。

牧草和猕猴桃的成功，让安文忠更加坚定了靠发展新农业带领乡亲们脱贫的信心。在乡里走一圈下来，安文忠心里有了盘算。青林乡山多草密，发展畜牧业肯定是条好路子。回去汇报后，乡领导当即拍板让他放手干。

发展畜牧业，种草是基础，重点是教会老乡进行防疫。一些地方,曾经只注意发展养牛养猪养羊养鸡,结果牛猪羊鸡都得了怪病死去了,给老乡造成了损失。老乡呢,一朝遭蛇咬,十年怕井绳,再叫发展畜牧业,他们就不愿意干了。在青林乡草地畜牧业发展规划里,乡里把防疫放到了核心环节。安文忠始终认为,只有防疫做好了,才能持续发展,才能持续增收。

安文忠和乡畜牧技术人员建立了一套制度,每年的春、秋防时节,对牛、羊、鸡等牲畜进行采血化验,针对化验结果,提前备药打预防针。对村村寨寨的防疫员进行新技术培训,让大家更好地为老乡服务,确保刚刚大规模发展起来的畜牧业得到稳步推进,让老乡较快走向致富路。过去,防疫员给牲畜打针,都是一个人按着牲畜,让牲畜不能动弹,另一个人再打针。羊和猪等牲畜个体小,不费劲就能按住,打针容易。牛身体大,一个人按不住,不小心还会被牛踢。

安文忠把全乡的防疫员都叫到养殖场,他拉出一头牛,对大家说:"配药大家都会了,这里就不多说,今天主要是教会大家一种新技术,叫打飘针。大家注意看我的动作。"

只见他右手持注射器,左手食指、拇指在牛的颈侧捏起皮肤,两指间的牛皮就成了皱襞。

安文忠看看大家说:"这里还要注意,针头和皮肤要呈45度刺入。"随着针头的刺入,注射器里的药水也在慢慢进入,牛没有惊慌,安安静静地让安文忠注射。

"牛为什么这样听话呢?"有防疫员问。

"牛皮提起来了,疼痛感微弱,牛就不会受到惊吓,就能够安安静静地接受注射。"安文忠说。

"这个新技术好啊，过去需要几个人做的事情，现在一个人就能够轻轻松松地完成了。"一名防疫员感叹道。

养殖业注意预防牲畜生病，种植业就是要预防经济作物被虫害。

牧草长起来了，昆虫也多起来了，有的昆虫，老乡们都没有见过，用常规的农药也不管用。眼看刚刚长起来的青草就要被这些叫不出名字的昆虫伤害，老乡很着急。

一名老乡捕捉了一只昆虫急忙跑去找安文忠："小安，你看看，这是什么虫子，把我家的牧草糟蹋了，我们用农药都杀不死它。"

安文忠接过昆虫，看了看也不知道是什么昆虫，他急忙上网查也没有查到。他对老乡说："你别急，我把它拿去实验室做实验，就知道什么药能够杀死它了。"

当天晚上，实验结果就出来了。很快，虫灾也被消灭了。

白天下村指导老乡发展产业，晚上在实验室做好产业发展相关实验，这几乎是安文忠的工作常态，有时候一待就到次日凌晨一两点钟。在发展人参果产业的初始阶段，安文忠需要头天晚上配制好培养基，为第二天转接组培苗提供营养生长物质。由于长时间熬夜，有时正在做实验，就打起瞌睡来了。也不知道睡了多久，只觉得手指隐隐作痛才清醒过来，一看指头，原来实验瓶打破了，划破了手指。

安文忠与老乡的情感，在脱贫攻坚事业中越来越深厚。

转眼安文忠到青林乡已经一年多了。2016年12月中旬，天气寒冷，安文忠和二寨村党支部书记张国红一起指导村里老乡栽种构树和牧草。天下着蒙蒙细雨，气温更低了，无论怎么冷，安文忠都是准时到地里指导老乡。老乡余光银看着他的鼻子都冻红了，关切地说：

"小安啊,你是大学生,身板不像我们的这样硬朗,你回去休息,等雨停了再来吧。"

"我也是农村长大的,身体好着呢,来这里一年多了,喷嚏都没有打过。"安文忠与老乡说话时始终面带微笑。

天气实在太冷了,老乡们就在地里生了一堆火,累了就坐到火堆边休息,休息一会儿又继续挖坑。中午就在地里烧洋芋当午饭,渴了就到地里拔萝卜解渴。冬天的夜晚来得早,老乡们每天都在山上劳作到天黑才肯下山回家吃晚饭。这里离乡政府所在地有些远,安文忠就住在老乡家,晚上就和老乡聊产业,聊未来的美好生活。

这天下山的时候,余光银一个劲儿地把安文忠往家里拽,说晚上要和他聊天,要请教一些事情。到了余光银家,安文忠才知道,原来余光银已经安排家人宰了只大母鸡,特意请他来家里吃饭呢。

刚在桌子边坐下,余光银就说:"小安啊,我们农村没有什么好吃的,这几天你起早贪黑的,实在太累了,喝点鸡汤热热身子。"说完,就给安文忠添了一碗鸡汤。

安文忠接过鸡汤,好像有很多话要说,却一句也没有说出来……

到 2018 年 8 月,三年志愿服务期满的安文忠就要离开青林乡。让他感到自豪与欣慰的是,青林乡的猕猴桃、构树、核桃、刺梨、牧草、李子等种植业在一步一步地壮大,养鸡、养羊、养牛成了脱贫攻坚的支柱产业。

如今的青林乡,猕猴桃结出了喜人的果实,旅游环线道路主道通了,通村路、通组路、串户路把老乡们紧紧连在一起。牧草绿了,鸡、牛、羊合奏着喜人的乐曲。看着猕猴桃一棵棵长大,看着牛和羊一批批长大，看到老乡喜悦的笑脸，一股暖流在安文忠心底涌动。

　　志愿服务三年，失去了很多招考的机会，失去了陪伴父母的时光，但安文忠无悔这个选择。他说，这段短暂的人生经历将是他这辈子最难忘、感受最深的时光。

将青春热洒西部

1

2006年7月,从四川农业大学生物工程专业毕业的杨发贵,参加大学生志愿服务西部计划来到四川省资阳市乐至县。这一去,便扎根了15年。

这15年,是奋斗不息也是追逐梦想的15年。杨发贵从刚毕业时的"西部计划"志愿者,到如今一步步实现了他从事农业的梦想,成长为全国农村青年致富带头人协会理事、全国百个大学生村官优秀创业项目东风奖获得者、四川省创先争优优秀共产党员、乐至县十大杰出青年、乐至县优秀大学生村官……还被省、市、县三级团委聘为"青年创业导师"志愿者,先后三次作为中国青年代表到日本、越南进行国际友好访问。

荣誉加身,杨发贵却依然初心不改,本色不变。

杨发贵记得,刚到镇上不久,他跟着镇上的兽医去给狗打狂犬病疫苗。一只大狼狗拖着直径约5毫米粗的铁链,咄咄逼人地朝着他们大叫。同行兽医从侧面过去用铁夹把铁链缠住并插入地中,将狼狗的头紧贴地面,麻利地将疫苗注入。在兽医的指导下,杨发贵壮起胆子用铁夹夹住了狼狗的颈部,狼狗乖乖地不再嚣张,从此他见到狗不再害怕,下乡工作胆子也越来越大。

杨发贵在大佛镇上成立了乐至县第一个"青年农技服务中心",他发挥自己的学科优势指导老百姓科学种地,提高经济效益。他通过服务中心这一平台,整合当地的农业技术人才,利用周末和下村时间向当地梨农传授新型种植技术,因时制宜、因地制宜向当地 50 余户农户传授嫁接、授粉、病虫害防治等知识,手把手地为农户提供技术指导,2007 年,当地梨农户均增产 500 多千克,增收 1000 多元。

第二年,杨发贵被抽调到县农业局土肥站服务,开始从事农业新技术的推广使用。他加入"育土工程"项目中,每天背着装满相关仪器和资料的背包走村入户、上山下地采集需要的土壤样品,裤脚从早上被露水打湿到被"人体烘干",胶鞋也穿坏了几双,终于完成了土壤样品的采集工作,再经过连续几个月土壤养分化验、农作物大田肥效实验,最终得出了最佳的施肥方案,取得了田间实验的第一手资料,完成了相关论文的撰写,并保证了项目的顺利实施。

在国家优质粮基地建设设计规划项目开展中,杨发贵与另一名志愿者共同负责获取建设土地污染监测场的相关数据。他们利用大学所学,凭着良好的电脑制图基本功,自告奋勇地承担起国家优质粮基地建设图纸规划测绘工作,奋战几天几夜,将规划图纸高质量完成,为服务站节约成本近 2 万元。

时间过得很快,两年"西部计划"志愿服务即将期满。杨发贵和脚下这片红土地已经结下了不解之缘。服务期满后他放弃了直接转为事业干部的机会，选择再次回到农村，到乐至县回澜镇川主庙村做一名大学生村官。

为了尽快使自己成为"村里人"，杨发贵上任后搬到村里废弃的小学居住。再热再冷的天，杨发贵跟村民们一样打着赤脚到地里做事。

杨发贵住所不远处住着杨大爷一家，他儿子和媳妇都出去打工了，家里就剩下两个上小学的娃娃。杨发贵把老人当成自己的家人，帮着他种菜、喂鸡，老人不舒服他就用摩托车送去诊所看病，孩子们的作业也帮着辅导。

很快，杨发贵融入了村民的生活，村民们也把杨发贵看作自己人。走到哪里，都会有人招呼他"杨哥哥""杨叔叔""杨书记"。

"为做强果蔬产业，再苦再累也值得。"作为村党支部副书记，他刚到村上时，其他村干部不太接受，村民也不大理解，认为年轻人没什么农村工作经验，不能带领群众脱贫致富。他暗下决心，自己要先富起来，让群众信服。

起早贪黑、田间地头、种菜卖瓜……对于普通农民来说，这是关系到日常生计的生活内容，对于杨发贵来说，是承载着他创业梦想的希望源泉，记录着他的辛酸与骄傲。

说起创业之始，杨发贵笑着说道，除了自己一直都有的创业梦想以外，推动他走上这条路的还有当时在镇政府一起工作的同事。"当时他们也算是故意激我的意思，知道我想创业，就天天开玩笑说怎么还没创起来，这也算是一种激励吧。"就在这种半是激将半是激励的玩笑下，2008年10月，杨发贵开始了他的创业之路。

创业伊始，杨发贵身无分文。让他感到幸运的是，2009年3月，四川资阳银监分局、共青团资阳市委联合启动了青年创业贷款。乐至县农村信用合作联社为杨发贵授信10万元的贷款，杨发贵实际用款4.7万元，为创业之路打开了资金通道。

谈及这一路的创业经历，杨发贵感叹困难多多。无论是创业开始时的资金、技术还是后来遇到的人员管理、市场开拓等问题，都曾让杨发贵苦恼不已。就在种地之初，杨发贵还是经验不足，让周围人看了笑话。

2009年，创业之初的杨发贵没有任何经验，在种植南瓜的时候由于判断失误，导致南瓜地里水分过多，营养稀释，影响了南瓜的生长。最后由于营养不良，只有三成不到的南瓜得以成熟。"当时他们就说，大学生哪里会种地嘛……肯定就想，果然是找不到工作才来种地，或是为了镀层金才下基层当个村干部，最后什么都干不成，还是会走的……"杨发贵回忆起当时的经历，笑了笑说，"后来我们就改良了技术，换成营养杯，生产时间缩短，产量提升，周围农民们也开始刮目相看了。"

经历了南瓜种植的成功，杨发贵后来又引进了进口莴笋、葡萄，采用大棚种植的方式，逐渐取得良好收益，也带动了周边村民共同致富。

四年大学学习及两年农村实践经历，杨发贵敏锐地认识到农村果蔬产业化大有可为。2009年年初，他的葡萄基地扩展至10亩。

为了节约成本，他住在不通水电的房子里，每天和工人一起下地干活，衣服脏了，脸晒黑了，人变瘦了。在历经葡萄霜霉病、灾害天气等造成的失败打击，和被大黄蜂蜇差点丢命、过度劳累而病倒之后，他依旧满怀信心地坚持。

在他的精心耕耘下，葡萄基地渐渐有了起色，葡萄长势良好，成活率达到95%，嫁接成活率达到90%，葡萄迎来了丰收，间种的蔬菜也取得良好的收成。

怎么让葡萄顺利卖出去，怎样才能卖个好价钱，成了杨发贵要面对的难题，他那段时间到市场去一家一家找批发商推销，甚至开展免费试吃等多种推销手段。在他不遗余力的努力下，销售渠道慢慢打开。

"让全村老百姓都富起来，这是我的责任。"在杨发贵的示范带动下，邻村的许多农户向杨发贵询问葡萄及蔬菜种植的情况及发展态势，他总是热情地解答并承诺无偿提供技术支持。30户，50户，100户……越来越多的农户在他的带领下开始转变传统种植方式，"葡萄+南瓜"、"葡萄+爽口笋"等多种套种方式渐渐推广开来，两年下来每户增收达2000元。"明年规模将会更大，有望带动老百姓种植葡萄500亩，实现年收入500万元；种植蔬菜300亩，实现年收入300万元。"他高兴地告诉大家。

在建立葡萄基地的同时，杨发贵与当地农牧科技公司联手建立果树盆景基地，试种了2000盆果树盆景。近年来，基地一直为在校大学生提供社会实践机会。2019年，资阳市总工会为基地授牌"劳模创新工作室"，盆景产业随之迅速发展，其中高端柠檬盆栽以其独有的观赏性和实用性在四川省农博会上大受好评。

除自己建立基地外，杨发贵还积极为村里引进公司，助推产业调整和升级。目前已成功引进鸿福农牧和农森农牧两家公司，建立 70 多亩的生猪养殖场 1 个，实现年出栏生猪 4 万多头，实现年收入 4000 多万元；栽培 880 多亩青花椒，可实现年收入 880 多万元。随着公司的引进，村里的剩余劳动力都参与管理猪、花椒、葡萄和蔬菜，在公司打工的农民工每年能有近 1 万元的收入。

在川主庙村，杨发贵想方设法为村里解决困扰乡村建设发展的多个"老大难"问题，先后争取到项目资金完成农村电网改造、数字电视硬件改造、道路改造。之后又逐步建成大棚蔬菜基地，发展中药材砂仁种植，为村民创业增收致富创造了条件。

杨发贵的实干与努力以及基地产生的经济效益，让村民对这个大学生村官很是信服。不断有本村和邻村的村民转变传统种植方式，加入农业产业发展模式，在杨发贵的技术指导和畅通销路的支持下，逐步实现了土地增收。

同期，在艰辛的创业实践和繁重的村社工作之余，杨发贵还主动承担起镇团委的很多工作：他帮助青年就业创业，将经验传授给更多的人；他志愿成为回澜镇职业中学的兼职老师，利用种植基地传授学生葡萄及蔬菜种植技术，并为他们提供实习机会；他关爱留守学生，担当起镇团委"快乐星期六免费家教班"义务老师，教孩子们学习摄影和象棋，成为留守娃的好哥哥；对外交流合作，他担当前来开展"暑期三下乡"大学生志愿者的向导，带着大家开展关爱留守学生、了解社会民情等诸多实践；城乡环境综合整治，他为镇上设计的休闲公园已成为小镇居民茶余饭后休闲的好去处……

凭着坚定的信念和对事业的孜孜追求，杨发贵尝遍了苦辣酸甜，将青春热血、梦想与汗水一同挥洒在乐至的红色土地上，点亮自己人生的同时也照亮了村民致富的康庄大道。

2

开往龙山的城际列车跨过湘江、资江、沅江、澧水之后，带着城市的喧嚣和追寻梦想的人，一头扎进了湘西的大山深处。

冬雨细细密密地落在湘西的田间地头，在龙山城铁站广场，我很快便见到了此行的采访对象——2006届大学生志愿服务西部计划志愿者杨运大。他撑着伞微笑着朝我走来，头发蓬松，皮肤黝黑而粗糙，脸上架着的眼镜又让他显得有些斯文。

千百年来，湘西山区的沟沟壑壑，生长着绝美的风景，同时也滋生着贫困。特别是在精准扶贫之前，因为交通闭塞，这里的风景养在深闺无人识，这里的人们世世代代遭遇着贫穷的围困。而杨运大跟我讲述的第一个故事，也是从贫困开始。

2007年10月23日，参加大学生志愿服务西部计划的支教老师杨运大收到一封学生来信。这是一名叫张小丽的学生写给杨运大的哭诉信。"老天为什么会对我家不公平呢？我的父母都是残疾人，老天为什么还要把病魔降临他们身上？"稚嫩的笔迹中却饱含着一个小女孩无尽的悲伤，她把委屈、苦痛和希望都寄托在了山区学校里这名新来的"大老师""大哥哥"身上。

杨运大找张小丽的班主任了解情况，当他得知张小丽信中所写的都是事实后，心里久久无法平静。他知道，学生给他写这封信，是对自己的一种信任，她在用自己幼小的心灵诉说着命运的不公。

杨运大再也坐不住了，于是立即动身赶往这个学生的家里探望。进屋时，眼前的情景完全出乎他的意料：不足20平方米的土砖屋，伸手就可摸到房顶；屋内阴暗潮湿，中间的火塘上架着一只铁锅；稍微像样点的"家具"是两张陈旧的木板床，整个家里显得既萧条又冷清……杨运大了解到，张小丽的奶奶因病去世已有些时日，她的父亲也一直身患疾病，而她的母亲更是先天性残疾，一家人为了治病和供两个孩子读书，早已经负债累累。

父母早出晚归地在地里劳作。懂事的张小丽姐妹俩做好午饭请杨运大一起吃，但是那一刻，杨运大却怎么也咽不下。他第一次发现，自己的学生里，还有很多孩子家庭条件甚至比他当年更差，他们的求学之路也比他小时候更加曲折。

1981年，杨运大出生于湖南永州双牌县上梧江瑶族乡大山里的一个贫困家庭。在他小时候，曾参加过抗日战争的爷爷常常给他讲读书、做人的道理。在爷爷的教育下，渐渐地，杨运大养成了勤奋好学、乐于助人的习惯。

大山里的农家，杨运大的父母即便再勤劳，每次到开学时，仍拿不出杨运大与妹妹要交的学杂费。在父母又一次出门借钱未果的晚上，妹妹的话打破了家中的沉默。

"哥哥成绩好，把读书的机会留给哥哥吧。"杨运大的妹妹主动提出辍学。

妹妹刚小学毕业即将升入初中，就这样辍学了，她以后靠什么来改变命运呢？杨运大既愧疚又难过，他含泪朝父母望去，父母怔怔地望着两个孩子，父亲说："以咱家的情况，只能这样了……"

杨运大也曾坚持把上学的机会留给妹妹，可他的抗争在残酷的现实面前苍白无力。他肩负沉甸甸的担子，于是他只能努力，再努力地学习。

2002年，杨运大高中毕业，他以优异成绩考入湖南怀化学院中文系，成了瑶山里少有的大学生。大学几年，他靠着勤工俭学和助学贷款完成了学业。

临近毕业，大部分同学都选择去经济发达的沿海等城市发展，然而此时的杨运大却有了自己的想法："山区的经济和教育条件太差了，我算是少有的能读大学的人，我一定要想办法帮助更多的贫困孩子考上大学，帮助更多人走出大山。"就这样，2006年毕业时，杨运大选择了到偏远的湘西基层当一名西部志愿者。

那次家访的经历，让杨运大心潮起伏。他把探望张小丽家的经历整理成一篇随笔——《一次震撼人心的家访》。文章以配图片的形式在红网论坛发出后，立即引起了很多网友及爱心人士的关注，很多人联系他要给张小丽家里对应帮扶。正是这场爱心接力坚定了杨运大坚持爱心助学的信念。

他觉得，身为老师，不仅要关心学生的学习，对学生的实际困难同样要尽心尽力。他把每月1000多一点的工资，除了留下必要的生活开支外，几乎全部用于走访贫困学生，当学生有需要时，他都会慷慨解囊。

当年大学毕业时，杨运大欠下的助学贷款没有还清，这又投身于爱心助学，经常让他捉襟见肘。杨运大告诉我，那段时间他经常一天只吃一顿饭。现在回想起来，他仍觉得，虽然自己的力量渺小，但是这不能成为对别人的痛楚视而不见的理由，因为，对弱者的冷漠只会让人失去良知。

"虽然我很穷，能力也十分有限，但可以通过自己的行动让爱不断传递。因为我相信，爱是一种可以传递的力量。就像在这个社会上有人追求繁华的生活，有人追求物质的享受一样，我只想为湘西的孩子们多出一份力，让他们不要再像我的妹妹一样，因为贫困而过早地失去学习的机会……"15年过去，正是怀着这种信念，杨运大即使再苦再累，他都始终坚持当时报名"西部计划"志愿者的初心。

在收集救助名单的过程中，杨运大了解到更多令人心酸的和面临辍学情况的孩子的故事：家住红岩镇刹西村的童海珍，母亲离家出走，奶奶双目失明，全家生计就靠患骨质增生的父亲给村里人维修电视机勉强维持；家住头车村的张佳佳，父亲因车祸去世，母亲一人在外打工，早已无力承担三个孩子的生活和教育费用……杨运大知道，自己即便不吃不喝，把工资全部拿出来也无法帮助如此多的贫困学子，因此他将这些孩子的信息和求学愿望整理归类，征得孩子本人的同意之后，发布在中国青年网、红网、龙山网等网站上。这些信息被热心网友转帖和口耳相传后，北京、深圳、长沙、福州，甚至海外的爱心人士纷纷捐款捐物，一场又一场的爱心接力通过杨运大和互联网延续了下来。

2008年国庆，福建的张日华女士携女儿不远千里来到龙山看望其资助的两名学生；2009年5月29日，26名"湘西摩迷"到龙山县洗洛乡为洗洛小学的李秀丽、李小平姐妹送上6100元爱心款；深圳的郑女士自2009年2月起至今已捐献爱心款超过30万元，并且承诺如果有人考上大学，她还会给每人1万元作为奖励，并且每月按时汇2000元生活费……涓涓细流汇聚成爱的海洋。

"只要我还在湘西，只要还有爱心人士继续捐赠，助学这件事我就一定会坚持做下去，让爱不断地延续与传递，让更多的贫困学子走出大山，摆脱贫困。"十多年来，杨运大通过网络筹集爱心款48.19万元，这些爱心善款全部用于帮助龙山的贫困学生，使130名贫困学生得到了资助，其中有34人考上大中专院校。

杨运大在湘西大山里从一名大学生志愿服务西部计划志愿者开始，先后当过教师、副乡长、县委办机关工作人员。无论工作岗位如何调整，有一个身份他却一如既往地保持着，那就是——扶贫助学志愿者。虽然更加忙碌了，但是每到一个地方工作，他首先了解的一定是贫困学子的情况，每当学生开学的时候，他总会按时把爱心款送到学生手中。

2016年2月，根据组织安排，杨运大被派到龙山县茨岩塘镇细车村担任驻村第一书记。这里是一方红色土地，当年，任弼时、贺龙、关向应、王震、萧克等老一辈无产阶级革命家率领红二、六军团在这里建立了"湘鄂川黔革命根据地"。采访期间，杨运大带我参观了根据地和红军医院、红军兵工厂旧址等地。望着简陋的木屋，杨运大说，在如此简陋的环境下，那些革命先辈依然保持了旺盛的革命斗志，他要把他们的这种革命乐观主义精神带到脱贫攻坚战斗中去。

对他来说，虽然岗位变了，但是服务基层、奉献大山的初心未改。

细车村全村面积约 9 平方千米，散落着 12 个村民小组。杨运大刚驻村那会，村里共有建档立卡贫困户 76 户 300 人，贫困发生率较高。

为了更好地精准施策，杨运大和扶贫队的同事利用周末和夜晚开展地毯式走访，组织田头会、灶头会、院坝会近百次，充分了解村情民意。通过走访得知，群众对以往的扶贫工作有质疑，个别群众抵触情绪大。

"工作必须公开透明，这样才能得到群众的支持和认可。"杨运大结合县里开展的精准扶贫"回头看"，召开村民代表大会，对村里的扶贫对象进行评议表决。

一大早，村部的院坝里就坐满了村民，每户都派出了一名代表参会，按照扶贫政策，大家进行了投票表决。当结果张榜在村部的公开栏上，村民纷纷竖起了大拇指："杨书记办事公平公正，没有私心。"

"村里路太烂""产业发展是重点""我想申请危房改造"……村民觉得扶贫队干实事，做事公道，都积极向他们反映问题，也为村里的工作建言献策。杨运大一一记在本上，他说："村民向我反映问题，是对我的信任，也是我工作的最大动力，我一定要努力解决这些问题。"

细车村与隔壁的大田村、小米村同处一个片区，大田、小米两村的公路硬化时间较早，而地处两村之间的细车村公路却坑坑洼洼。对此，村民反映强烈，意见很大。有人曾问去细车的路，村民只能苦笑着回答："水泥路走完，到烂路就是细车村了。"

"路不整修，谈何脱贫，路不通，群众的心也不会通。"杨运大将公路作为扶贫第一大事来抓，积极向上级汇报，争取项目资金。很快，细车村公路硬化纳入了建设项目。

驻村半年左右，公路硬化工程正式实施。为加快施工进度和确保工程质量，杨运大每天行走在施工现场。时值夏季，烈日炎炎，可他每天坚守工地，施工到哪里，他就走到哪里。

公路终于变得平坦宽阔，杨运大却被晒成了"黑雷公"，一双鞋子也咧开了"嘴"。"村民出门方便多了，脚上再也不会沾泥了。"走在新修的水泥路上，杨运大满脸的喜悦和自豪。

村组公路硬化后，杨运大与工作队又向组级路、户间路、产业路进军，硬化通村公路、通组公路超过1600多米，新建大小桥梁7座，入户路和户间道全面实行了硬化，新修产业路2000米，实施人饮工程，村级综合服务平台投入使用，广播电视村村通实现全覆盖，全村基础设施得到了极大改善。通过杨运大和驻村工作队积极争取，衔接和投入项目资金超过1000万元，让村民感受到了实实在在的变化。

路修好了，村里的各项硬件设施强化了，可村里的产业还是短板，杨运大规划起村里未来发展之路。

细车村有种植油茶的历史，但由于品种、管护等问题，没有获得收益。根据县里产业发展布局和村里实际，扶贫工作队决定，重新发展油茶种植，并由村里牵头，成立了油茶种植合作社，根据利益联结、管护等问题制定了相关措施。

刚开始，不少村民对发展油茶产业缺乏信心，顾虑重重。

"喊破嗓子，不如做出样子。"杨运大决定先办样板，用事实说话。

第一批油茶苗很快运到村里，在县农业部门技术员的指导下，杨运大和扶贫工作队高标准地完成了第一期油茶种植。

看着地里青青的油茶树，村民的心动了，觉得种植油茶有盼头，于是纷纷来找扶贫队，主动要求种植油茶。目前，全村种植油茶900余亩、茶叶200余亩。杨运大还帮助村民养羊、养猪、养鸡等。

驻村扶贫几年，杨运大与村民们早已经结下了不解之缘。村支书江国宝一提起杨运大，就忍不住要"点赞"："我们村翻天覆地的变化，离不开他。他特别踏实勤奋，特别有亲和力，很会化解矛盾，很会融洽干群关系，我要向他学习，做人民群众的贴心人。"

这个贴心人，扶贫扶到群众心坎上，真正成了村里"问不倒、狗不叫、洗不白"的"三不书记"。

我到细车村采访的时候，细车村已经于2019年脱贫出列，杨运大和驻村工作队依然还坚持在村里巩固脱贫成果，带领村民走向乡村振兴之路。

他说："对标对表，做好每一项工作，只有这样，才能让脱贫经得起历史的检验，经得起人民群众的检验。"

杨运大是这么说的，也是这么做的。他告诉我，整个国家的扶贫工作不断推进，结合他入户走访的情况来看，因贫困辍学的适龄学生基本上不存在了，这是让他感触最深的，也是他最希望看到的，但他助学的脚步不会停止。

道阻且长，行则将至。一路走来，杨运大总结了一下自己，"做了点小事"。他踏实、勤奋，待人对事"问心无愧"——唯一让他心存愧疚的，是欠父母太多了。父母与家人自始至终的理解和支持，给了他一个最温馨的港湾。朴实善良的父母非但没有责怪他，反而支持他、鼓励他。他们是两名地地道道的农家人，并没有要求儿子为家里做什么。从杨运大选择来到湘西参加大学生志愿服务西部计划支教那天起,父母就对他说:"你已经长大成人了,去做你想做的事情去吧。"

出生于大山,通过努力走出大山求学,却又告别城市繁华扎根在了更偏远的大山。在与杨运大道别的时候,我问他:"来到湘西你后悔过吗?"他说:"不后悔!到龙山这十几年,看着大山里一天天、一年年不断在发展变化,我很欣慰。我自己也在这里得到了锻炼,与这片土地一起在成长。"

当年,杨运大辗转坐大巴来到湘西,14年后,龙山步入了城铁时代。从龙山开往长沙的城际列车一路向东,带着大山的美丽与希望,历经山川河谷,历经乡村城镇,走过的道路记录了细车村百姓脱贫致富的步伐,也如同杨运大的青春梦想,日渐丰满与繁华。

扶志与扶智

2017年6月23日,习近平总书记在深度贫困地区脱贫攻坚座谈会上指出,有的民族地区,尽管解放后实现了社会制度跨越,但社会文明程度依然很低,不识汉字、不懂普通话;群众安于现状,脱贫内生动力严重不足。

"治贫先治愚,扶贫先扶智"是破题的关键。

怎么破?

2017年8月18日,贵州省第一所青年志愿者脱贫攻坚夜校在三都水族自治县普安镇阳基村揭牌开班。

开办一所特殊的夜校,是认真贯彻落实习近平总书记重要讲话精神的实际行动,也是对时任贵州省委书记孙志刚同志"共青团要把夜校办到农村去"重要指示的热烈呼应。

一校开,百校来。贵州崎岖的山沟沟里,大大小小的志愿者脱贫攻坚夜校星罗棋布。

边干边总结,边总结边干,在干中发现差距,在干中不断提升,扎实推进各项工作。仅一年的时间,贵州省各级团组织在全省建成夜校 136 所。夜校全部建到村一级和易地扶贫搬迁安置点，分布在 57 个县（市、区），涵盖 14 个深度贫困县和 20 个极贫乡镇。累计礼聘教师和志愿者 1806 人，开展教学 7013 课时，招收学员 16547 人，培训群众 137312 人（次）。

在探索中，贵州省交出了一份关于教育扶贫的令人满意的答卷。

1

家住三都县普安镇阳基村总奖十二组的莫娘，今年 40 岁，以前是个"不懂客家话，不识字、不会算数"，连县城都没去过的妇女，如今逢人就忍不住"炫耀"一番："我喂的猪现在都不会生病了，果子也不会没熟就烂掉……"不仅如此，莫娘还学会了使用智能手机，每天都会熟练地发微信朋友圈，把自己生活的点点滴滴展示出来。

这一切改变，都发生在青年志愿者脱贫攻坚夜校开班之后。

莫娘记得，那一天村子里来了几个穿红外衣的小姑娘、小伙子，说是要在村里免费开夜校，还挨家挨户问愿不愿意去听课，想听想学什么。乡亲们你一言我一语地说着，几个年轻人听得很认真，一边听，一边用笔在纸上记着。

等他们走后，莫娘跟几个熟识的乡邻唠上了嗑，说着说着，开始相互打听谁报名上学了。

"莫娘，要不你也去上课吧。"突然有人打趣道。

莫娘一怔，随即忸怩起来："我都一把年纪了，还……"

话题很快就过去了，但莫娘的心里却一直火热着。小时候家里穷，兄弟姐妹很多，上学是件奢侈的事。每当莫娘吵着想去上学，家里的爹娘总是长叹一声，也不管莫娘听不听得懂，把她拉到一旁开始讲道理："姑娘迟早要嫁人，是别人家的，让哥哥和弟弟上学懂点文化，将来就算你们姐妹嫁人了，也有个懂文化的弟兄做依靠，夫家不敢欺负你们。"

莫娘从小就懂事，次数多了，也就再也没提起过上学的事。只是干完农活后，就偷偷去窗户下面听先生讲课，羡慕教室里面的人。后来实在困难，农活也多，莫娘兄弟上了几年的学后就回家种田了，她也就没机会去听课。

如今，到了不惑之年，"上学"两个字再次被提起，莫娘似乎再也按捺不住了。出去有意无意地打听了几次，莫娘发现，村子里跟她一样想法的人还有很多。

8月的时候，团县委的干部、阳基小学龙飞校长和村干部在村里张罗夜校的教室、图书室、桌椅板凳等，莫娘过去帮忙，没想到遇到了之前打趣要她报名的几个人。大家相视一笑，干起活来也愈发有劲了，心里的想法也不再遮遮掩掩了。

8月18日举行阳基村青年志愿者脱贫攻坚夜校揭牌仪式，莫娘作为第一期开班学生去了现场。看着红布被揭下，她突然觉得自己又回到了小时候。那时候，上学是件多么令人向往的事……

村里报名的有137人，分4个班，像莫娘一样不会认字、写自己名字、简单算术的分在一班。第一堂课，莫娘就被吸引住了，简简单单的"1至10"，竟然有好几种写法：一种是1、2、3……10；第二种是一、二、三……十；至于第三种，是比较难、不常用的，授课的龙飞校长没做要求,只要会认就可以(学到后面莫娘才知道,第三种写法是大写数字)。

从夜校回来后,莫娘的心久久不能平静。多年的愿望一朝成了现实,这样的机会千万要珍惜啊。

夜校的授课方式,让莫娘和她的同学们听得懂,也愿意学。老师们教他们写字和算术,用客家话和家乡话变换讲,讲得很有趣,大家听得很认真,不懂的就问。

莫娘也没想到,自己的胆子突然就变大了。要知道,教课的龙飞校长是村小的校长啊,是自己小孩的校长,她不好意思也不敢问;教芦笙的老师组织大家们跳舞、吹芦笙,莫娘觉得更不好意思了。可这些老师却不管这么多,一遍遍地教,也不断有同学在尝试。

慢慢地,莫娘也放得开了。

"现在都不用老师给我们吹,我们自己能吹,老师和我们一起跳。"莫娘说。

夜校的陆老师是从黔东南黎平侗寨过来的大学生志愿者,经常把党和政府的新政策和国家大事讲给大家听,莫娘最喜欢听她讲和农民有关的政策、外面世界近期发生的事情。小陆老师来的时候不会讲苗话,最开始时学生们听不懂普通话,她就学了三都客家话,也时常跟夜校的学生学苗话,就从简单的"吃饭""喝水""回家"这些学起。

就这样,上课时老师教学生知识,下课了学生教老师苗语,大家在交流中相互学习,都有很大的进步。

"现在我都能听懂客家话和普通话了。"莫娘发现,不光是自己,和她一起上夜校的同学们都大有进步,"我们都可以跟老师们用普通话交流了。"

根据村里的实际情况,夜校请来了县农业局、科技局的老师,讲授喂猪、喂鱼和种枇杷、葡萄的技术——莫娘听得格外认真。老师们一点都不怕脏,到猪圈、田头、菜园里面给大家耐心、细致地讲。

几堂课下来,莫娘学会了不少知识,也终于知道自己以前养猪、喂鸡的方法太落后了。在夜校老师的指导下,莫娘明白了许多以往猪、鸭、鱼、果树长不快和生病的原因以及解决的办法。

有一天,夜校老师弄来了白屏,这是个可以看电视,也可以上课用的新奇玩意,让莫娘觉得既新奇又兴奋:"听说是团中央送给我们阳基夜校的。"

没有特殊情况,莫娘一次不落地去参加学习,从开始听不太懂普通话也不识字,到现在能听懂大部分的普通话,会写自己的名字、村寨的名字,还有好多简单的字,莫娘感觉自己每天都在进步。

莫娘还学会了用手机,学会算钱卖东西,敢一个人坐车去三都看县庆。

每到县城,莫娘总是回想起自己小时候。那个时候,县城对她来说是一个遥远的地方,是跟自己八竿子打不着的大地方,但如今,她走在热闹的县城大街上,心里早就没有了惶恐。碰到陌生的路口,她也不需问路,因为她学会了用手机导航。她坦然地走着,就像是走在自家菜地里。

2

　　三都县 300 千米开外的正安县，青年志愿者脱贫攻坚夜校也在慢慢改变着当地。

　　1991 年出生的王贵，是贵州省正安县青年志愿者脱贫攻坚夜校的一名"西部计划"志愿者。2017 年 7 月，他从贵州民族大学毕业，响应时代号召，毅然参加大学生志愿服务西部计划，成为一名志愿者。

　　四年前，我到正安采访的时候正是冬天，温度已经跌破零摄氏度，但是看到那里易地扶贫搬迁热火朝天的局面和脱贫攻坚夜校朝气蓬勃的西部志愿者，内心顿时温暖起来。

　　我在正安县青年志愿者脱贫攻坚夜校瑞濠服务点见到了王贵和他的队友尹晓庆，他们负责组织和开展夜校培训班及相关工作。

　　王贵他们所在的点，周边老百姓都是近几年易地扶贫搬迁过来的新居民，文化程度普遍较低，这也成了王贵开展工作的突破口。

　　班竹镇高原村㧟口组的精准扶贫户张群家里是全村有名的贫困户：全家六口人，老人常年多病，孩子日常花销也大，家中的一切重担都是张群和老公在扛。没有技术，找工作只有下苦力，人累钱少，根本难以支撑整个家庭的开支。

　　2017 年 11 月 25 日，夜校在瑞濠点开班，张群成了夜校的第一批学员。在张群看来，夜校老师一个个都是知识分子，有知识有文化，人热心，上课也很耐心。短短几节课下来，一扇新的大门像是在张群面前打开了。在王贵的精心指导下，张群学到了很多东西——基本的电脑操作、电商管理、小区业务管理等知识和技能。

2017年底，张群在移民大厅当上了协管员，一个月收入有2000多元。告别了粗重体力活的张群，在接到通知的第一时间就把这个好消息告诉了王贵。

　　"家里的基本生活开销差不多够了，再加上老公也在附近工业园区吉他厂上班，我们一家终于走出了困境，过上了幸福开心的日子。"谈及现在的工作，张群眉飞色舞。

　　除了夜校的学员，王贵也把村里的学生记在心上。

　　王贵每天都要和同事们一起走访入户，了解、记录农民工子女、留守儿童和困境儿童的基本情况，等到他们放学后，王贵就会把孩子们聚到一起，给他们辅导功课，在心理上引导留守孩子们要积极乐观、阳光快乐地生活。只要孩子们有什么心愿告诉他，他就会想方设法帮他们实现。

　　王贵知道，孩子们年龄小，他讲的很多东西他们现在不一定都听得懂，但他还是坚持："只要是从他们的角度出发，总有一天他们会明白的。"

　　留守儿童张华性格内向，成绩差，王贵看在眼里急在心里。有一天傍晚，王贵来到张华家里，见到了正端着碗吃晚饭的张华。等张华吃完饭，王贵开始跟张华聊天。不聊学习，王贵开口的第一句话就是："你去过外面吗？"

　　张华愣了愣，低着头说："没有。"

　　王贵继续问："你知道电脑、手机吗？"

　　张华抿着嘴，抬头看着王贵不说话。

　　王贵开始讲起外面的世界，绘声绘色地描述着在正安县外的生活。张华的眼睛慢慢亮了起来。

王贵突然停下来，看着张华问："你想去外面吗？想坐飞机坐高铁吗？"

张华张了张嘴，过了好一会儿才小声地说出一个字："想。"

"想出去看外面的世界，就要好好学习，以后考上大学了，就会有机会。"

"可我的成绩不好……"张华把头扭向一边。

"要有信心，你这么聪明，一定能赶上去的。"

张华是第一次听到有人说自己"聪明"，激动得张大了嘴，定定地看着王贵。王贵摸着张华的头发，说："以后每天我给你补习功课，咱们一起学习，把成绩赶上去。"

王贵说到做到，从此每天张华放学后，他如约而来，从最基础的知识讲起，一点一点帮张华把成绩追上去。

期末考试过后，张华跑到王贵那里，把手里的试卷高高举起来，嘴里喊着："看，看……"王贵接过试卷，一个鲜红的"90分"映入眼帘，王贵的眼里溢出了笑意。

"王老师，我棒不棒？"

王贵哈哈笑出了声，摸着张华的头，说："棒极了！继续加油！"

除帮助留守儿童外，王贵还积极参与了"女童保护"知识讲座、十九大知识宣讲、社区矫正、留守儿童结对帮扶、公益放映等志愿服务。

帮助留守儿童，对于王贵来说，既是一次宝贵的经历，也是梦想的开始。"帮助他们圆梦，我的梦想也在开始萌芽。"王贵深有感触地说。

在"奉献、友爱、互助、进步"的激励下,王贵用"认真"去做好工作中的每一件事,用"真情"去对待身边的每一个人。在2018年一年的时间里,王贵总共组织和参与了90多次志愿服务活动,志愿服务时长近700个小时。

在王贵看来,志愿服务也是工作,不能因为工作的性质而改变工作的责任心,只要尽职尽责地去做好每一件事,自身的价值就会得到最好的体现。对于一年来自己的志愿服务工作,王贵说,那是精神上的享受,条件艰苦但精神是快乐的,希望有更多的朋友加入西部志愿者的队伍!

王贵以实际行动了解居民群众的真实需求,并长期和居民群众保持亲密联系,让他们形成了有事找夜校"小王"、不懂技术找夜校"小王"的良好效果。王贵通过夜校,架起了党和群众之间的桥梁。

在夜校服务至今,王贵组织学员开展25次培训,培训学员人数达1200多人次,组织开展10多次志愿服务活动,服务群众达1300多人次。对于夜校工作,王贵投入了自己的全部精力,在他看来,"扶贫先扶智",只有在最基层发力,教会老百姓知识和技能,扶贫工作才算是有了真正的扎根之壤,"通过开展夜校培训,正安县的脱贫攻坚工作有了更强的推动力"。

工作中,他爱岗敬业,尽职尽责,积极上进;生活中,他敬老爱幼,真心真意;社会中,他不计得失,任劳任怨,热心助人。他用实际行动,弘扬社会正气,时时刻刻践行着一名"90后"年轻人的奉献誓言。

3

和王贵一样,尹晓庆也是正安县青年志愿者脱贫攻坚夜校瑞濠点的志愿者。

2018年6月,从上海理工大学制药工程专业毕业后,尹晓庆选择当一名"西部计划"志愿者。

尹晓庆的选择,跟她的成长经历有关。早年父母离异后,她和姐姐跟着妈妈度过了一段艰难的时期。高中时,尹晓庆加入新华爱心教育基金会"捡回珍珠计划"。基金会理事长的一句话让尹晓庆一辈子都难以忘怀:"你们就像一颗颗被遗落的珍珠,总有一天会发光。"

一路走来,师生、朋友的热忱和奉献,在尹晓庆心里生了根,也就是这些人、这些事,让尹晓庆开始萌生了以后一定要帮助别人的想法。大学四年,尹晓庆组建了"珍珠爱心社",参与了关爱自闭症儿童、敬老院探望老人等公益活动。她和社团骨干一起,为了社团的发展而共同奋斗。尹晓庆也因此获得了上海市优秀毕业生、国家励志奖学金、优秀学生奖学金、优秀志愿者等各种荣誉和奖励。

大学毕业后,尹晓庆进入一家公司实习。有一天,看到学校招募大学生志愿服务西部计划志愿者通知,没有片刻犹豫,尹晓庆向学校申请报名参加。

身边的朋友很惊讶:"上海不好吗?干吗非得去西部?"尹晓庆笑着摇摇头,并不解释。从报名的那一刻起,她的心里就一直有个声音在响起:"如果不去,我会后悔一辈子!"这是她准备了四年的一件事,任何事情都难以动摇。

申请很快通过，尹晓庆被分在了正安县青年志愿者脱贫攻坚夜校瑞濠安置点。

到青年夜校服务的当天，正值暑假，学生很多，工作十分繁忙。走进教室，尹晓庆很快进入角色，孩子们被她的讲课吸引，听得认真极了。突然台下传来一声尖叫，把尹晓庆吓一大跳。回过神后，她赶忙走下讲台，快步来到尖叫的女孩旁边。女孩已停止了尖叫，两眼直直望着窗外。因为天热，窗户一直开着，窗外的天已黑了下来，不远处吹吹打打的乐器声夹杂着哀乐一阵阵飘来——尹晓庆记起来了，白天来学校的路上，她刚好看见这附近有人家在办丧事。八月天里，尹晓庆不禁打了个冷战。

尹晓庆走到讲台，翻开还没来得及看的学生花名册，在其他学生的帮助下找到了女孩家里人的联系方式。挂断电话没多久，女孩奶奶赶了过来，一把抱着孙女，从口袋里掏出几颗维生素片，熟练地塞进孙女嘴里。尹晓庆在一旁看得目瞪口呆，一时间连精心准备了好几天的课都不知道怎么上下去。

这个女孩子叫向欢。自从那次在课堂上莫名其妙尖叫后，将近一个月的时间里，她连话都说不清楚。即使有老师们陪在身边，她也会突然间像看到了什么恐怖的东西一样，异常害怕，嘴里说着一些谁都听不懂的话。几乎没有同学愿意跟她玩，她也从不主动跟任何人玩。

通过观察，尹晓庆发现向欢是一个很腼腆的女孩子，每次活动课，只要到了她这一步，一定会卡住，无法继续。每当这个时候向欢都会不好意思地笑笑，低着头，不说话，能够感受到她自信心的缺乏与自卑。

尹晓庆很喜欢向欢，也希望她能够去尝试做不敢做的事，上课的时候会故意看她，请她回答问题，即使连续很多次她都仍然保持着笑而不语的状态。

尹晓庆知道，这孩子对自己不排斥，每次在教室外碰到，虽然她仍是不说话，但眼睛里会有笑意。

有时候，尹晓庆也会像朋友般跟她开玩笑说："下次你得回答问题了，不然我就一直抽你回答问题。"她仍然是腼腆地笑笑，一句话也不说。

两个月的时间，在尹晓庆的引导下，向欢渐渐地敢和老师开玩笑，也开始有了勇气主动提问。在小班教学的英语课堂上，也主动尝试了一对一的会话。向欢的害羞依然存在，但尹晓庆知道，向欢一定是经过了复杂的心理活动，战胜内心的挣扎，才能迈出这一步。

虽然只是小小的改变，但尹晓庆心里是满满的期待。

除了向欢，班上的赵玉涛也是一个很特殊的孩子。

尹晓庆对赵玉涛的第一印象，源于夜校义工讲述的故事。当时暑期的大学生志愿者正在为孩子们上美术课，课后浏览作品时，义工在他的画板后发现了这样一句话：20年后我应该就不在这个世上了，如果那时我还活着，我一定会再画一幅画，一幅属于我的很美丽的画。

一瞬间，大家都震惊了。什么意思呢？所有人心头都有一个大大的问号。

在联系了他的家长之后才了解到，这个孩子患有白血病。当尹晓庆把赵玉涛画板上的那句话讲出来，他的父母哽咽了。他们从来不知道这些，也没觉得孩子有这种想法，因为赵云涛从未在他们面前倾诉自己的想法。

感叹着生命的可贵，尹晓庆也为这个孩子感到惋惜。她下定决心，一定要尽自己所能，让他在夜校的期间感受到幸福、尊重以及平等的对待。

由于身体原因，赵云涛经常缺课，学习方面落后了很多。尹晓庆鼓励他多提问，抓住在学子班学习的时间，主动弥补不足。尹晓庆为他提供了一对一的英语教学，而他的进步也是显而易见的，考试成绩比很多同学都优秀。英语学习的成功给了他自信，在平时的小班教学中，赵玉涛也是最积极、发言最踊跃的。

或许是由于疾病问题以及家人的宠爱，赵云涛身上也有着很多小毛病，其中最明显的就是礼貌以及自私的问题。刚开始时，他每次找尹晓庆学习时都说"教我英语""给我讲英语"，有时上课也会打扰老师和同学。几次之后，尹晓庆意识到这样下去是不行的，学习固然重要，礼貌以及尊重也是最基础的课题。

当他再一次用那种口吻说话时，尹晓庆批评了他，跟他讲道理，教他请他人帮忙时应该怎样做。慢慢地，他也能很自然地说出"请""谢谢""对不起"这些看似简单，对他来说却很难说出口的词了。

尹晓庆觉得，孩子再有特殊情况，心里也是期盼着别人的平等对待。"这也是平等对待的一种表现吧，不因为他的疾病而特殊关照他，这样才能让他感受到自己和其他同学是一样的，才能为他减少心理压力。"

班上的孩子们都喜欢上了亲切的尹老师。每天一定会有几个孩子扬着手里的零食问她要不要吃，有时候不吃他们还会不高兴；一定会有孩子一进门就找她，一直跟在她的身边，甚至为了能和尹老师待在一起，在学校就抓紧时间把作业做完；一定会有几个孩子等她一起回家，虽然同行的距离只有短短 200 米。

"有一次我提前离开了，第二天刘宇航哭唧唧地问我昨天怎么不等他。"尹晓庆回忆起这些有趣的事情，如数家珍，"当时心里真的觉得很温暖，想哭又想笑。"

突然有一天，尹晓庆有了一个新的称号——"小宝宝老师"。虽然不知道原因，但能感受到孩子们对自己的喜爱。

尹晓庆喜欢和孩子们一起玩，带他们画画、做手工，虽然带着这样一大群的宝宝会很累，心里却觉得很甜，总是希望把最好最新的东西给他们，也会绞尽脑汁为他们设计各种有助成长的艺术课堂。

作为"西部计划"志愿者，尹晓庆知道，她的工作内容并不仅限于夜校，更不是局限于学子班，志愿者就像一块砖，哪里需要哪里搬。为了了解居民情况就需要入户，每次活动需要帮忙的时候，他们也一定是第一时间报到。

"既然选择了西部志愿者这条路，就已经想到了会遇到的艰难险阻，做好了应对一切困难的准备。在有限的时间里去做这件对我意义重大的事，在服务的道路中收获成长。"尹晓庆说。

第六章
成长的力量

岁月倏忽,西部在成长,这些支援西部的青年也在支援的过程中不断得到历练,他们伴随着西部一起成长,他们的青春因为奉献而更加精彩。

与孩子一起成长

教育是最强有力的武器,你能用它来改变世界。习近平总书记多次在扶贫工作中强调,扶贫必扶智。在地处偏远、教育资源相对匮乏的贫困地区,让孩子们每天坐在窗明几净的教室里学习,接受良好的教育,掌握一技之长,拥有个人发展的能力,这是扶贫开发的重要任务。物质条件的改善加上精神的关怀、文化的滋养,才是阻断贫困代际传递的重要途径。

2020年,"教育扶贫"概念首次出现在政府工作报告中。教育扶贫在扶贫工作中具有基础性、先导性作用,是最直接、最有效、最可持续的扶贫。扶贫从孩子抓起,却面向未来。

2005年,23岁的陈晓明从南京中医药大学毕业,来到贵州黔东南的月亮山,成了一名支教志愿者。

2015年,陈晓明成了黔东南榕江县栽麻乡归柳小学的校长。

如今,陈晓明仍然留在月亮山。

一路风尘仆仆,我在榕江的月亮山一带走村入寨,无论走到哪个地方，都能听到陈晓明的名字。

陈晓明支教的第一站，是榕江县计划乡中学。一年后，他申请去了最偏远的、更需要支持的摆王村污讲小学。当时的摆王村，没有手机信号，不通公路，从最近的村落过去要翻过5座大山，蹚过2条河流，要走山路8个多小时。

在污讲小学，陈晓明一待就是六年。六年后，污讲小学迁至县城，陈晓明向上级部门申请，来到了榕江县栽麻乡最偏僻和落后的归柳小学。

哪怕是和陈晓明相处了好几年的人，也是很久之后才知道，这个"喜欢吃苦""尽往最偏最穷地方跑"的陈老师，竟是一个不折不扣的"富二代"。

陈晓明1982年出生于江苏东台，本是一家造船厂的继承人，2005年从南京中医药大学毕业后只身前往贵州支教。这样一名长于黄海之滨，学于繁华都市的大学生要去支教的消息，震惊了当时所有的亲朋好友。

再多反对的声音，也没有动摇陈晓明的决心。2005年，陈晓明来到贵州支教，选择了榕江县计划乡中学。那时的乡村公路很差，塌方伤人、死人是较为常见的现象。既来之，则安之，条件再差陈晓明也无所畏惧，安安心心地当起了支教老师。

在教学中他发现，中学生的基础太差，便又要求去最偏远的、更需要支持的污讲小学。翻过5座大山，蹚过2条河，走了8个多小时山路，陈晓明来到了污讲小学。

这里的学生有300多个，但教师却少得可怜，加上校长和新来的陈晓明，也才9个。

陈晓明毫不在意，把行李一放，就找校长商量自己的课了。

在污讲小学的日子很苦，陈晓明每天与学生一起吃食堂，一天的伙食只有1.7元钱，饭菜看不到油星；他的房间里只有一张床、一张桌子；生活用品必须到16千米之外的山下去购买，来回步行得两天时间。

不断有新的支教老师来，又不断有人离开。条件太艰苦，外地来的年轻人实在是难以坚持下去。

陈晓明却没起过要走的心思。送第一名支教老师离开后，陈晓明在日记本里写了几行字：我不是来体验生活的，更不是为了捞取什么资本。我要到最需要我的地方，最需要改变的地方。

污讲小学，就是最需要他，也最需要改变的地方。

陈晓明觉得自己的时间太不够用了，每天都有许多事等着他做。学生们基础太差，要从头教起；学校教学设施太简陋，要想办法解决；教师教学方式更是落后，要想办法改进……一桩桩、一件件的事等着他去忙活。

污讲小学的学生宿舍是一栋两层楼的木房子，看上去年代久远、岌岌可危，走在上面咯吱咯吱作响。孩子们的床上都是清一色的床板，只有一床被子堆在冰冷的床板上。甚至有些寝室连床都没有，10多个平方米的房间里要住20多个人，全都打地铺，挤在一块儿睡。

当地适龄学生辍学率惊人。往往有些孩子今天还在教室里上着课，明天就在家里干上了农活，从此就不上学了，家长连招呼都不会打一个。为了把辍学的孩子重新带回学校，陈晓明常常走几十里山路逐一走访。家长们听不懂普通话，陈晓明连比带画，"手舞足蹈"了半天，对方看得莫名其妙，转身就走。

回到学校，陈晓明下定决心要把当地语言学会。连这里的话都不会讲，还怎么融入这里呢？

陈晓明利用一切机会学苗语。他用英语的英标标记苗语的发音，然后写在本子上，随身带着，随时拿出来练习。有空的时候，见到老乡就过去没话找话说。就这样，短短一年时间里，陈晓明学会了苗族话和水族话，甚至还能说一口地地道道的榕江话。

但孩子们总要走出大山，去往外面的世界，普通话不学会，将来会是他们的短板。陈晓明突发奇想，如果把苗族话、榕江话和普通话全都用在课堂上，效果会怎样呢？

不出半年，陈晓明自创的"苗族话、榕江话和普通话三语教学"的方式讲课取得了明显效果。他教的班级原来没有一个学生语文及格，在他教了一学期后就有7名同学及格，一年后，及格人数上升到了15人。2008年底，陈晓明所带的班级，语文成绩由原来的全乡倒数第一上升到了全乡第一。

他还到各个村寨办夜校扫盲班，给青年农民上课，教他们一些科学种植养殖的基本知识和技术。只用了三个月，扫盲班55名学员有51人考试合格。

月亮山海拔1800米，处在主峰的污讲寨子一到冬天就特别冷。为了驱寒，陈晓明每天都在房间里跑来跑去。2006年寒假期间，在污讲小学教了半年后，陈晓明患上了肺病。拖了几个星期仍不见好，考虑到当地的医疗条件，陈晓明决定回老家东台治病。

陈晓明带着行李刚准备出门，一大群孩子就围了上来，都拉着他的手哭着不让他走。

"我还会再回来的，"嘶哑着嗓子，陈晓明一个个安慰着孩子，"你们傻乎乎的，哭什么呀？"

孩子们说："我们知道你要回来，但是还是忍不住想哭。"

"放心，老师说到做到，"陈晓明再三保证，"骗你们是小狗。"孩子们这才松开手，眼巴巴地看着老师下了山。

在老家养好病后，"说到做到"的陈晓明真的又回贵州来了。回来那天，山里起了大雾，陈晓明迷路了，怎么也找不到路。

寨子的村民们等到天黑也没接到陈晓明。焦急之中，校长的手机响了，是陈晓明打来了，大家这才知道，陈老师在这大山之中走不出来。于是赶紧点起火把出门找人。一个、两个、三个……队伍慢慢长了。

当一群人举着火把、喊着他的名字找到他时，陈晓明已经在山上被困了12个小时。

大伙拥着陈晓明，高高兴兴地回寨。当一行人出现在污讲苗寨时，见到的是一排排举着火把、站在村口等待到深夜的村民和师生。

陈晓明一边流着眼泪，一边对大家说着谢谢。

那天晚上，陈晓明失眠了。一闭上眼，浮现出来的就是一排排火把，红艳艳的火光刺得陈晓明的眼泪流了一夜。

这些把淳朴刻在骨子里的乡亲，值得他用一生来回报。

这一年，陈晓明带的班，期末考试时全班有20多人及格，拿了全乡第一名，有40多人升入初中，80分以上的有5人。以后几年，陈晓明所支教的班级成绩一直在全乡是数一数二的。

一个水族的女孩在他的指导下，在黔东南的报纸上发表了一篇作文，成了该乡第一个在报纸上发表文章的人。

看着校园里孩子们的笑脸，陈晓明很自然地想起自己家乡的学校。这里的孩子们，课余活动不是你追我赶，就是满地打滚。

2007年，陈晓明的事迹经过媒体报道，引起了社会的广泛关注，几家慈善机构送来了1.5万元。陈晓明带着乡亲们从山下把水泥一袋袋扛上来，终于把操场建好了，从此，污讲小学的孩子们一到下课再也不会灰头土脸了。

这里的孩子们也喜欢打篮球。所谓的篮球，其实就是在布包里塞满纸再缝起来。

陈晓明看得心疼。

2008年5月底，陈晓明发动全村人建起了篮球场。学校建在山上，所有的东西只能从山下运上来。没有交通工具，就用肩扛、用手提上来。陈晓明又自己掏钱购买了几个篮球。

陈晓明找了几根铁栏杆，围成一个矩形——这样看起来，篮球场更加"气派"了。

活动场地有了，陈晓明琢磨着建一个图书馆。2010年4月，他用马从外地拉来了几十箱的图书，又在南京买了很多的图书托运来。再加上外界资助的零星图书，一个简易的图书馆在海拔1800米的山顶上出现了。

建成开放的第一天，汹涌而来的学生差点把木房图书室挤垮了。陈晓明在一旁看着看着，眼泪又不觉流了下来。

2008年，陈晓明结婚了，妻子是一名从未上过学、连汉语都不会讲的苗族姑娘。父母知道后坚决反对，亲戚朋友也纷纷打来电话劝阻。

陈晓明的父母恨不得把儿子"绑回去"。当年，陈晓明不顾一切来贵州支教，在父母看来，是年轻人头脑发热，总还有回家的一天。可现在娶个当地姑娘，这是要在那偏远山村扎根啊！

再多的反对声，陈晓明也是不管不顾。他认准的事，就没有改变过。

4月12日，陈晓明的婚礼如期举行，污讲苗寨的父老乡亲们倾寨而出前来祝贺。一个老大娘赶10多里山路，从临近寨子前来道贺。她拉着陈晓明的手，动情地对大家说："陈老师就是我们苗家人的孩子，不管路多远我们也要来。"

婚礼很简朴，他的新房也只有大约4平方米，只有一铺床，没有任何家具，更谈不上电器。

陈晓明握着妻子的手，说："在这儿，我找到了自己的一个精神家园，这个精神家园是由学生、教室还有我，还有粉笔还有教案构成的。当你把知识传授给学生的时候，你给学生的只是一朵玫瑰花，但是学生还给你的可能是50朵，甚至100朵——你给了他一朵玫瑰花，他给你的是一座玫瑰花园。"

妻子睁大眼睛看着他，她似乎听懂了，又好像一点都不明白。但无论怎样，她知道，这个男人是想一辈子留在这里了。

陈晓明彻底融入了月亮山，也有了一个苗族名字：老米。

婚后的生活，意味着柴米油盐。靠着陈晓明每月300元的工资，逐渐不能维持夫妻两人的生活了。除了生活开支，陈晓明这些年还资助很多曾经的学生读高中。妻子老丫不知道和他吵了多少次："你本来就穷，还打肿脸充胖子，去帮助别人，可谁帮我们呀？"可吵归吵，每次孩子到家里来，妻子都把家里仅存的一点米粮做给学生吃，学生走后，他们因缺粮需要喝上几天米粥水。

2010年年底，陈晓明和妻子靠吃干辣椒过了一个新年。

为了生存，2011年，陈晓明参加了当地教育局教师招聘考试，并以优异成绩成为一名公办老师，调入城关小学试用。

陈晓明参加招考，其实还有一个原因。志愿期满后，在和别人闲聊中，陈晓明得知自己是非正式的代课老师，从2010年6月起，陈晓明就不再领取学校300块钱的补贴，"我不想再给学校加重负担"。

城关小学试用一年后，陈晓明被调到麻将县笔架小学。一个学期后，由于国家施行"生态移民"，摆王村村民绝大部分移民到了榕江县城，污讲小学也迁至县城。

陈晓明原本想转正后调回污讲小学的愿望落空了，为此，他向上级部门写了一份调往榕江县最偏僻和落后的学校的申请，但是一直没有回应。

一个偶然的机会，陈晓明见到了黔东南州州长，他向州长提出调任的请求。不久后，他如愿调到榕江县栽麻乡归柳小学。

"听说这里缺老师，学生特别多，我就来了。"这是陈晓明到归柳小学后的开场白。

学校6个年级，203名学生，14名老师，其中7名是代课教师，陈晓明是唯一一名从山外来的汉族老师。

陈晓明被任命为归柳小学校长，他主动要求承担两个年级的语文和英语教学任务，成了学校教学任务最重的老师。

归柳小学的情况比污讲小学略好，却也让陈晓明伤脑筋。篮球场周围长满杂草，篮球架上没有框，乒乓球台也坏了。学校没有食堂，孩子们的早饭和午饭只能蹲在厨房门口的空地上吃。学校没有自来水，做饭得去2000米外挑。孩子们没有什么课外活动，总是跑到小河里去洗澡。

2014年10月，母校南京中医药大学邀请陈晓明回校参加60周年校庆。在电话里，陈晓明爽快地答应了，只提了一个要求——"如果你们不给我的孩子们捐钱，我就不回去"。学校答应了他的要求。

在校庆典礼会场上，陈晓明向学弟学妹们讲述他在月亮山上的无悔人生。偌大的会场特别安静，陈晓明的声音撞击着每一名校友的心扉。最后，陈晓明直言，希望得到母校的支持。"太缺钱了！各方面都需要经费支持。"

7月16日，由南京中医药大学校团委牵头组成18人的团队来到月亮山，捐赠了20万元用于支持归柳小学建设食堂。

"是你牵起这份缘。"南京中医药大学团委书记杨羽对陈晓明动情地说道。

陈晓明的"野心"很大——要把归柳小学打造成国内著名小学。在他任内，归柳小学的课程丰富了，师资力量不足但相对稳定，考勤也抓得紧。学校给孩子们安排语文、数学、英语等课程，因为缺老师，有些课没有人上，就靠孩子们自习。

"孩子们想上就来上，不想上我就去劝他们来上课。"陈晓明明白，要想彻底改变，还需要一段较长的时间，他能做的，就是尽自己所能，把这个过程尽量缩短。

在污讲小学的六年时间里，陈晓明感动了贵州，也感动了全国。

荣誉纷至沓来：榕江县"优秀教育工作者"、自治州"道德模范"、"大学生志愿服务西部计划优秀志愿者"、"助人为乐"好人称号……

以他在月亮山区六年的支教经历拍摄成的电视剧《月亮之恋》还登上了央视。

更令陈晓明感到欣慰和振奋的是，在他的影响和感召下，榕江县城学校教师纷纷申请到偏远乡镇支教，乡镇学校的老师又纷纷走到更偏僻的村教学点支教……

他就像当年乡亲们寻他时的火把，也照亮了别人前行的路。

在这六年里，陈晓明只回过两次家。第二次回家，陈晓明带上了妻子。父母亲看着眼前的儿子儿媳，一时间无语凝噎。

在家里，陈晓明接受了家乡媒体记者的采访。

记者问他："苦吗？"

陈晓明呵呵一笑："苦，当然苦。吃过的苦你们都想不到的。"

"这么苦为什么不回来，或者换份工作？"

"这不可能。我愿意吃这苦。"

"为什么？"

"也许……是各人追求不同吧。"

"你追求什么？"

"生命的体验、不可或缺的感觉，把生命的有效时间投放在最需要的人群里。"

陈晓明话匣子打开，滔滔不绝地向记者讲起了在贵州经历的一切。说起那些因为资助学生而自己没钱吃饭的日子，陈晓明卖了个关子："你猜，我是怎么度过的？"

不等记者回答，陈晓明自己就把答案说了出来："乡亲们看我没饭吃，今天这个送一顿，明天那个送一顿，哈哈，我也算是吃了'百家饭'。"

陈晓明的母亲一直握着儿媳的手，坐在一旁静静地听着，不知不觉，已是泪流满面。陈晓明也曾找他们要过钱，但为了逼儿子回家，那些年他们狠心一分钱都不给，却不想儿子硬挺了过来，更没有想到的是，这硬挺的时间竟持续了这么长。

老两口也曾想过要去看他，但陈晓明总说忙，说山路不好走。"如果知道他当时真的是山穷水尽，我们爬也要爬过去啊。"想起儿子当年受的苦，母亲再也忍不住，大声哭了出来。

陈晓明的日记本扉页上，写着这样一段话："在这茫茫大山中，我拥有的只是一间适合阅读的小屋、一张床、一张书桌以及日常的必需品，别的什么也没有，但是内心的富足使我的快乐足以匹敌于一个亿万富翁。"

结束对陈晓明的采访，归途中我在榕江高铁站广场附近看到两棵矗立的古榕树，树龄超过500年，根深叶茂，守护着那一方水土。我联想到陈晓明，他也将自己的根扎在了榕江苗寨，自他从南京来到月亮山这十几年，所教过的学生一茬接着一茬，仿佛这两棵古榕树般繁茂、生生不息。

人之精神、理想，若无处安放必然飘零。陈晓明的幸运在于，历经艰苦，在这茫茫大山中，他终于找到了自己永远的归宿，成为月亮山的守望者。

哪怕清苦，他永远甘之如饴。

格桑花开

2003年，23岁的巫雪峰从浙江衢州学院数学专业毕业，与浙江省其他18名大学生志愿者一起来到四川，开始了为期两年的支教生活。

巫雪峰去的地方，跟他的名字一样，那里有高高的雪山。

志愿服务地在海拔3000多米的四川阿坝藏族羌族自治州松潘县，服务项目是在四川松潘县福田希望中学支教。

松潘的冬天格外长，一年中有半年的时间都浸没在白雪中，气温也格外低。恶劣的气候，并不因为巫雪峰是远道而来的志愿者而有所优待，刚到松潘的第三天，天空飘起了雪花。

他在当地的一所希望中学开始了志愿者生活。

高原上的生活给了巫雪峰一个下马威。刚去的时候，吃不惯花椒，听不懂藏语，高原反应很厉害，巫雪峰的头像炸开了一样疼。学校的一名当地老师懂得藏医，就给他煎药，第一次吃藏药，又腥又苦的滋味让巫雪峰印象深刻。刚到的那段时间，他的体重一下子轻了七八斤。

18年前的松潘，经济条件还非常有限。学校没有空余的房子，不能给巫雪峰他们这些新来的支教老师安排单独的住宿，为了不给校方添麻烦，他便跟另外一名志愿者和一名当地教师挤着睡，一个用木板钉起来的十来个平方米的卧室里，住着三个人。

离开松潘后很长一段时间内，巫雪峰都还记得踩在卧室木地板上的感受："走起路来都是咯吱咯吱地响个不停。"

最不方便的是厕所，离宿舍很远，遇上阴雨或下雪的天气，路上便泥泞不堪，极易摔跤。因此每逢天气不好的时候，他们就尽量少喝水——更何况，当地取水也非常困难。冬天洗衣服，只能到岷江边上，先用石头在厚厚的冰上砸出一个洞来，然后一勺一勺地把水舀出来，刺骨寒风一吹，沾水的手便感觉不是他自己的了。

一直生活在浙江和风细雨中的巫雪峰，冻得难受的时候，眼泪会不自主地流下来。用袖子擦干眼泪，一手提衣，一手提着装满水的桶，巫雪峰一步一步回到咯吱作响的卧室。

根据学校的安排，巫雪峰担任两个年级的数学和历史两门课程的教学。当他第一次走上讲台，执起教鞭，面对的是30多双单纯得没有任何奢求的目光。

"在这里我能做些什么呢？"学生低头看书的时候，巫雪峰也会低着头，想着自己的心事。

学生大部分都来自藏族家庭，基础薄弱，甚至一些孩子把自己的名字都写错了。在去西部之前，巫雪峰对那里的教育多少存有一些浪漫的幻想，然而，第一次考试就让他感到十分震惊，在他看来并不是很难的一份卷子，全班最高分21分，9人得了0分，平均成绩 4.9 分。

面对极度严峻的教学状况，巫雪峰开始反思自己的教学方式。他从小接受的教育方式和在大学里学到的技能，在这里显然出现了水土不服。面对这群平均分不到 5 分的学生，他要做的便是让学生尽可能地多学知识，长大了走出祖辈们生活的狭小空间，告别贫困。

为了提高教学质量，他常常挑灯夜战，查阅有关教学资料，总结教学经验，认真做好备课笔记，利用一切可以安排的时间给孩子们补习。他还通过成立学习兴趣小组等方式，来调动学生学习的积极性，培养他们对学习的兴趣。孩子们很愿意跟巫雪峰这个"外来的和尚"打交道，遇到学习生活上的困难都会跟他说，他也尽力帮助他们。

课后，孩子们跟巫雪峰没有隔阂，都把他当作大哥哥，大家围坐在一起，听着巫雪峰讲自己的大学生活和成长故事，尤其是外面的精彩世界，孩子们听得入神，仿佛进入了童话世界。

讲课之余，巫雪峰经常抽空去学生家里家访。一个学期内，他几乎走遍了周边所有的村寨。

高原的独特风景，让巫雪峰觉得新鲜而又神奇，每一次家访，都是一次旅行。而学生家里的贫困，让他心里格外沉重。访完所有的学生后，巫雪峰心里烙下的，是西部高原人民艰苦生活的图景，那是久居城市的人们所不能想象的！每到一处，巫雪峰都会督促家长重视孩子的教育。有的家长听不太懂他的普通话，憨憨地看着他边说边比画，然后笑着点点头。

家访的时候，巫雪峰会准备一些实用东西送给他们，有时候是收音机，有时候是饼干之类。有邻居过来看这个上门的老师，巫雪峰都会笑着打招呼,然后给藏族朋友们拍照留念。

每月用在家访上的花费,要占到巫雪峰月工资(600元)的一半,但他还是由衷的高兴。

久而久之,巫雪峰与学生家长建立起了很好的关系,他们像对待家里人一样对待这名年轻的小伙。只要他们有机会来镇上,总会给巫雪峰捎上一些自家的青稞、奶渣,然后会在他要走过的路口等上一整天,就为看看这个支教老师,并向他表达他们朴素的谢意。

巫雪峰去一个叫郎加足的学生家里家访的时候,郎加足的爸爸在家找了半天也找不出一条可以来敬献给老师的哈达,最后还是在嫁在同村的女儿家里找来了一条已有些发黑的哈达。

巫雪峰爱着他的学生,他的学生也深情地爱着这名外面来的支教老师。2003年教师节那天,巫雪峰像往常一样走进教室,学生们喊过"老师好"后,都意外地没有坐下。巫雪峰正纳闷,底下传来了异口同声的"巫老师,节日快乐"。

巫雪峰一怔,张了张嘴,却不知道说什么。

学生们并没有坐下,而是一股脑儿地涌了上来,团团围住了老师,手里都是他们精心准备的礼物:洁白的哈达、唐卡、学生自己画的画,还有一名学生给老师捎来了满满的一瓶青稞酒。

那天晚上,巫雪峰手捧着学生的礼物,喝着醇香的青稞酒,眼泪不禁夺眶而出。巫雪峰翻了个身,压得床板也咯吱咯吱响起来。巫雪峰第一次觉得,这咯吱咯吱的声音在静谧的夜里竟让他觉得内心一片安详。

巫雪峰起身下床,开了灯,翻开日记本写下这么一段话:"我始终觉得在西部当志愿者,心态最重要,你能够做多少事情,不在于你原来在大学里学了多少,而在于你心里想做多少。藏区之于我,如苍穹之于雄鹰。它洗尽了我的铅华,涤荡了我的心灵。"

在学校里,巫雪峰会跟孩子们讲很多外面的东西,但很多时候语言显得那么苍白无力。巫雪峰感到无奈,心里涌起一阵酸楚。在高原之外司空见惯的物品,无论他怎么描述,孩子们都听得一脸茫然。

他开始思索:作为"西部计划"的志愿者,还能怎样拓宽服务领域?还能怎样带给这里的孩子们实实在在的帮助呢?这时,一个大胆的想法在他的脑中渐渐清晰起来:让这里的学生到东部亲身体验一下山外的世界。

2003年12月5日是国际志愿者日。巫雪峰和松潘县志愿者一起组织创建了全国第一个由志愿者发起、具有独立社会法人资格的公益性社会团体——"大学生西部计划松潘志愿者助学会",巫雪峰担任秘书长。在他们的共同努力下,助学会充分发挥志愿者的桥梁作用和整体力量,积极募集资金7万多元,组建了"爱心班",资助了131名品学兼优的贫困学生;购得图书4000多册,创建了镇江关中小学校、热务沟中心校、白羊中学三所学校的"爱心书屋";实施"瑶池学子浙江交流计划";组织了浙江大学城市学院"西域心旅"和浙江工业大学"阿坝藏羌行"活动。

书本里的世界,更加撩动着孩子们渴望而好奇的心,他们知道了飞机、高铁,见到了画在纸上的肯德基、麦当劳。他们捧着课外书,一遍遍地指着上面问:"巫老师,这是真的吗?"

他们仰着头,提着问,眼里闪着光。巫雪峰蓦然间意识到,外面的世界，在他的脑海里是那样真实，而在这 3000 多米的高原上，显得那么虚幻。

在巫雪峰的牵线搭桥下，他的母校——浙江衢州石梁中学于 2003 年 12 月 18 日组织实施"瑶池学子浙江交流计划"。他们从松潘县福田希望中学挑选了三名藏族学生，郎加足、仁真郎磋、泽旺磋，带着他们前往浙江，进行两个多月的学习交流活动。

孩子们第一次走出大山，对外面的一切都感觉相当陌生和新鲜。在成都，孩子们震惊得连话都不敢说，这哪里是他们想象中的世界呀。孩子们不停地指着火车、红绿灯、菠萝等他们从没见过的东西，争先恐后地问巫雪峰："老师，这都是些什么东西啊？"巫雪峰一一给他们讲解。

孩子们在浙江期间，石梁中学专门为他们安排学习计划。巫雪峰还带孩子们去普陀山看真正的大海。

那天，巫雪峰和学生郎加足站在大海边。

"海大吗？"他问郎加足。

"大！比心还大！"郎加足回答得干脆。

那一刻，巫雪峰的眼眶情不自禁地湿润了……这就是那个曾经问他肯德基像不像他家养的土鸡的孩子，却在异土他乡，用平实的话语解析着自己的梦想。

在巫雪峰的积极争取下，有两名学生留在浙江继续他们的学业，学校负担其全部学习、生活费用，直至中学毕业。

回到学校不久，全州统考开始了，巫雪峰所教的学科成绩均有明显提高，他的付出终于收到了成效。

在西部志愿服务的日子里，物质上是清贫的，但在精神上巫雪峰是充裕的。每当他面对着那么多双充满希冀的眼睛，便会忘记了生活上的一切辛酸，然后全身心地去爱，看到孩子们在关爱中充满快乐、幸福，他真的很知足了。

巫雪峰用2年的志愿服务经历对生活做了一番朴素的思考和叙述，他说："我从来不掩饰我对藏地的一种浓厚的情结，藏区之于我，如苍穹之于雄鹰。它洗尽了我的铅华，涤荡了我的心灵。有人说过：在这片最高最年轻的土地上，吹过的每一股风，都带有文化的密码。"

2005年，2年的"西部计划"志愿者服务期结束了，衡量了自己所处的环境，面对已近六旬的父母的期望，巫雪峰做出了艰难的决定，平静地离开，告别服务地，重新回到浙江，开启自己的职业生涯，用更强的力量践行志愿服务精神。

爱心事业需要更多的人关注，地域有界线，但不管何时何地，爱心却可以传递下去。

回到家乡时，就业的形势已经没有2年前那么乐观了，找份顺心的工作并不容易，巫雪峰采取了主动出击。

巫雪峰一直坚信，生命不止，奋斗不息。这也成了他重新定位自己，重新寻求发展的原则。他希望先打基础，然后在合适的时候尽快建立属于自己的事业。于是他不断付出辛勤的汗水去争取那一份份属于自己的收获。2年的志愿生活经历让他有了一个清晰的认识：只有把个人事业发展好了，才能给社会提供更好的志愿服务，否则都是空谈。

离开松潘后，巫雪峰与当时同一批的其他志愿者都保持着较多联系。共同的特殊经历，让几个人的心连得更紧了。外面日新月异的世界，总让他们想起当年在高原上的日子。苦与乐，清贫或是繁华，在他们的心里，都有更深一层的体会。

巫雪峰已经有了一个幸福美满的家庭，有一个真心相爱的妻子相濡以沫，有一个活泼可爱的孩子健壮成长。如今，家庭是他生命的全部，是他不竭向上的动力。担起家庭的责任，自己的角色不仅仅是好儿子，更要当一个好丈夫、好爸爸。只是每当看着孩子纯真的笑脸，他的眼前就会浮现出那群喊着他"巫老师"的孩子，一样都有着天真，一样都对这个世界充满了好奇，而境遇，却是如此迥异。

当年他带出来的那三个藏族小伙伴——福田希望中学的藏族学生郎加足、仁真郎磋、泽旺磋，在他的资助下，现在他们都已经长大成人，都在外面上了大学，毕业后走向了不同的岗位。三个人并不在同一个城市，却频频联系，对巫雪峰也始终心怀感激，每年节假日的电话、短信，雷打不动的看望，轻而易举地就让巫雪峰梦回那段不能忘怀的时光。

2010年9月，时隔五年之后，巫雪峰再回蜀地。他想念许多朋友，一切的变化让三十而立的他感到喜悦，心中一片坦然。他很开心在自己结束服务期后新来的大学生志愿者源源不断地在松潘默默奉献着青春，继续传递着爱心接力棒，帮助更多的藏族同胞改善生活，建设西部。

又见格桑花开，巫雪峰心中感慨万千。

在松潘，格桑花是一种很弱小的花，也是一种很坚强的花。弱小，是因为她看上去柔弱易折，但是无论风雨或者烈日，她都会很坚强地与之抗争,绽放花朵。在藏语里,"格桑"是幸福的意思,看到格桑花开,证明幸福即将到来。

他轻轻哼着那首在高原上学会的藏族歌谣:

格桑呀花开,雪莲花洁白,祈求的幸福,朝圣的天路……展开呀翅膀,带我去飞翔,梦想在四方,雪域般光芒。古老的圣地,心中的天堂。格桑花为谁开,千年孤独的尘埃,幸福的盼花期开,能让雪山也澎湃。雪莲花为谁埋,世界独处的真爱……

在海拔3300米的川盘,巫雪峰极目远望。夕阳给大地涂上了一层金色,远处的贡嘎雪山耸入云中,更加耀眼、圣洁。连片的草场上,一头头牦牛像散落的黑珍珠。一群脸上挂着高原红的小孩子立刻围了上来,他们脸上也仿佛绽放出一朵朵美丽的格桑花。

巫雪峰深呼一口气,对着远处的空旷轻轻喊了一声:

扎西德勒!

那些感动花开不败

正值首届研究生支教团成立20周年之际,周晶来到中央电视台的《等着我》节目现场,寻找101名"志友"中尚未找到的15名同伴,也是寻找20年前义无反顾的初心。当101名"志友"终于重新聚首,"支教"一词再次将他们紧紧串联。他们都是彼此一生的朋友,来到节目中回忆起那段不会老去的岁月。

1998年,中国青年志愿者扶贫接力计划研究生支教团开始组建。1999年,来自北大、清华等22所全国高校的101名应届毕业生组成首届研究生支教团,主动奔赴青海、甘肃、宁夏、山西、河南等5省区7个县的贫困地区,开展为期一年的支教扶贫工作。

临出发的那一天,101名志愿者全体起立,右手握拳,"不畏艰险,开拓进取……"跨越20年的宣誓词,依然回响在周晶耳畔。

我到贵阳采访的时候正好遇到周晶的身体出现一点小状况需要住院治疗,在贵阳中医学院第二附属医院的病房内我见到了他。他身材微胖,发际线较高,戴着一副黑框眼镜,一看便是我心目中知识分子的形象。

周晶跟我一起回忆他的那些激情燃烧的岁月，年届不惑的他，或许一辈子都难以忘怀当年的经历。

那一年，列车朝着西北方向而行，周晶和同伴坐了30多小时的硬座，车厢里逐渐安静下来，大家的眼里只剩下窗外一眼望不到边的苍黄。

甘肃马坡的海拔将近3000米，而初到榆中马坡中学的周晶就有了高原反应。这里的冬天也来得更早、更凛冽。1999年11月1日，宿舍用煤炉子生火取暖，凌晨时分，周晶被憋醒，很难开口说话，才意识到自己和王松可能是煤气中毒，两人赶紧半摔半爬到门前，拉开一条缝，随后失去了知觉。等再次醒来，周晶发现很多学生守护在门外，有的手里捧着小篮子，里面装着据说能帮助身体恢复的浆果。黄土高原鲜少植物，时至今日，周晶也不知道那些浆果是孩子们从何处采摘而来的。

从陌生到亲近，从有隔阂感到打成一片，周晶和孩子们真正融为了一体。在马坡中学待了100多天之后，周晶突然接到通知要临时调走。那一天，当地老师给他们收拾行李，窗外走廊上响起啪啦啪啦的脚步声，他抬起头，看到走廊上站满了学生，头低着，然后突然开始唱歌。"当我轻轻走过你窗前，我的好老师……"那一瞬间，他的眼泪夺眶而出。

当车子渐行渐远，那些可爱而又熟悉的面孔逐渐模糊，周晶擦了擦眼睛，还能看到孩子们依然站在那里，低着头，感觉到他们在抽泣。那一刻，他知道自己真的离开了他们，但他也知道，自己的人生将开始转折。

时至今日，已是贵州财经大学学工部部长的周晶仍然情牵支教。在他看来，支教与扶贫，绝非一己之力所能及，要靠一代一代人的接力壮大力量。

和周晶一起，另外一名来到《等着我》节目组的沈红梅，是首届研究生支教团成员中的少数女生之一。从吉林大学毕业后，沈红梅和15个同伴来到大别山腹地的河南新县高中成了一名英语老师，开始了为期一年的支教生活。

沈红梅还记得，当她信心满满地站在讲台上开启第一堂课时，却发现学生并没有什么反应。她走到学生中间，用英语问他们问题时，孩子们都把头埋在了高高的书堆下面。

为了让学生更好地了解并喜欢上英语，她改变思路，开始教他们唱英文歌，连最不喜欢听讲的学生也逐渐被吸引进来了。她用唱歌的方式来告诉学生，学英语是很快乐的。

为了提高学生的听力水平，她还专门做了英语广播站。寒假回长春的时候，她也不忘在外文书店购买一整套的"书虫"系列读物，然后背到新县，给班级建个英语角。她同样也忘不了，当初她的学生们看到堆成一座小山的英语读物时眼里闪着的光。

20年过去了，"用一年不长的时间，去做一件终生难忘的事"，当年这句口号一直烙印在沈红梅的心里。

在这20年里，101名志愿者带动18331名青年参与到研究生支教团。一代又一代人用青春、奉献接力诠释"支教"的意义。个人的力量是微小的，但微小与伟大相连。当微弱烛火汇聚在一起，依然可以照亮整片夜空。

春华秋实，爱的接力一棒一棒传递了下来。

吉林大学第十八届研究生支教团的队员代表孟天兰是沈红梅教过的学生，历届师兄师姐的潜移默化，早就在她心里打下了深深的烙印。

2016年8月，孟天兰来到了新疆阿勒泰地区的哈巴河中学支教。看到新老师，初一（7）班40个孩子的眼睛亮了。少年们好奇地追着她问："老师，你从哪里来？""老师，你多大了？"支教老师们瞬间被这气氛感染了。

这些在互联网时代长大的"00后"，感受着乡村飞速的变化。他们也和城里孩子一样，阳光活泼，大胆自信。

发生改变的，不只是学生。

同样的青春教师，同样的热心奉献，但是教育的大环境，相比十几年前，已发生了翻天覆地的变化。

曾经的分散支教转变成了固定支教。早期的时候所有的老师一年换一个地方支教，后来考虑到学生受教育的延续性，团中央决定定点支教，例如孟天兰所在的吉林大学研究生支教团从2004年开始就固定帮扶新疆了，支教老师的风格开始统一，对孩子们来说也更容易习惯。

曾经的形单影只到如今的互相扶持。20多年前的沈红梅到西北时是一个人，而如今，孟天兰所在的支教小组有6个成员。不同分工，不同教学任务，生活上也可以互相扶持照应。

曾经的简陋条件到如今的智能化设备。20多年来，经济不断发展，国家对于偏远地区的教育的支持力度不断加大。曾经的简陋校舍，变成了如今的多媒体教室，水电网络、计算机教室一应俱全。

曾经的闭塞孤立到如今的开放连通。十几年前生活在大山里的孩子们，因为交通的阻隔、信息的闭塞，难以与外界交流。但是如今，随着网络的通达，这些偏远地区的孩子，随时随地接受新鲜事物，他们和这个世界相连，再没有信息壁垒。

曾经的"走出去"到如今的"带回来"。曾经的支教，大多鼓励这些大山里的孩子走出大山，去看一看外面的世界。而如今，支教更多的责任，是帮助这些孩子明辨是非和认识选择的重要性，鼓励他们在见过大都市繁华的同时，带着先进的思想回来，建设自己的家乡。

孟天兰将这种种变化看在眼里，但更让她欣慰的，是那一份不变的初心，以及20多年来未曾变过的师生情谊。那些孩子们求知若渴的眼神，那些孩子们对于老师毫无保留的信任，是孟天兰收到的最好的回馈。

20多年的时间，研究生支教团在不断壮大。20多年前参与这个项目的有22所高校，20年后参与学校有200所，数字增加了8倍；20年前的第一届是101人，第二十届研究生支教团有2158人，翻了20倍；这20年间，研究生支教团从最初的101人，发展到了总人数18331人。20年支教的持续性和规模化，培养出了千千万万走出偏远地区的有志青年，而很多曾经的被支教地区，也因为人才的成长和经济的发展，脱离了贫困。

这是一群支教老师的故事，这是当代中国青年的热血与青春，他们用奉献诠释着支教的意义，也在基层实践中提升国情认知，磨炼意志品格。正是在这样的美好时代，政策的支持、政府的扶持、一批批有志青年的坚守付出，才能让贫瘠的土地结出希望之果，让更多山里的孩子绽放梦想。

西部在成长，在西部成长

宁夏回族自治区西海固地区，中国西北一块焦渴高地，这个自古有着"苦瘠甲天下"之称的地区曾是国家级集中连片特困地区，年平均蒸发水量是降水量的10倍，年平均气温仅5摄氏度……恶劣的自然环境让西海固在1972年被联合国粮农组织定义为"最不适宜人类生存的地区之一"。

1999年，复旦大学最早响应团中央、教育部号召，遴选成立首批中国青年志愿者扶贫接力计划研究生支教团，他们带着全校青年志愿者的热切嘱托，奔赴西吉基层一线开展服务，与当地那些求知若渴的孩子朝夕相处，用知识播种希望的种子。

上海姑娘潘惜唇作为复旦大学研究生支教团的第一届队员来到了宁夏西吉县。西吉，作为西海固这一世界级贫困地区代名词中打头的"西"，是宁夏贫困面最大、贫困人口最多、贫困程度最深的一个县。这里，离她生长和读书的城市1800多千米。

多年以后，回想起那段山梁沟壑间的岁月，潘惜唇写道："这个时代谈信念的人也许不多了，但就是在恶劣的条件下，人的精神力量更会显示出强大威力。作为志愿者到贫困地区工作，我们是自愿报名的。为的就是能用我们自己的知识为山区的孩子做些实实在在的事情。"这种朴素的想法展现了复旦青年可贵的家国情怀。

但其实，复旦大学研究生支教团成员们刚到西海固时，也并不适应这里的生活。由于西海固的水资源十分有限，复旦大学研究生支教团成员们只好将淘米水囤起来当洗脸水使用，还美其名曰"淘米水洗脸可以美容"。

2000年，复旦大学研究生支教团在西吉的第二年，北京姑娘冯艾来了，当时的她是复旦大学社政学院的学生。初来乍到的冯艾给自己任教班级的每一名女孩送了一条裙子——要知道，那时的西海固，女孩在家不受重视，读到高中的少之又少，剪短发、穿裙子都被视为"伤风败俗"。但第二天一大早，收到裙子的女孩们都高兴地跑来告诉她，自己在家里偷偷试过了，"很漂亮，很喜欢"。在那些小姑娘的清澈的眼神里，冯艾看到了抑制不住的欣喜。

十几年后，当地一名教育局局长感慨地说："最大的变化，不是援建的校园设施，也不是电脑、奖学金和中高考成绩，而是女娃娃读书多了，娃娃们的普通话说得更好了。"

复旦大学第六届研究生支教队长高天回忆起第一次在西吉县三合中学挑水，"折腾了半天才把扁担放到肩膀上"，清瘦的高天在学生们的围观里跌跌撞撞地走，路还没走到一半，水只剩下了一半。跟在后面的学生硬是从高天肩膀上抢过扁担——不光是心疼老师，更是心疼水。

在高天的支教记忆中，山坳里的三合中学，停电是每周都会发生的事，晚自习时学生们点着蜡烛看书，她在讲台点着蜡烛带自习。若从山口看过来，整个教学楼烛光通明。远远望去，教学楼发出柔和的橘红色的光，像是一座点亮的灯塔。

2008年，三合中学门口水塔建成；2009年，三合中学有路灯了，学生终于不用在雨夜里深一脚浅一脚地摸进教室、摸进宿舍；2010年，校园锅炉房建成，学生们可以方便地喝上热水，硬件设施一年年变好了。

学校文艺演出时，一群女孩子穿着印着复旦的校名的T恤，穿着来自上海的爱心牛仔裤，在黄土坡上的操场跳起街舞。

在三合中学，所有的教室都陆续改建重修，唯独一间屋子没有动。那是历届支教队员的小厨房，校长特意保留下的。小厨房的一面墙上，画着一棵树，上面印满了队员们的手掌印，五彩斑斓，就像大树开出的花、结出的果——这是他们来过的证明，也是他们激励后来者的方式。

在王民中学，一张写满了名字的书桌被校长笑称为"镇校之宝"——桌子侧面，有在此服务过的支教团队员的签名。密密的名字，讲述着一个个青春片段。闪现的片段里，有家访路上在雪地滑倒又爬起来的身影，有带病连轴上课的倦容，有夜色里为毕业班讲座时教室里的灯光，更有学生们从羞涩到自信的笑容。

在王民中学仰望星空，繁星点点。闭塞环境限制着山区孩子的见识，也难以孕育改变命运的念头。这些城市青年意识到，比提高成绩更有意义的，是为深山里的孩子们打开一扇向外看的窗，催生走出大山的梦想。支教队员的课堂就是窗口，他们想尽办法把广阔的天地展现给学生。

打开窗，还要架起桥。复旦大学研究生支教团已连续多年遴选优秀学生到上海参观学习,至今已有上百名西吉学生被带出大山,见识世界的缤纷。

改变一个学生,更要给家长播下重视教育的种子。扭转落后的家庭教育观念,家访是不可或缺的一环。支教队员深入每一个学生的家庭,普及知识和教育的意义,他们的脚印遍布西海固的群山。不知道从什么时候开始,再去家访时,他们听得最多的一句话就是:"只要孩子愿意,甭管男娃女娃,我要让他读书去!"

支教队员们用实实在在的行动改变了山区群众的教育理念,传播了健康文明的生活方式和先进科学的思想观念。

阿卜杜米吉提·艾麦提支教前是复旦大学药学院2016级硕士研究生,看到辅导员老师发来的研究生支教团补招成员的信息时,他正在实验室里忙着硕士课题,他的内心一下子被点燃了。作为西部土生土长的孩子,他比其他人更了解那片土地需要什么。得到导师允许后,他便第一时间去报名,通过层层选拔和考核,加入了复旦大学研究生支教团。

阿卜很快成为学生信赖的大朋友,还在学校组建起两支男生足球队和一支女生足球队。山里的孩子几乎没有接触过足球,但半年训练下来都兴趣浓厚。阿卜还发现,孩子们球技不断提高的同时,也找到了自身价值所在。班里一名男生因为成绩不好一直颇受冷落,自从加入足球队当上小队长后,把队员的训练带得有板有眼,上课也好好听讲了,作业也按时完成了,面对老师交代的任务也是"使命必达"。

"只要找到了合适的教育引导方法,任何孩子都是可以产生变化的。希望足球为他们拓展一个更有想象力的未来。"作为足球队的发起人和教练，这个意外收获让阿卜很受鼓舞。

除了足球队以外，复旦大学研究生支教团还为服务地学校牵头成立了篮球队、校园广播站等第二课堂。这些第二课堂不仅充实了孩子们的课外活动，还有力地拓展了孩子们的视野。

山坳里的风吹过。在这里，操场边竖起的篮球架、新开办的校园广播站、捐建起的图书室、校园里的一草一木，是一批又一批复旦学子共同筑起的"复旦大学第七教学楼"——复旦大学本部六座教学楼之外的"知识殿堂"。

正是这远离复旦千里之外的"楼外之楼"，让西海固的教育变了一番模样。

2002年，西吉三合中学实现高考"零的突破"；2014年，西吉平峰中学的朱飞考入清华大学；2018年，支教队员教过的学生王萍走上王民中学的讲台，成了支教老师的同事……20多年来，支教队员教过的万余名学生中，有很多已在各自的岗位上发光发热。

作为全国派遣研究生支教队员最多的高校之一，至2021年，复旦大学已累计选拔输送247名支教队员到当地开展扶贫助教工作，连续坚持22年定点对口支援一个点。其实，不只是宁夏西海固，这些年，从贵州息烽到新疆拜城、云南永平，都留下了复旦学子支教和扶贫服务的足迹。

20多年间，支教队员一批批告别，但一束束牵挂的目光却从未离开。第十八届支教队员陈辉艳上学期又带着礼物回到将台中学看望她的学生；第十七届支教队员黄温馨仍在联系资助人为学生寄去衣物和生活用品；第八届支教队员余佳奇十几年来一直资助学生……这些城市青年与大山的故事还在以更多的形式延续着。

20多年间,支教队依托复旦大学平台,广集社会资源,支援支教地发展。复旦大学研究生支教团累计为服务地学校募集爱心物资及基建援助价值超1000万元,很大程度上缓解了教育教学基本物资和设施的缺乏。复旦大学研究生支教团还牵头设立各类奖助学金,激励学生努力学习,助力学生实现梦想,平均每年都有近200人次受到各类资助。

20多年间,支教队员用奉献和青春释义了一个全新的"西海固"——宁夏"西"吉、上"海"复旦,感情牢"固"。千山枯岭里,有复旦大学研究生支教团扎下的粗壮的根;层峦叠嶂中,记录下青春的身影和教育面貌的深刻变化。

复旦研究生支教团20多年的奋斗,彰显了当代青年爱国奉献、服务人民的人生底色,扎根基层、艰苦奋斗的优秀品格,勇于担当、追求卓越的价值取向。而对他们本身而言,支教的经历成了他们人生中一笔宝贵的精神财富。

西海固的千沟万壑中,树木植被覆盖面积连年攀升,绿意满眼。来到这里参与接力支教的青年总数也逐年增加。他们用一年的时间,接力奋斗,做一件终生难忘的事。这一年不长的时间,改变了他人,也成就了自己。他们在思考,如何让人生过得更有意义,并且勇于为此不断挑战与突破自我,让青春的足迹和时代的进程重叠。

岁月倏忽,西部在成长,这些支援西部的青年也在支援的过程中不断得到历练,他们伴随着西部一起成长,他们的青春因为奉献而更加精彩。

尾　声　青春之中国

这本《青春中国》，是我近些年来创作时间跨度最长，也写得最吃力的一本书。从 2018 年动笔，中间经历了新冠肺炎疫情，到 2022 年的今天，已过去了整整五年。

本书创作缘起于团中央书记处原书记卢雍政先生 2008 年发表的一篇文章，名为《青春的力量》，文中阐述了从 1998 年共青团中央、教育部联合组建首届青年志愿者扶贫接力计划研究生支教团，到 1999 年 101 名青年志愿者奔赴贫困地区支教，再到 2003 年团中央等部门发起的大学生志愿服务西部计划实施的显著成效。实践证明，这些项目在培养知国情、讲奉献、高素质的复合型青年人才方面做出了有益探索，在广大青年学生中树立起了积极参与志愿服务、面向基层锻炼成长的良好导向，吸引和激励着越来越多的优秀青年学子踊跃参与。让我记住了一句话——"用一年不长的时间，做一件终生难忘的事。"大学生西部志愿者背后的那些感人故事也促使我一趟又一趟往返于长沙与西部各省市区的采访之路。

我当面采访的第一位志愿者是清华大学第十七届研支团成员毛雯芝。2018年我去四川绵阳参加中国作协组织的一次培训，得知她刚刚研究生毕业在成都工作。培训班结束后的当天，我提着行李直奔成都。和毛雯芝几个小时交流下来，我已经对这位名校毕业、参与接力支教的高才生充满了敬意。临走时，我对她说："我一定要写好你的这篇文章。"她笑若桃花，连连摆手："我只是无数支教志愿者群体中普通的一个，比我优秀的何止千万！"接下来的日子，通过电话或者微信我采访了毛雯芝的一些师兄、师姐以及其他高校的一批大学生西部志愿者，有时候我试图"引导"他们，什么样的故事是有"宣传价值"的，但无一例外，他们都只是淡淡地表示，"这没什么""比我优秀的多着呢"……

在他们发来的简简单单的介绍里可以看出，他们都有着值得被书写、被记录的故事：前脚刚风华正茂地走出象牙塔，没有去憧憬在广阔的天地间大展拳脚，而是投身到更为广阔的天地里发光发热，这本身就故事性十足。

随着采访的时间增长，我得知了更多志愿者服务西部的故事。这是一个蓬勃向上的群体，是一群敢于有梦、勇于追梦、勤于圆梦的热血青年，在人生最美好的年华里，把青春和热爱融入这个"百年未有之大变局"的伟大时代，用所学回馈社会，为脱贫攻坚、为乡村振兴奉献自己的一份力量。这力量就算微小，就算只是一时，却都为当地带来了些许可喜的变化。心有他人的奉献之举、扎根大地的大爱情怀、积极进取的奋斗精神，还有什么比它更能代表我们新时期广大青年的精神面貌呢？

中国青年历来不缺乏担当精神，不缺乏奋斗精神，不缺乏献身精神。这个大学生西部志愿者群体，就是大好青年群体的缩影，让我肃然起敬，也让我更坚定了为他们书写的决心。我把搜集到的志愿者列了个长长的表，从2017年我在鲁迅文学院第三十三届高研班学习的时候开始着手准备，到2018年、2019年我去往新疆、西藏、贵州、四川、广西、广东、甘肃、宁夏、河北、湖北、北京、内蒙古以及在湖南省内等省区市采访，这些年，我的足迹遍布大半个中国，行程几万千米，也几乎耗费了我所有的业余时间。

在这五年多的时间里，我不断地从长沙出发，前往一个个陌生的、偏远的地方，很多地方是我平生第一次从手机地图上知道它的名字和大致方位。从最开始的新鲜、兴奋，到真正见证和走入他们日常后的沉重、感动，我也在这一场绕行大西部的行走里得到了洗礼。采访的间隙，我会时不时地想，当我也是他们这般年纪的时候，能不能因为理想、使命、担当而义无反顾地来到这里？

时至今日，我已无法代替当时年轻的自己来回答这个问题了。现实和理想，是谁也逃不开、躲不掉的抉择，为现实奔波，还是为理想而战，都是无关对错的人生选择题。正如从湖北到贵州绥阳县支医然后扎根下来的志愿者黄贵军跟我说的"生锈是一种氧化，燃烧也是一种氧化"。回想起来，我觉得这种"氧化"一如我们的青春，在刚走出大学校园的人生路口，是选择"躺平"的浑浑噩噩的青春，还是选择奋斗的轰轰烈烈的青春？我们当然都有选择的权利，然后在自己的选择里到达不同的人生高度和维度。也正因为选择的不同，这些年轻而热血的志愿者，让我看到了如此绚烂却平凡、如此高尚却简单的生命历程。他们怀着青春的梦想，又将梦想在辽阔的西部土地上照进了现实。

2018年11月中旬，我结束在新疆的采访来到青海。14日，我到达青海省湟中县城的时候，天色将晚，冰雪消融。湟中县坐落在黄土高原和青藏高原的过渡地带，县城所在地叫鲁沙尔镇，街道不太宽敞，但显得很热闹。和平路上的县政府大门古朴亲切、岁月沧桑。这次在湟中县第一中学，我见到了清华大学第二十届研究生支教团青海分队的五位成员，刘淙、杨波、林晓雪、冯梦迪、王一茗，一群朝气蓬勃的"90后"，他们踏着往届师兄师姐的脚印辗转抵达这里。1999年，第一届清华大学研究生支教团志愿者杨海军在青海省民和县大庄乡初级中学支教一年。此后，自2002年起，清华大学研究生支教团这场的"青春接力"持续奔赴至今。"支教一年，自教一年。"队长刘淙接受采访时说，"我们总是希望将自己成长经历当中积极上进的一面带给我们的学生，把指引我们成长的力量之源传递给我们的学生，以期带给他们正向的影响，殊不知这个过程也在潜移默化地改变着我们自己、完善着我们自己，让我们成为一个更好的人。""到西部去"不再是一句简单的口号，它成为一颗希望的种子，在支援祖国西部的清华大学志愿者的心里生根发芽。

在武汉除了有一支著名的"本禹志愿服务队"之外，另外还有一支成立于2011年的"郎坤志愿服务队"，这支来自武汉理工大学、以青年志愿者郎坤的名字命名的志愿服务队，同样如同微光汇聚而成的一束火炬，温暖了无数人。郎坤现在是武汉理工大学的一名教师，她从大学期间就开始义务支教。本科四年里，郎坤招募了近170名大学生志愿者登上"屋顶小学"的讲台，平均每周授课 22 学时。她坚持了四年，几乎将所有的业余时间都给了农民工子女。本科毕业后，她赴贵州大山支教；读研时，她探索建立农民工子女"彩虹计划"志愿帮扶体系，后来成立了"郎坤志愿服务队"……她被称为"最执着的志愿者"，这位"80 后"满族姑娘关心同学、关爱农民工子女、关注支教事业，她行走在志愿的路上，不断播撒着爱心火种，她的奉献在平凡中默默滋长。

"用一年不长的时间，做一件终生难忘的事。"正是被这句话深深吸引，李昂霖本科毕业后也选择参加了研究生支教团，做了一名支教者。我在中国人民公安大学采访李昂霖的时候，他已经第二次志愿服务西部计划的服务期满，回到学校继续读研。2016 年 8 月，李昂霖和队友丁祎姗、姜晓佳一起来到位于广西百色市凌云县沙里瑶族乡阁楼村的阁楼小学支教。一年下来，这所村小的学生成绩有了很大的进步，一、二、五、六年级的平均成绩位列全乡第一，李昂霖因此在 2017 年百色市小学教育教学质量评比活动中获语文学科二等奖。在社会爱心人士的支持下，李昂霖和队友们为阁楼小学募集了总价值 23 万余元的物资和项目资金，添设了藏书 6000 余册的图书室和计算机教室，更换了学生宿舍用品，安装了电扇，为孩子们购置了校服、运动鞋、水杯、文具等物资，组织孩子们去百色市区和凌云县城参观。阁楼小学地处石漠化严重的喀斯特地貌大山深处，严重缺水，家家户户靠修筑蓄水池贮备雨水使用，当地人称之为"喝水靠雨"。2017 年 4 月，小学的蓄水池年久失修、已然见底，李昂霖看在眼里急在心里。经过反复的实地勘察，他与乡亲们一起爬山岭、寻水源、背沙石、凿山壁，扩建了230平方米的集雨坝，修缮了蓄水池，安装了净水器，解决了师生的吃水用水问题。李昂霖清楚地记得用上净水器的第一天，孩子们排着队接水喝，喝完跑过来说："李老师，今天的水是甜味的！你也喝一口吧！"回忆这些往事的时候，李昂霖脸上溢满了自豪感。在支教期满回校读研一年后，李昂霖又报名参加了2018年的西部计划去往内蒙古自治区托克托县，再次在基层志愿服务一年。

马超也是两度参加西部计划志愿服务的志愿者，如今他已经扎根在雪域高原。马超是河南新乡人，河南牧业经济学院计算机信息管理专业毕业。2014年7月26日凌晨3点，马超怀着志愿者的梦想与激动的心情踏上了由郑州开往拉萨的列车，开始了他的西部之旅。梦想实现的过程总是充满波折。火车过了格尔木没多久马超就开始有高原反应了。"那种感觉就像被砸蒙了似的，整个脑袋里都是嗡嗡的声音。"马超陪着我一起爬着布达拉宫的台阶，一边回忆刚刚进藏的情景。在拉萨培训过后，马超被分配到了西藏自治区山南市桑日县教体局办公室工作，同时还履行副队长职责，协助团委联络教体局志愿者。2014年12月，西藏强基惠民驻村工作队开始换届，马超申请到最基层的地方去锻炼，于是，他成了一名驻村工作队队员。马超所在的驻村点是桑日县增期乡卡乃村，平均海拔4200米。在卡乃村的日子非常艰苦，特别是冬天。马超在村里的这段时间，正是西藏最冷的时候，他经常在晚上冻得睡不着。每到恶劣的天气，村子里还会停电，甚至连电话信号都没有。寒冷、孤单让他特别思念家乡，思念亲人。领导知道他的处境后，给他买了电热毯、电暖器和全套的住宿用品，还为他们改造了电路。村民也给工作队送来了自家取暖的燃料——牛粪，当他们共同点燃牛粪炉子，围在炉边烤火的时候，马超从心底感受到了这暖暖的情谊。虽然外面仍是冰冻三尺，但是大家的关爱让这个冬天充满温度。"好雪片片，不落别处"，落在了马超的心上，灌溉了他的心田。第一次志愿服务期满，马超暂别西藏，重返校园。但他的心还在那片雪域高原上。2017年临近毕业，经过与家人商议，他再一次向组织递交了西部计划的申请。又是一年夏天，熟悉的蓝天和白云，熟悉的藏式建筑，马超再次回到心心念念的热土。再回首，故乡的月亮依然圆而亮，马超的梦和故乡的月一样得以圆满。

采访的志愿者多了，就能轻易发现他们的故事大体上都是大同小异的。去西部的初衷、克服困难的艰难、矢志坚守的缘由等等，在绝大多数志愿者的讲述里都有着相似甚至相同的表达。或许，这就是事实，同样青春情怀、同样的时代使命感，让他们在思想和行为上会渐渐趋于一致。但我也相信，即使是在同样的大环境下，不同个体迥异的细节，一定会赋予他们各自鲜明、卓异的特征。我要做的，就是在如实记录他们的同时，努力让每一张面孔更生动，更打动人心。

现在回过头来看，也许是在采访的当时，我就发现了那些细微的不同。这一点，从他们所在的地域上似乎更能体现出来。一直以来在我的印象中，青海、新疆是风沙漫天的粗犷苍黄；在雪域高原的藏区，她圣洁庄严的内里是一派如雪的宁静祥和；而在地理意义上距我更近的云贵川大山深处，热情之中总是掩着一丝冷静的内敛……我应该是带着这样的主观臆想去走近他们，也"果不其然"地在他们身上找到了印证。谈海玉的大气，冯卓怡的豪爽，保定学院十五人支教团在异地他乡抱团取暖的守望，马小娇小太阳般的温暖热烈，巫雪峰一句"扎西德勒"的深情，安文忠的沉着坚韧，陈晓明苦行僧似的坚决隐忍……

我费尽心思和气力去挖掘这一个个活泼热情的年轻人背后的故事细节。他们最初都有着怎样的性情？又是怎样在西北的沉淀岁月里，一步步为自己贴上了和当地属性如此和谐相融的标签？在让人感佩的大前提里，他们每一个人都有着属于自己的细节。那些细节，藏在他们不经意展露出的微表情里，藏在他们听到我的某个提问时下意识的反应里，甚至在他们浸染了当地口音的普通话里，也都会藏着或辛酸或激昂，或令人感动或让人深思的桥段。

我很想把采访到的所有志愿者都写进这本书里，但最终因为写作需要、文本价值等客观原因，不得不做出取舍，一些同样闪着光的人和事，只能收入以后的创作里了。这是一种遗憾，就如同一代代人青春的叹息。总想着尽善尽美做到最好，结果却往往不尽如人意。

青春的遗憾会是什么呢？是错过了光怪陆离的社会体验，还是在人生缺少了厚重土地为伴的沉淀积累？好像都是，又好像都不是。

卜悔是西部志愿者卜海涛和陈娟的爱情结晶。2008年5月12日，汶川突发大地震，隔壁的理县同样地动山摇成为重灾区。这次地震，将相隔千里的湖南和理县紧密联系在一起，也将刚刚走出校园的卜海涛和陈娟召唤到了理县。理县地处岷江上游，高山狭谷。采访期间，卜海涛和陈娟带着我游览理县县城，城市极小，人口也不足1万。用卜海涛的话说三根烟的工夫就能转完整个县城。1986年出生的卜海涛和1987年出生的陈娟一起毕业于长沙学院中文系，这对校园情侣2009年参加大学生志愿服务西部计划来到理县参与灾后重建，服务期满，他们选择扎根理县，把异乡当故乡，奉献自己的青春，安放人生的梦想。女儿出生之后取名为"卜悔"，意为不悔于选择，不悔于青春。

还有更多我不曾听说也未能接触到的志愿者，此刻他们正在我没有抵达到的远方热烈又平凡地绽放着。他们朴实无华，他们精彩纷呈，他们在朴实和精彩中日复一日地循环往复。错失了他们的故事，对我来说是一种更大的遗憾了。

大学生志愿服务西部计划的参与者们的故事，我才窥到了极其微小的一部分，他们的内在、精神、品质，也绝非我所写的这般肤浅粗糙。应该会有更宏大叙述，更细腻的描写去表现他们。我竭尽所能，也只能展现出其中的冰山一角。这是我的又一个遗憾。

好在他们的故事还在继续，我也会有足够的时间和机会继续书写，让自己的遗憾小一些，更小一些。

我采访到的几乎所有志愿者都会提到一个词：成长。我是懂他们意思的。他们的加入，让当地教育、医疗乃至公共治理体系有了突然加速的成长，而他们自身，也随之共同成长。我想，他们在日益改变着西部，又在不知不觉中完成了自身成长、蜕变和扎根，这些可爱的志愿者，发了芽，吐了蕊，争相开出了自己想要的花儿。纵使可能会有这样那样的遗憾，也早已无处可寻了吧。

其实，他们中的每个人最初去西部的原因，肯定不尽相同，而如今在他们的叙述里，似乎都有了标准的回答，梦想、热血、担当……一个个美好的词语成了对当初行为最好的解释。"到西部去，到基层去，到祖国和人民最需要的地方去"，这一句响亮的口号，也肯定是曾经在他们心里激荡起了风雷，召唤他们宿命般远赴另一个地方安营扎寨，从此他们的人生和当地血脉相连。再去深究他们赶赴西部的初中，是毫无意义又大煞风景的事。他们呈现出来的，以及在书里展现的，就是年复一年的奉献、坚守，努力让贫瘠的土地里长出希望来。

从2003年开始的大学生志愿服务西部计划已走过了19个年头，累计46.5万余名大学生参与到了这场跨越山海的变革之中。他们前赴后继，紧握手中的接力棒，把最初的那一缕火苗燃成了火焰，也把"西部计划"照得熠熠生辉，吸引着越来越多的高校毕业生加入其中。

自组织大学生首次出征西部开始，"西部计划"的框架设计也日臻完善。如果说前几批志愿者更多的是始于情怀，"用爱发电"，服务西部、留在西部，但随着计划的实施推进，这项系统工程与脱贫攻坚、乡村振兴等国家战略越来越严丝合缝地结合在了一起，也始终在引导和鼓励高校毕业生在去基层工作的过程中发挥越来越现实的有效作用。就在今年（2022年），西部计划正式纳入"共青团促进大学生就业行动"，且全面实施青年马克思主义者培养工程西部计划专项和研究生支教团专项，新招募的志愿者将全员纳入"青马工程"育人体系。

一百多年前，李大钊为《新青年》杂志撰文便指出，青年不仅在于"青"，更在于"新"，有志者应该站在时代前列，做一个有为的新青年。我深深地相信，广阔的天地终将愈发广阔。

图书在版编目（CIP）数据

青春中国 / 曾散著 . -- 南昌：二十一世纪出版社集团, 2022.12
（"青春中国"三部曲）
ISBN 978-7-5568-5926-9

Ⅰ. ①青… Ⅱ. ①曾… Ⅲ. ①报告文学—中国—当代 Ⅳ. ① I25

中国版本图书馆 CIP 数据核字 (2021) 第 096652 号

青春中国
QINGCHUN ZHONGGUO　　曾　散 著

出 版 人　刘凯军
策　　划　谈炜萍
责任编辑　张　周　谈炜萍
特约编辑　郑应湘
封面绘画　石　宇
美术编辑　彭　蕾
责任制作　熊文华
责任印制　章秋玲
出版发行　二十一世纪出版社集团
　　　　　（江西省南昌市子安路 75 号　330025）
网址　www.21cccc.com　cc21@163.net
经销　全国新华书店
印刷　江西千叶彩印有限公司
版次　2022 年 12 月第 1 版
印次　2022 年 12 月第 1 次印刷
开本　720mm×1000mm　1/16
印张　18　彩插　8
字数　201 千字
书号　ISBN 978-7-5568-5926-9
定价　40.00 元

赣版权登字 -04-2022-378　版权所有，侵权必究
购买本社图书，如有问题请联系我们：扫描封底二维码进入官方服务号。服务电话：0791-86512056（工作时间可拨打）；服务邮箱：21sjcbs@21cccc.com。